21세기를 바꾸는 상상력, 6인 6색

21세기를 바꾸는 상상력

초판 1쇄 발행 2005년 11월 16일
초판 13쇄 발행 2014년 5월 18일

지은이 한비야 외
펴낸이 이기섭
편집인 김수영
기획편집 김윤정 임선영 정회엽 최선혜 이지은 이조운 김준섭
마케팅 조재성 성기준 정윤성 한성진 정영은 박신영
관리 김미란 장혜정

펴낸곳 한겨레출판(주) www.hanibook.co.kr
등록 2006년 1월 4일 제313-2006-00003호
주소 서울시 마포구 효창목길6(공덕동) 한겨레신문사 4층
전화 02-6383-1602~3 **팩스** 02-6383-1610
대표메일 book@hanibook.co.kr

ISBN 978-89-8431-171-8 03810

• 값은 뒤표지에 있습니다.
• 파본은 구입하신 서점에서 바꾸어 드립니다.

21세기를 바꾸는 상상력

6인 6색

한비야
고통을 나누는 상상력

이윤기
신화의 상상력

홍세화
자아실현의 상상력

박노자
새로운 동아시아를 만드는 상상력

한홍구
과거를 푸는 상상력

오귀환
문명에서 배우는 상상력

한겨레출판

금기를 깨는 상상력

'인터뷰특강'이 2년째 사랑을 받았습니다.

사실 이토록 폭발적인 반응이 오리라고는 예상치 못했습니다. 300명이 모였던 2004년에 비해, 2005년엔 두 배가 넘는 700여 명이 문을 두드렸습니다. 고등학교 1학년부터 칠순의 할아버지까지 연령대도 다양합니다. 현장의 열기를 접하며 대중들의 갈증을 실감할 수 있었습니다. 그들은 제대로 된 교양강좌에 목말라 했던 겁니다.

〈한겨레21〉의 '인터뷰특강'은 인기 필자들과 독자들의 가교 역할을 하자는 취지로 기획됐습니다. 〈한겨레21〉엔 꼭 한번 만나서 이야기해 보고픈 스타 필자들이 많았지만, 마땅한 기회가 없었습니다. 2004년 3월 창간 10돌을 앞둔 터라 이를 기념하는 자리로 만들었고, 뜨거운 관심을 등에 업고 2년간 이어나갈 수 있었습니다. '특강'이라는 형식의 강좌는 흔하지만 '인터뷰특강'이라는 이름은 처음이었을 겁니다. 여기엔 보통의 강연과는 다른 형식으로 꾸며보고 싶은 마음이 담겨 있습니다. 사회자와 강연자, 그리고 청중들의 적극적인 커뮤니케이션과 소통을 꾀한 것입니다. 딱딱한 진행을 피하는 대신 현장에 웃음꽃이 활짝 피어나기를 기대했습니다.

첫 해의 키워드가 '교양' 이었다면 두 해째의 그것은 '상상력' 입니다. 21세기를 바꾸는 상상력! 전쟁으로 얼룩진 대한민국의 20세기는 잔인했고 불행했으며, 사회문화적으로도 후졌습니다. 상상력이 기를 펴지 못하던 시대, 꿈꿀 권리조차 매와 고문으로 다스려지던 시대였습니다. '인터뷰특강' 에 초청된 이들은 우리 사회에 새로운 상상력의 입김을 불어넣어온 주인공들입니다.

두 해 모두 강연자로 참여한 성공회대 한홍구 교수와 박노자 오슬로국립대 교수는 〈한겨레21〉에 5~6년째 칼럼을 연재해온 듀엣입니다. 두 사람의 성격은 정반대지만, 비슷한 시기에 우리 사회의 터부를 깨기 시작했다는 점에서 동지입니다.

한홍구 교수의 달변과 위트는 늘 청중의 허를 찌릅니다. "미국 간첩은 어디로 신고하죠?" 반공 교육의 허상을 이처럼 극적인 역설로 표현해주는 말은 없는 듯합니다. 그는 "세상은 꿈꾸는 만큼 변한다"고 말합니다. 그는 정말 꿈을 많이 꿉니다. 그래서인지 7개가 넘는 인권 단체와 기관에 이름을 걸치고 있습니다. 그는 대한민국에서 가장 바쁜 학자입니다.

러시아 출신의 한국인 박노자 교수는 '원조 한국인' 들을 자주 놀래킵니다. 경지에 이른 한국어 실력과 해박한 한국사 지식 때문만은 아닙니다. 그가 내놓는 화두는 파격적입니다. 이번에도 그랬습니다. "민족주의는 마약이다.” 그렇다면 대한민국 국민 대다수는 마약 중독자일까요? 그는 ‘한국’ 이라는 국민적 커뮤니티에 배타적인 소속감을 느끼는 게 과연 자랑스럽기만 한 일인지 성찰하기를 권합니다.

역시 2년째 강연자로 참여한 한겨레신문사 홍세화 기획위원. 그는 다음과 같은 광고 카피를 보고 큰 충격을 받았다고 합니다. “당신이 사는 곳이 당신이 누구인지를 말해줍니다.” 그의 글과 말엔 언제나 ‘물신주의’ 에 대한 혐오가 ‘물씬’ 풍깁니다. 당신이 사는 아파트의 평수와 품질이 당신의 향기를 대신할 수는 없습니다. 그는 ‘인간의 향기’ 가 무엇인지 곰곰히 생각하게 해줍니다.

한비야 월드비전 긴급구호팀장, 이윤기 소설가 겸 번역가, 오귀환 콘텐츠 큐레이터는 2005년 ‘인터뷰특강’ 에서 처음 선을 보였습니다. 그들의 공통점은 모두 씩씩하고 격정적인 캐릭터를 지니고 있다는 점입니다.

5년전 오지 여행가에서 긴급구호 활동가로 변신한 한비야 팀장은 사람들에게 에너지를 불어넣는 무당 같은 존재입니다. 그녀의 말 한마디 한마디는 듣는 이의 심장을 방망이질 치게 합니다. 나만 잘 먹고 잘 사는 세상, 우리나라만 잘 먹고 잘 사는 세상이 아닌, 세계의 모든 이들이 행복한 세상을 위해 그는 오늘도 세계 지도를 행군합니다.

이윤기 소설가는 타고난 이야기꾼이자 매혹적인 선동가입니다. 여행길에서 동행인들을 넉넉하고 즐겁게 해주는 능력은 ‘신화적’ 입니다. 그는 한때 용맹한 군인으로 베트남의 전장을 누볐습니다. 베트남은 그에게 청춘의 신화였습니다. 하지만 전쟁의 진실 앞에서, 그는 추억이 왜소해진다고 고백합니다. 베트남의 신화를 가슴에 묻은 그는, 인간에 대한 통찰과 예지력이 담긴 그리스로마 신화를 세상에 내놓았습니다. 그 흥미진진한 신화에 한번 빠진 사람들은 쉽게 빠져나오지 못합니다.

〈한겨레21〉 전 편집장이자 인터넷 한겨레 사장 출신인 오귀환 콘텐츠 큐레이터는 종종 오해를 받습니다. 그의 특강이 끝난 뒤에도 어느 청중은 이렇게 따졌습니다. "당신 한겨레 출신 맞소?" 특강 내용이 한겨레적 가치와 거리가 있지 않냐는 문제제기였습니다. 이에 대해 오귀환 큐레이터는 올바르게 사는 것만큼 영리하게 사는 방법도 중요하다고 답합니다. 그는 "이기는 게임을 하자, 선점하고 나눠주자"고 강조합니다. 그가 문명의 상상력을 통해 설파한 '돈 버는 길'은 이와 무관치 않습니다.

21세기를 괜찮은 시대로 만들기 위해 지식과 지혜와 경험을 모으는 대중적 기획회의. 〈한겨레21〉이 주최한 '인터뷰특강'은 그것의 다른 이름이라고 할 수 있습니다. 상상력이 흘러넘치는 기획회의는 앞으로도 쭈~욱 계속됩니다.

2005년 11월

고경태 | 〈한겨레21〉 편집장

차례

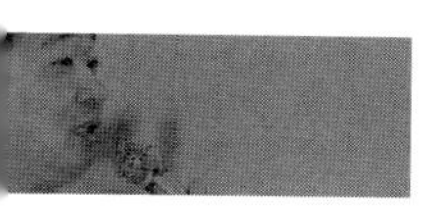

한홍구 • 171

과거를 푸는 상상력 _금기를 깨고 꿈을 꾸어라

오귀환 • 219

문명에서 배우는 상상력 _과거에서 가져온 발명특허 톱10

고통을 나누는 상상력

긴급구호의 빛과 그림자

오늘 여러분과 나누고 싶은
저의 사회적인 유전자이자 소망은 세 가지입니다.
먼저, 여러분이 세계지도를 가슴속에 품고 살았으면 좋겠습니다.
둘째, 꿈만 꾸는 사람이 아니라 꿈을 이루기 위해서
오늘도 한 발짝 한 발짝 가는 사람이었으면 좋겠습니다.
마지막으로 우리가 없는 힘이지만
힘 많은 자들에게 보태면서 달콤하게 사는 것이 아니라
힘없는 자에게 보태면서 진정한 행복을 느끼며
살았으면 좋겠습니다.

한비야

국제난민운동가. 졸업 후 국제홍보회사에 다니다 문득 직장을 그만두고 7년간 세계여행을 떠났다. 그때의 경험을 쓴 책을 통해 세계 오지여행가로 널리 알려졌다. 2004년부터 국제구호단체 월드비전 긴급구호팀장으로 활동하면서 전쟁과 각종 재해로 인해 고통받는 사람들을 돕기 위해 세계를 누비고 있다. 펴낸 책으로 『바람의 딸, 걸어서 지구 세 바퀴 반』(1권~4권) 『바람의 딸 우리 땅에 서다』 『중국 견문록』 『지도 밖으로 행군하라』 등이 있으며 2004년 대한YWCA 연합회가 수여하는 제2회 한국여성지도자상 '젊은 지도자 상'을 수상한 바 있다.

고통을 나누는 상상력

긴급구호의 빛과 그림자

2005년 3월 14일(월) PM 07:00

사회자 안녕하십니까. '21세기를 바꾸는 상상력' 의 진행을 맡은 김갑수입니다. 작년 '21세기를 바꾸는 교양' 에 이어 올해도 여러분들과 함께 인터뷰 특강을 진행하게 되었습니다. 반갑습니다. 오늘 어느 분이 나오시는지 알고 계시지요? 네, 한비야씨입니다. 한비야씨가 누구지요? 뭐 하는 사람이지요? 월드비전 긴급구호팀장으로 계시는 분. 맞습니다. 저도 방송일을 하면서 알게 되었습니다만 만약 저한테 한비야씨가 누구냐고 물어보면 정신없는 여자, 무당 같은 여자, 만나고 헤어질 때 체력이 좀 빠질 것 같은 여자라고 대답하겠습니다. (청중 웃음) 얘기하다 보면 뭔가 막 될 것 같고 이 세상에 못할 일이 없을 것 같은, 한비야씨를 모시겠습니다.

한비야 방금 소개받은 월드비전 긴급구호팀장, 정신없는 여자, 한비야입

스리랑카 동부의 해안마을 바티칼로아 현장 사진. 쓰나미가 강타한 직후 한 주민이 구명보트를 타기 위해 안간힘을 쓰고 있다.

니다. 반갑습니다.

사회자 월드비전 일을 하시기 전에는 '여행가' 라는 타이틀이 따라다니지 않았습니까. 지금 하시는 일을 업종상 분류하면 뭐라고 해야 될까요?

한비야 이름을 하나 만들어야 될 거 같아요. 신문 방송이나 인터뷰에서는 '긴급구호활동가' 라고 해요. 제 명함에는 '긴급구호팀장' 이라고 적혀 있습니다.

사회자 여러모로 바쁘실 텐데 요새는 서울에 계시는지, 지방에 계시는지, 외국에 계시는지 궁금합니다. 최근에는 어딜 다녀오셨나요?

한비야 얼마 전까지는 쓰나미● 현장, 인도네시아와 스리랑카에 다녀왔습니

●쓰나미(津波, tsunami) '지진해일' 이라는 뜻의 일본말로 세계 공용어다. 해저 지진이나 해저 화산 분화, 산사태, 해저 핵실험 등 기상 이외의 요인에 의해 해수면이 변화하면서 발생한다. 2004년 12월 26일 오전, 인도네시아 수마트라 섬 서쪽 해안의 강진으로 발생한 쓰나미는 스리랑카·타이·말레이시아 등 남아시아 전역에 23만 명의 사망자를 내는 등 막대한 피해를 입혔다.

다. 사실 제가 이 강의를 하겠다는 약속을 오래전에 해놓고는 혹시 못 지키면 어떡하나 걱정을 했었어요. 저는 긴급구호팀장으로 48시간 대기조예요. 만약 지금이라도 출동 명령이 떨어지면 48시간 내에 현장으로 가야 되거든요. 다행히 이번 주는 괜찮습니다.

사회자 여러분들은 한비야씨에게 뭐가 궁금합니까? 한 분만 용기 있게 얘기해보세요.

청중 1 저는 한비야님이 사람이 아니라고 생각하거든요. (청중 웃음) 도저히 우리가 상상할 수 없는 일을 하고 계신 듯해서 그렇게 생각합니다.

사회자 거의 종교적 맹신에 가까운 발언을…. (청중 웃음)

한비야 오늘 잘 오셨습니다. 제가 사람이라는 사실을 밝혀드리겠습니다. (청중 웃음)

사회자 오늘 어떤 이야기를 하실 건가요.

한비야 제가 말이 빠른 편이라서 알아듣기 힘들 수도 있겠습니다. 하지만 발음이 정확해서 5분만 참고 들어주시면 금방 익숙해질 거예요. 일단 세 가지를 중점적으로 말씀드리겠습니다. 첫째는 한국을 베이스캠프 삼아 전 세계를 무대로 살아라. 둘째는 꿈만 꾸는 사람이 될 것인가 그 꿈을 이루는 사람이 될 것인가. 저는 꿈을 어떻게 이루어가고 있는가, 그 꿈을 향해 어떻게 가고 있는가에 대해서 말씀드릴 거예요. 셋째로는 긴급구호란 과연 무엇이고 긴급구호 현장에서는 어떤 일이 벌어지고 있으며 거기서 제가 어떤 행복을 느끼고 있는가. 이렇게 세 가지 주제를 중심으로 말씀드리려고 해요. 여러분이 오늘 집에 가셔서 세 가지는 건졌다고 생각하실 수 있다면, 그리고 그것을 자기 인생에도 대입해서 생각해볼 수 있는 계기가 된다면 좋겠습니다.

사회자 여러분, 한비야씨가 지금 목차를 읽으셨습니다. (청중 웃음) 본론으로 들어가기 전에 하나 제안해보겠습니다. 저에겐 평생토록 못 잊을 호칭이 하나 있어요. 전태일 열사가 세상 떠나고 그 후에 어머니인 이소선 여사가 활동을 많이 하셨어요. 그런데 그분께는, 노동자건 기자건 그 누구도 이소선이란 이름을 붙인 적이 없는 것 같아요. 그분을 부르는 호칭은 딱 하나였어요. '어머니.' 그분은 우리 모두의 어머니고, 우리는 그분의 아들딸이라는 마음을 담고 있었던 거지요. 이제 세월이 많이 흘렀고, 세계 여행도 자유롭게 할 수 있는 시대가 되었습니다. 이를 통해 우리의 견문을 넓혀주신 분이 한비야씨가 아닐까 생각해요. 그렇다고 한비야씨를 어머니라고 부를 수는 없고…. (청중 웃음) 누나도 좋지만, 옛날에는 누나를 '언니' 라고도 불렀거든요. 한비야씨에게 '언니' 라는 범칭을 제안해봅니다. 한비야씨께 박수와 더불어 '언니야' 를 부르면서 강연을 부탁드려보면 어떨까요. (청중 "언니야~")

한비야 제가 수많은 강연을 다니지만 오늘처럼 이렇게 재미있는 오프닝은 처음입니다. 언니 좋습니다. 사실 저는 남동생이 있는데 누나라고 안 부르고 그냥 이름으로 불러요. 그래서 저는 저를 누나라고 불러주는 사람을 진짜 좋아합니다. (청중 웃음) 여기 오신 여러분은 지금 10대, 20대, 30대가 주를 이루잖아요. 제가 지금 40대 중반이니까 누나라고 불러도 하나도 안 징그럽죠. 그리고 여기 있는 여자 후배들은, 부담없이 저한테 언니라고 불러주세요. 아줌마라고 부르면 죽음이에요. (청중 웃음) 난 선생님도 싫어요. 여러분들은 함께 동시대를, 즐겁고 행복하게 살아가는 동지들입니다. 여러분들 여기 입장료 내고 들어오셨죠. 이거 되게 어려운 일이지요. 저는 정말 제가 돈을 내고 강의 들어본 게 언제인가 생각하게 되었어요. 그만큼 사람들이 '21세기를 바꾸는 상상력' 과 같은 주제에 무척 목이 말랐구나 하는 생각도 들었고요. 오늘 여러분들이 저한테 어떤 이야기를 듣고 싶어 할까 생각해봤어요. 저는 오늘, 행복을 극대화하는 방법, 미스 코리아처럼 예쁘지는 않지만 예뻐보이는 얼굴, 그래서 세상에서 가장 아름다운 얼굴로 살아갈 수 있는 방법에 대해 이야기하려고 해요.

떳떳한 한국인, 당당한 세계인으로 사는 법

한비야 우리는 '우리 집' '우리 학교' '우리 가족' '우리 나라' 까지는 잘됩니다. 그런데 그 바깥을 나가기가 정말 힘들어요. 1987년에 세계여행이 자유화되고 그렇게 많이 여행을 다니고, 어느 대통령은 세계화를 국책 사업으로 추진하기까지 했잖아요, 그럼에도 불구하고 우리가 진정 '세계화' 에 한 발짝이라도 다가갔던가 하는 이야기를 아까 말한 세 가지 주제와 관련해서 얘기해보고 싶어요. 그럼 이제부터 세계일주를 한번 해보겠습니다. 자, 다 함께 빠져봅시다. (청중 웃음)

먼저 질문을 하나 하겠습니다. 자기 주변 가까이에 세계지도 붙여놓고 사는 분 손 들어보세요. 지구본도 쳐드릴게요. (청중 웃음)예를 들어서 아프가니스탄에서 무슨 일이 일어났다 했을 때 곧바로 찾아볼 수 있도록 지구본이나 세계지도를 가까이 두고 있는 분? (청중 손듦) 오! 역시 여느 강의하고는 다르다니까요. (청중 웃음) 그렇습니다. 그런데 100퍼센트가 아니네요. 그럼 100퍼센트를 만들기 위해서 다이어리까지 쳐드릴게요. (청중 웃음) 세계에서 무슨 일이 일어났을 때 그곳을 금방 찾아볼 수 있도록 지구본이나 세계지도나 다이어리의 지도가 있는 분 손 들어보세요. (청중 손듦) 와! 제가 여태껏 다닌 수많은 강의 중에서 가장 많은 사람들이 손을 들었어요.

세상을 여러 가지 기준으로 나누잖아요. 예컨대 여자와 남자라는 이분법도 있지요. 저는 여자와 남자로 나누는 이분법은 이미 낡았다고 생각해요. 저를 두고 여자 오지여행가라고 하는 사람 없잖아요. 긴급구호팀장을 여자가 한다고 여자 긴급구호팀장이라고 하는 경우를 아직까지 한 번도 못 봤어요. 그러면 부자와 가난한 사람? 저도 아주 오랫동안 그렇다고 생각했어요. 그런데 제가 월드비전이란 구호단체에 다니면서부터는 부자들이라고 행복한 얼굴로 다니는 게 아니라는 걸 알았어요. 오히려 가난한 사람들이 훨씬 잘 나눠요. 제가 몸담고 있는 월드비전만 하더라도 기부자의 80퍼센트가 월수입 200만 원 미만인 분들이에요. 신기하지요. 그런데 그 사람들이 훨씬 행복해 보여요. '주자학파' 사람들이에요. 주자, 주자, 뭐 더 줄 거 없나. (청중 웃음) 그런 사람들은 얼굴이 정말 행복해 보여요.

저는 개인적으로 이 세상을, 가슴속에 세계지도를 갖고 있는 사람과 그렇지 않은 사람으로 나눌 수 있다고 생각합니다. 혹시 여러분의 세계지도는 구멍이 뚫려 있지 않나요? 없는 나라가 많지 않나요? 여러분의 세계지도에는 어느 나라가 제일 큰가요? 당연히 미국이 제일 크겠지요. 그다음엔 중국, 일본. 유럽은 통틀어서 유럽. 그 외에는 존재하는 나라가 없지 않나요? 여러분들의 마음에 있는 세계지도가 혹시라도 구멍이 많이 난, 잘못된 지도가 아닌가 한번 생각해보시기 바랍니다. 우리가 알아야 하는 세계지도, 우리가 가슴속에 품은 세계지도가 정상적인, 모든 나라가 제자리에 붙어 있는 그런 세계지도였으면 좋겠습니다.

세계지도가 한 사람의 인생에 얼마나 큰 영향을 미칠 수 있는가는 저를 보시면 알 수 있습니다. 저야말로 세계지도의 덕을 톡톡히 본 사람이지요. 어렸을 때부터 세계지도가 벽에 붙어 있었어요. 물론 저희 부모님의 작전이지요. 아이를 좀더 크게 키워보고 싶다는 소망이셨는데요. 벽뿐만이 아니라 세계지도가 그려진 모든 걸 사오셨어요. 예를 들면 세계지도가 그려진 식탁보, (청중 웃음) 스케치북, 필통, 티셔츠…. 세계지도가 그려진 티셔츠를 입고 밥을 먹고 있으면 아버지가 "셋째야(제가 셋째 딸이에요), 거기 인도에 밥풀 묻었어." (청중 웃음) "페루에 구멍 났어." 그러니까 세계가 넓다든지 인도나 페루가 멀고 먼 나라라든지 그런 생각이 안 드는 거예요.

아주 어렸을 때부터 저희는 스케치북을 새로 사오면 첫장을 펴서 크레파스로 중간에 금을 그려요. 그게 바로 적도죠. 우리 형제들은 자기가 그린 세계지도를 붙여놓고 살았어요. 그러니 세계가 한눈에 들어오는 거예요. 이거 한 바퀴 도는 거 그렇게 큰일이라는 생각이 안 들었어요. 요 네모난 데도 들어가는 세계가 뭐 그리 넓으랴. 어느 날 아버지한테 "세계가 다 붙어 있는데 걸어서 한 바퀴 돌 수 있지 않아요?" 하니까 아버지께서 너무나 기특해하는 얼굴로 "오 그래, 한번 해볼래?" 하시는 거예요. 10살도 안 되는 애가 그런 엉뚱한 얘기를 하는데 말리시기는커녕 "너 한번 해보는 거다. 약속!" 이렇게 북돋워주셨어요. 우리 아들딸들을 세계를 무대로 살게 하고 싶다는 아버지의 바람은 이루어졌습니다. 그렇다 보니 걸어서 지구를 세 바퀴 반을 돈다는 게 그다지 엄두가 안 나는 일이 아니었어요. 엄두만 내면 세상에 되는 일이 많아요.

저는 미혼입니다만, 어린 조카들이나 친구 아들딸한테 세계지도를 많이 선물해요. 지구본 좀 비싸요(청중 웃음), 한 3만 원 하니 큰 투자죠. 그런데 그게 얼마나 짭짤한 투자인지 아세요? 아이들에게 지구본을 주고 거기서 우리나라 찾아봐라 하면 못 찾아요. 왜냐, 그 애들에겐 한국이 제일 커요. 그러니까 큰 나라만 찾느라고 못 찾아요. "중국하고 일본 중간에 있는데" 하고 힌트를 주었을 때야 겨우 한국을 찾을 수가 있게 되죠. 그 순간 백이면 백 10살 미만의 어린이들이 무슨 말을 하는지 아세요? "애걔?" (청중 웃음) 당연히 '애걔' 지요. 육지 면적으로만 따지면 한국은 세계 면적의 270분의 1이에요. 그런데 바로 그 "애걔" 하는 순간 우리 어른들이 이야기를 잘

해줘야 돼요. "그래, 여기는 전 세계 면적의 270분의 1이야. 그러나…." 여기서 지구본을 멋있게 한번 쳐서 돌려주는거에요. (청중 웃음) 그러고 나서 "너의 무대는 전 세계란다. 한국은 베이스캠프일 뿐." 그러면 아이의 눈이 반짝하고 빛나요. 저는 그 순간에 아이가 세계화의 첫걸음을 내딛게 된다고 생각해요. 해외여행과 영어 교육만으로 되는 세계화는 없다고 생각해요. 그건 하드웨어예요. 누구든지 하려면 할 수 있죠. 그러나 세계여행이 자유화되고 영어 조기교육이 시작되었지만 과연 세계화가 진전됐나요? 진정한 세계화란 여행이나 영어를 잘하는 것이 아니지요.

제가 월드비전 긴급구호 48시간 대기조로 활동하면서 내린 결론은 '세상이 진짜 좁다, 튀어봐야 지구 안이구나' 하는 거예요. 48시간 대기라는 것도 현장까지 48시간 안에 갈 수 있으니까 그런 원칙을 정해놓은 거지요. 통신으로 보면 더하지요. 인터넷만 연결되면 즉석에서 전 세계와 교류가 되잖아요. 그런 시대에 살고 있는 거지요. 이런 상황에서 과연 우리나라만을 무대로 살 것이냐, 전 세계를 무대로 살 것이냐 하는 것도 매우 근본적인 문제라고 생각해요.

산악인들이 8848m의 히말라야를 올라간다고 할 때 보통 5,500미터 정도에서 베이스캠프를 쳐요. 그런데 베이스캠프 안에서 연애하고 애 낳고 사나요? 아니지요. 베이스캠프는 정상을 공격하기 위한 준비 단계, 혹은 정상 탈환에 실패했을 때 그 원인을 분석하는 곳이지요. 체력이 떨어졌을 때 이를 채우는 보충 기지, 실망했을 때는 위안을 받는 위안 기지이지요. 한국은 베이스캠프, 전 세계가 우리의 무대입니다. 1미터 이상 자랄 수 있는 고기를 지름 30센티의 조그만 어항에 놓으면 20센티까지밖에 안 자란다고 합니다. 더 크면 거기서 살 수가 없기 때문이지요. 혹시 지구라는 거대한 무대를 외면한 채 한국이라는 좁은 어항 속에 우리를 밀어넣고 있는 건 아닐까 생각해보았으면 합니다.

보통 사람들은 세계지도를 보면서 '아프가니스탄? 거 되게 먼 나라네' 하고 생각하지만 세계지도가 가슴속에 있는 사람은 중국 옆에 있는 나라 즉 '옆 나라의 옆 나라' 정도로 생각할 수 있는 거지요. 미국, 일본만이 우리의 이웃이자 세계가 아니라 수단, 콩고 등 생소한 나라들도 서로 돕고 도움을 주는 이웃이자 친구라는 생각을 갖고 있어야 떳떳한 한국인으로, 당당한 세계인으로, 책임 있는 세계인으로 제 몫을 다하며 살 수 있지 않을까 생각합니다. 여러분 모두 가슴속에 제대로 된 세계지도를 하나씩 갖고 있었으면 좋겠습니다. 여러분뿐만 아니라 친구들, 아들딸들에게도 세계지도를 가슴속에 채워 넣어줄 수 있다면 좋겠습니다.

저 역시 제대로 된 세계지도를 갖고 있지는 않았어요. 마찬가지로 제가 가진 세계지도의 95퍼센트는 미국이었어요. 저처럼 미국에서 유학을 한 사람은 특히 그런 생각 많이 해요. 미국은 우리가 지향해야 할 나라이고, 되게 부럽고, 조금만 잘못해도 주눅 드는 나라였지요. 그런데 제대로 된 세계지도를 가슴에 안으려고 한 이후부터는 조금 다르게 보이기 시작했는데, 그 결정적인 계기가 저에게는 세계일주였어요.

세계일주를 하지 않았다면 지금의 긴급구호일도 하지 못했을 거예요. 저에겐 세 가지의 여행 원칙이 있는데 '오지로만 다닌다' '혼자서만 다닌다' '그 나라 사람과 똑같이 입고 자고 먹는다' 입니다. 그래서 시간이 많이 걸렸어요. 7년간 여행하면서 여러 가지 위험했던 일도 많았고 어려운 경우도 많았지만, 포기하지 않았다는 것에 대해 스스로 무척 자랑스럽게 생각합니다. 그거 누가 돈 주고 하라고 시켰으면 분명 중간에 그만뒀을 거예요. 돈을 받고 목숨을 걸겠어요? 내 목숨 값이 얼만데. 돈으로 환산할 수가 없잖아요. 진짜로 이거 꼭 하고 싶어, 이거 하다 죽어도 좋아, 하는 마음. 거기서 용기가 나오는 거 같아요. 진짜로 하고 싶은 일은 절대 포기가 안 되지요.

꿈만 꾸는 사람 vs 꿈을 이루는 사람

여행 혼자 다니시는 분들은 아시겠지만 아플 때가 정말 힘들어요. 제 경우는 이러다가 죽을지도 모르겠다 싶을 만큼 힘든 적도 있었어요. 6개월 정도 아프리카 여행을 하고 있을 때였는데 말라리아 예방약을 먹었어요. 그 약이 되게 독하고 부작용이 심해서 의사가 3개월 이상은 먹지 말라고 했는데 저는 6개월을 먹었고 일주일에 1번 먹으라고 했는데 저는 2번 먹고…. 하지 말라는 짓만 골고루 했죠. (청중 웃음) 말라리아에 걸릴까봐 무서웠거든요. 말라리아가 얼마나 무서운가 하면, 말라리아는 오늘날까지 사람을 가장 많이 죽이는 병 중 넘버원이에요. 암 같은 불치병보다 모기한테 물려서 죽는 사람이 더 많은 거예요. 약이 없냐고요? 인간도 복제하는데 말라리야 약을 못 만들겠어요? 말라리아를 100퍼센트 치료하는 약 만들 수 있어요. 그런데 안 만들어요. 왜 안 만드는 줄 아세요? 말라리아 약을 먹어야 할 사람들은 가난한 나라 사람들이에요. 아프리카나 동남아시아 사람들. 살 사람이 가난하니까 아예 개발을 안 하는 거지요.

그때 저는 일회용 주삿바늘을 많이 갖고 다녔어요. 혹시라도 에이즈 환자에게 쓴 주삿바늘을 나한테 쓰면 전 아무 죄 없이 에이즈에 감염되는 거잖아요. 그런데 여행도중 하도 말라리아 걸린 사람들이 많아서 그걸 다 줘버렸어요. 이젠 일회용 주삿바늘도 없지, 영어 하는 사람도 없지, 그러니까 무서워서 약을 세게 먹었던 거지요. 그랬더니 부작용이 생겼는데 머리가 뭉텅이로 빠지는 거예요. 그래서 수건을 가지고 머리를 가리고 다녔어요. 거기가 에티오피아였는데 한 아줌마가 절 보고 "더운데 왜 수건을 썼냐?"고 묻더군요. 제가 대답했죠. "한국 사람들은 다 이런다." (청중 웃음) 여러분도 에티오피아 갈 때는 그렇게 하세요.

또 다른 부작용은 눈이 안 보이는 거예요. 눈이 부셔요. 계속 울고 다녔어요. 그랬더니 사람들이 뭐가 그리 슬프냐고 하더군요. (청중 웃음) 그 다음엔 저도 드러누웠어요. 부작용으로 간이 많이 손상되었거든요. 밥을 못 먹어요. 2주일 동안 아무것도 못 먹고 있었어요. 처음엔 속이 메슥거리니까 사이다를 많이 먹었는데 그러면 노란

물이 나와요. 쓸개즙이지요. 저는 그 맛을 봤습니다. 쓸개처럼 쓰다고 하는데 진짜 씁니다. 그렇게 2주 동안 안 먹으니까 피골이 상접해요. 제가 갔던 데가 에티오피아 어느 깡촌의 여관이었어요. 천장에는 엄청나게 큰 바퀴벌레가 황금박쥐처럼 왔다 갔다 해요. (청중 웃음) 바닥에는 구렁이만 한 지렁이가 왔다 갔다 해요. '이러다간 죽을 수도 있겠다' 싶은 거예요. 이제 그만 집에 돌아가서 몸을 추스르고 싶다는 생각이 간절했어요. 그런데 그때 일기를 쓰다가 문득 '지금 돌아가면 후회하지 않을까? 아무리 힘들어도 이 자리에 있는 내가 더 행복한 게 아닐까?' 하는 생각이 드는 거예요. 그래서 맨 마지막에는 이렇게 썼어요. '내가 지금 물을 끓이는 거라면 99도까지 온 게 아닐까? 한 번만 더 참으면 되는데 여기서 포기하면 너무 억울하지 않아? 맞아, 가기는 어딜 가.' (청중 웃음)

그래 놓고 너무 힘이 없으니까 한국 대사관에 전화했어요. 대사관에서 누구냐고 묻더니 깜짝 놀라요. "지나가던 나그네인데 라면 없냐"고 했죠. (청중 웃음) 그랬더니 얼른 오래요. 내가 아주 깡촌에 있던터라 아디스아바바까지 이틀쯤 버스 타고 가야 되는데 라면 먹을 생각 하나로 열심히 갔어요. 가니까 교민이 다 모였어요. 모두 6명. (청중 웃음) 거기서 사모님이 에티오피아에서는 구경도 못해볼 미역국, 어리굴젓, 오오 깻잎! (청중 웃음) 이런 것들을 내주셨습니다. 정말 감동이에요. 여러분, 한국 음식은 음식이 아닙니다. 보약입니다. (청중 웃음) 2주간 아무것도 못 먹었던 제가 온갖 것을 다 먹었는데도 토하기는커녕 나중엔 세 시쯤 되니까 배가 고파가지고 "사모님 제가 언제 밥 차려달랬습니까, 라면 끓여달랬지" (청중 웃음) 이랬습니다.

저는 그때 '가기는 어딜 가' 하면서 끝까지 포기하지 않은 제가 기특하고 자랑스러워요. 그때 포기했더라면 지금의 한비야는 없었을 겁니다. 꿈을 이룬다. 멋있는 말이지요. 아까 말씀드렸던 이분법의 방식으로 말하자면, 사람은 꿈만 꾸는 사람과 이루는 사람으로 나눌수 있을거에요. 꿈만 꾸는 사람은 얼마든지 있죠. 자기가 꿈만 꾸는 사람인가 아닌가 당장 체크해볼 수 있어요. 작년에 꾸던 꿈을 올해도 또 꾸고 있나. (청중 웃음) 5년 전에 꾸던 꿈을 지금도 꾸고 있나. 그렇다면 그저 꿈만 꾸는 거지 그 꿈 앞으로 한 발짝도 다가가지 않는다는 거지요. 꿈만 꾸는 사람과 꿈을 이루는 사람의 차이는 무척 크지만, 그 과정을 살펴보면 아주 작은 차이만 있을 뿐이에요. 그 차이를 오늘 여러분께 공개합니다.

꿈만 꾸는 사람은 그야말로 꿈만 꿔요. 그게 어디서 뚝 떨어지기를 바라지요. 지름길이 있을 거라고 믿어요. 뭔가 하루 아침에 이루어지길 바라죠. 꿈을 이루는 사람은 자기가 정해놓은 목표를 향해서 오늘도 한 발짝 한 발짝 가고 있는 사람이에요. 그 목표는 모두 다르지요. 저는 지금 긴급구호라는 목표가 있어요. 그 꿈을 향해서 한 발짝 한 발짝 가고 있어요. 여러분도 각자의 꿈이 있을 거예요. 한때는 제가 중국어를 되게 배우고 싶었어요. 그래서 중국에 가서 공부하면서 한 발짝 한 발짝 다가갔어요. 물론 여태껏 못 이룬 꿈도 수없이 많아요. 그러나 돌아보면 꿈을 이룰 수 있었던 이유는 딱 하나였어요. 정해놓은 목표를 향해서 매일매일, 한 발짝 한 발짝 가고 있는가 그렇지 않은가. 딱 그 차이예요.

세계일주라는 게 그걸 하고 싶은 사람에게야 대단한 일이지만 그걸 꿈꾸지 않는 사람에게는 그리 대단한 것도 아니잖아요. 마라톤 선수 이봉주 선수의 꿈은 마라톤 뛰다 죽는 거잖아요. 저는 마라톤 뛰다 죽고 싶지 않거든요. (청중 웃음) 바둑 두는 조훈현 기사는 바둑 한판 한판에 목숨을 건다잖아요. 바둑, 그거 주색잡기 중에 잡기 아닌가요? (청중 웃음) 근데 그 사람은 거기에 목숨을 걸고 매일매일 한 발짝 한 발짝 가는 거예요. 그런 사람만 꿈을 이룬다고 저는 생각해요.

세계일주를 다 끝내고 나서 '뭔가 미진하다. 홈그라운드 한번 돌자' 하고 국토 종단을 했어요. 통일전망대까지 걸어서 간다고 하니까 전라도 땅끝 아줌마들이 "워메 못 간당게" 하면서 말렸어요. 다들 못 간다고 하셨어요. 그분들은 한 번도 그런 꿈을 꿔본 적도 없고 그런 일에 엄두를 안 내본 사람들이니까.

제가 발이 되게 작아요. 옛날에 미국에서 유학할 때 발에 맞는 어른 신발이 없어서 신데렐라, 백설공주 등이 그려져 있는 어린이 신발만 신었어요. 목욕탕에서 신는 건 백발백중 오리예요. (청중 웃음) 그 작은 발로 아장아장 걸었어요. 걷다 보니 통일전망대까지 간 거예요. 국토 종단하면서 확실히 깨달았지요. 천릿길도 한 걸음부터. 여러분은 여러분이 정해놓은 목표 그 산의 정상에 가기 위해서 오늘도 한 발짝 한 발짝 가고 계십니까? 오늘 저녁 여러분께서 일기를 쓰실 때 그걸 점검해보는 시간을 가졌으면 좋겠습니다.

"너희들 전쟁 끝날 때까지 죽으면 죽을 줄 알어"

지금까지 찍은 수십만 장의 사진 가운데 가장 아끼는 사진이 있습니다. 아까 말한 말라리아 예방약 부작용에 걸렸을때 집에 가지 않기로 결정한 직후 찍은 사진이에요. 피골이 상접한 채 스카프를 뒤집어쓰고 찍은 그 사진을 볼 때마다 생각해요. 내 얼굴이 이렇게 멋있을 수 있구나. 최고로 예쁘고 행복한 얼굴이에요. 물론 저도 우리집에 거울이 있는데 제가 어떻게 생겼는지 잘 알고 있습니다. 미스 코리아처럼 생기지 않았잖아요. 점수로 치면 잘해야 B 플러스 정도? (청중 웃음)

그런데 가장 아름다운 얼굴을 가지려면 어떡해야 하는가. 제가 그 사진을 보고 힌트를 얻었어요. 자기가 하고 싶은 일을 하고 있는 사람, 바로 그 현장에 있는 사람의 얼굴, 그 얼굴이 자기가 가질 수 있는 가장 예쁘고 행복한 얼굴이에요. 그런 얼굴로 살려면 무엇을 하면 좋을까 곰곰이 생각하면서 여행을 다녔어요. 당시 저는 회사를 그만둔 상태여서 돌아갈 곳이 없었어요. 그래서 더욱 정면 대결을 한 셈이지요. 나는 뭘 잘하나, 무엇이 내 가슴을 뛰게 하는가. 자다가도 벌떡 일어나서 하고 싶은 일, 쓰러질 것 같아도 그 일만 생각하면 일어나게 되는 그런 일. 그걸 꼭 찾고 싶었어요. 그게 바로 긴급구호일이에요.

저는 세상에 그렇게 많은 난민이 있는 줄 몰랐어요. 아프리카는 거의 전 대륙이 난민이에요. 세상에는 2, 3천만 명의 난민이 있는데 우리나라는 난민이 별다른 이슈가 되질 않지요. 똑똑한 척하던 사람도 한국 밖으로만 나가면 입을 꼭 다문 조개껍데기가 돼요. 뭐가 중요한지 알아야 얘기를 하죠. 똑똑한 사람들을 바보로 만드는 게 바로 우리나라 교육과 언론이 아닌가 합니다. 한겨레신문도 반성하시길 바랍니다. (청중 웃음) 다행히 저는 여기에서 이 일을 하면 그 무엇도 아깝지 않겠구나 생각한 곳이 있었어요. 그곳이 바로 아프가니스탄이에요.

여행 4년차쯤 되었을 때였는데 탈레반이 되게 무서웠어요. 여자 혼자 배낭 메고 들어갈 곳이 절대로 아니라는 걸 나중에야 알았는데(청중 웃음), 알았으면 절대로 못 갔을 겁니다. 무식해서 용감했지요. 진짜 무서웠어요. 지금도 하얀 천이 펄럭이는 걸 보면 무서워요. 탈레반 국기거든요. 자칫 잘못하다간 팔다리를 잘릴 수도 있고 감옥에 들어갈 수도 죽을 수도 있는 무법천지였지요. 빨리 여기를 지나서 투르크메니스탄으로 가야겠다고 생각하고 있을 때 어느 난민촌에 들어가게 됐습니다. 난생처음 동양 여자를 본 아이들이 좍 모였어요. 얼마나 놀랐겠어요, 얘기로만 들었던 동글납짝한 사람이 눈앞에 딱 나타났으니.

옛날에 저는 동네에 외국인 지나가면 끝까지 쫓아가는 애였어요. (청중 웃음) 백인이면 멀대같이 키는 크지요, 샤라샤라 하지요, 눈은 파랗지요. 그럼 끝까지 쫓아가서 "아저씨 제가 파랗게 보여요

까맣게 보여요?" (청중 웃음) 그러니 난민촌 아이들이 나를 보고 궁금해하는 건 당연하지요. 내가 옛날에 그런 아이였기 때문인지 몰라도 그 애들 보면 얼마나 귀여운지 몰라요.

중동 아이들하고 쉽게 어울리는 방법을 알려드릴게요. 일단 이름을 물어보면 됩니다. 보통 남자애들 반 여자애들 반 나뉘어서 모여 있거든요. 그럼 남자애들한테 그래요. "후세인 손 들어봐라." 그러면 반쯤 손들어요. (청중 웃음) 후세인이 되게 흔한 이름이에요. 손 든 아이들은 감격해서 '저 아줌마가 내 이름을 어떻게 알았나?' 그러지요. "알리 손 들어봐라." 그러면 또 나머지 반. (청중 웃음) 두 아이가 손을 안 들고 있어요. 그럼 "빈 라덴." 그럼 한 아이가 놀라서 끄덕끄덕해요. 남은 아이한테는 "그럼 넌 라덴 빈이군." (청중 웃음) 아프가니스탄 아이들 이름은 되게 간단해요. 여자아이들은 더 쉬워요. 구약에 나오는 이름이 많아요. 사라, 파티마, 미리암… 미리암이 마리아의 중동식 이름이에요. 한 열 가지만 대면 애들이 다 손 들어요. 얼마나 좋아하는지. 그럼 아이들이 그때부터 쫙 달라붙어요. 제일 설치는 애 하나한테 태권도의 기본 동작을 알려주면 갑자기 사범이 돼서 다른 애들한테 가르치고 난리예요. (청중 웃음) 아프가니스탄에 태권도가 되게 유명하거든요. 여자아이들한테는 삼색 볼펜이 꼭 필요해요. 꽃무늬 반지, 다이아몬드, 시계 따위를 그려주면 좋아해요. 하지만 그 동네 부모들은 싫어하지요. 외국인인 제가 탈레반 끄나풀인가, 무슨 정보를 주고받았나 오해하기 십상이에요. 이제 그만 나갔으면 하는 눈치가 보여요. 더는 아이들하고 놀

수가 없는 거예요.

아이들을 모아놓고, 이란에서 몇 달 있었을 때 조금 익힌 페르시아말로 얘기를 했어요. "너네들, 이모하고 약속할 게 있다. 너희들 전쟁 끝날 때까지 죽으면 죽을 줄 알어." 50명 정도 되는 아이들이 깜짝 놀라면서 기쁜 얼굴로 "발레요(알았어요)" 하면서 고개를 오른쪽으로 갸웃하는 거예요. "너희들 천 원짜리로 고칠 수 있는 탈수, 설사병, 그런 허접한 병으로 죽으면 죽을 줄 알어." 아이들이 활짝 웃으며 알았다고 하는데 가슴이 뭉클했어요. 나는 너희 나라에 평화가 오면 다시 돌아올 거라고 했어요. 그러면서 나가려고 하는데 어떤 아이가 "비야" 하고 저를 부르는 거예요. '비야' 가 그 동네 말로 '여보세요' 라는 뜻이에요. 온 동네 전체가 저를 부르고 다녀요. (청중 웃음) 그 아이는 지뢰를 밟아서 팔다리가 잘린 아이였어요. 목발을 짚고 저한테 빵을 주는 거예요. 뭐라도 주고 싶은데 줄 게 없으니까 빵을 준 거예요. 제가 후에 긴급구호 활동을 하면서 그 아이들에게 빵이 무엇을 의미하는지 더 잘 알게 됐어요. 얼마 만에 생긴 건지도 모르고 언제 다시 생길지 모를 빵이에요. 그런데 "이모는 나의 친구예요" 라는 듯한 눈빛으로 그걸 주는 거예요.

중동의 아이들은 정말 예뻐요. 중동의 여자아이들은 하느님이 특별히 더 예쁘게 만드신 거 같아요. 눈이 얼굴의 3분의 1이에요. 그리고 검은콩처럼 반짝반짝해요. 눈썹은 또 얼마나 긴지 꼭 낙타 같아요. (청중 웃음) 잠깐 그 빵을 그 애가 먹고 배불러하는 게 좋을까, 내가 먹어서 친구가 있다는 걸 보여주는 게 좋을까 생각했어요.

그리고 제가 받아서 "고마워" 하고 그걸 딱 베어 물었어요. 그러니까 그 많은 후세인, 알리, 사라, 파티마, 모하메드가 얼마나 좋아하는지. 그 빵을 먹는 것을 '나는 너의 친구야, 나는 너와의 약속을 꼭 지킬게' 라는 의미로 받아들인 거예요. 저는 그날 일기를 쓰면서 결심을 했어요. '하느님 제가 세계일주를 끝내고 난 다음에 반드시 이 난민 아이들을 위해서 일하게 해주세요. 제가 옛날에 국제홍보학 전공한 거, 세계일주를 한 거는 다 긴급구호일을 하기 위한 준비가 아닙니까.' 이건 1996년의 일입니다. 그 얘기가 『바람의 딸 걸어서 지구 세 바퀴 반』 1권에 나와요. 2001년 10월 드디어 소원 성취를 했어요. 제가 월드비전이라는 국제구호기관에 긴급구호팀장이 된 거예요. 제가 거길 들어간 날 바로 아프가니스탄 전쟁이 일어났어요. 너무 신기하지요. 그리고 제가 처음으로 파견 나간 곳이 바로 그때 아이들하고 약속했던 바로 그곳이에요. 제가 1996년에 글을 쓰지 않았다면 꾸민 이야기라고 해도 할 말이 없어요. 다행히 그때 쓴 책이 알리바이가 돼서 마음 놓고 얘기할 수 있지요. (청중 웃음)

가난한 이들과 함께하는 진정한 행복

긴급구호 현장이라는 데가 사람 목숨이 왔다 갔다 하는 곳이잖아요. 사람들이 벼랑 끝에 손만 걸고 있는 형상이에요. 그 친구들이 우리같은 구호단체를 만나면 끌어올려지는 거고, 못 만나면 떨어져 죽는 거고. 그곳은 전쟁으로 인한 극심한 기아에 시달리고 있어요.

한 동네에 2천 명 중 천 명은 아이들이고 그중 10퍼센트는 극심한 영양실조예요. 아이들이 거의 기절 상태로 있어요. 그런 아이들을 영양급식소로 데려오면 의사들이 보고 죽을지 살지 모른다고 그래요. 하지만 우리는 목숨이 끊어지기 전까지는 희망이 있다고 생각하는 거예요. 어떻게든 살려보겠다고 불침번을 서요. 2시간마다 불침번을 서가며 아이에게 음식을 먹이지만 처음엔 잘 못 먹어요. 입을 벌리고 꼬집고 해가면서 먹여요. 2주쯤 되면 이 아이하고 눈이 마주쳐요. 눈이 마주치면 방긋 웃어요. 방긋 웃는 아이들 중에 죽은 아이는 한 명도 없어요. 일단 눈이 마주친 아이는 사는 거예요. 죽어가는 이 아이를 2주 만에 살아나게 만든 건 비싼 약도 아니고 복잡한 수술도 아니에요. 영양죽 2주일분. 그 값이 만 원이에요. 여러분, 힘이 없다고 생각하십니까? '내 앞가림도 못하는데' 이렇게 생각하세요? 여러분 주머니에 만 원만 들어 있다면 여러분은 한사람을 살릴 수도 있는, 힘이 대단히 센 사람이에요. 저는 개인적으로는 남한테 부탁하는 걸 무척 싫어해요. 그런데 현장에만 갔다 오면, 사람이 이렇게 모여 있잖아요? 그러면 갑자기 "돈 내놔라!" 소리가 절로 나와요. (청중 웃음) 만 원으로 사람 살려보셨냐고. 만 원으로 사람이 죽고 산다고.

거기가 사실 굉장히 위험한 동네였어요. 제가 물자를 배분했던 거기가 나중에 알았지만 대물지뢰가 잔뜩 묻혀 있는 지뢰밭이었어요. 서서히 고통스럽게 굶어 죽느니 차라리 빨리 죽는 게 낫다는 생각도 해요. 너무 못된 생각이지요. 그 아이들이 무슨 잘못이 있는가, 무슨 죄가 있어서 에이즈 걸려 태어나고 먹을 게 없어서 굶어서 죽는 건가. 단지 그 나라에서 태어난 죄. 그것 때문에 서서히 굶어 죽는 거예요. 작년 통계만 봐도 전 세계에는 인구를 먹여 살릴 충분한 식량이 있어요. 인류 역사상 가장 많은 식량을 생산했대요. 그래도 전 세계의 반은 고스란히 굶어 죽고 있어요.

에이즈에 걸린 애들은 몸이 곪아서 여기저기 막 긁어요. 그러면서 피고름이 나죠. 그러다 긴급구호팀이 들어가면 무슨 힘이 나는지 벌떡 일어나서 우리에게 안기려고 해요. 평소의 저 같으면 절대 못 안아주지요. 잘못하면 에이즈 걸릴지도 모르잖아요. 월드비전 지침에도 안아주지 말라고 나와 있어요. 그런데 아이들이 그렇게 팔을 벌리고 다가오면 그 아이들을 꼭꼭 안아주게 돼요. 그 아이들을 안아주지 않으려면 거기에 왜 갔나, 죽게 되면 죽으리라, 그런 생각이 들어요. 위험한 일이지만 기쁜 마음으로 해요. 이라크나 쓰나미 현장은 전염병 위험이 있어요. 전염병이 좋은 일 하러 왔다고 우리를 피해 가는 건 아니거든요. 그런데 아무리 현장이 위험해도 현장에 갈 일만 생기면 "저요, 저요" 하고 또 가게 돼요. 왜 가게 되느냐. 아까 말씀드린 것처럼 이 일이 내 가슴을 뛰게 하기 때문이에요. 그렇게 행복한 얼굴로 살고 싶기 때문이에요.

여러분은 행복의 정의를 뭐라고 생각하세요? 제 정의는 딱 한 가지예요. 하고 싶은 일과 해야 할 일이 딱 맞아떨어지는 그 일을 하는 것. 그런데 이 긴급구호일이 바로 그런 일이에요. 다른 사람에게는 매우 하찮고 비현실적으로 보일 거예요. 사람들은 저에게 비

현실적이란 말을 많이 해요. 저도 알아요. 그래도 저는 꿈을 꿉니다. 타인 없이 행복할 것인가, 타인과 더불어 행복할 것인가. 이제 타인 없이 행복할 수 없다는 걸 알게 됐어요. 그리고 타인과 더불어 행복할 때 제 능력의 최대치가, 제일 예쁜 얼굴이 나올 거라는 생각이 들었어요. 그게 결국에는 저도 좋고 다른 사람도 좋고 절 만드신 하느님도 좋은 일이다 생각해요. 지금 내가 가진 힘을 이미 많은 힘을 가진 사람에게 보태면서 달콤하게 살 것인가. 그렇게 살고 싶진 않아요. 비록 내가 힘은 없지만 힘이 없는 자, 경제적 약자, 정치적 약자, 기회의 약자, 그런 약자들과 더불어 맞서 싸우다 장렬히 전사할 것인가. 그러기로 결심했어요.

긴급구호 하는 사람들은 전부 이런 마음일 거예요. 저희도 실탄이 있어야 일을 합니다. 여러분은 후방에서 사랑의 총알로, 종교가 있다면 기도로, 최전선에서 일하는 긴급구호위원들을 많이 응원해주시기 바랍니다. 여러분들도 타인과 더불어 행복했으면 좋겠습니다.

에티오피아 속담에 '거미줄도 모으면 사자를 묶는다' 는 말이 있습니다. 긴급구호하면서 힘이 빠질 때마다 이 말을 생각해요. 나는 힘없는 사람이지만 이 거미줄도 모으면 불평등을, 살인적인 가난을, 굶주림을 묶을 수 있지 않을까 하는 꿈을 꾸면서 삽니다.

저는 생물학적 유전자를 주고받을 수는 없지만 사회적인 유전자는 마구마구 뿌리고 싶어요. 오늘 여러분과 나누고 싶은 저의 사회적인 유전자이자 소망은 세 가지입니다. 먼저, 여러분이 세계지도를 가슴속에 품고 살았으면 좋겠습니다. 둘째, 꿈만 꾸는 사람이 아니라 꿈을 이루기 위해서 오늘도 한 발짝 한 발짝 가는 사람이었으면 좋겠습니다. 마지막으로 우리가 없는 힘이지만 힘 많은 자들에게 보태면서 달콤하게 사는 것이 아니라 힘없는 자에게 보태면서 진정한 행복을 함께 느끼며 살았으면 좋겠습니다.

'세계' 라는 이웃과 친구가 되는 법

사회자 한비야씨 강의 듣고 있으면서 생각한 것이, 여기 계신 분들 중에는 한비야씨와 심성도 태도도 미래의 꿈도 똑같은 분들이 다수일 거라고 생각해요. 우리가 보통 생각하는 해외여행이라는 건, 관광 레저 신기한 체험들 거기서 좋은 남자 만나는 것, 그런 거잖아요. 그런데 한비야씨의 체험은 조금 다른 것 같습니다. 지금의 한비야씨를 이끈 동인이 뭘까, 저 사람은 유전자가 다른가. 우리가 보통 가질 수 있는 속된 욕망들에 시달린 적은 없었을까 하는 의문을 갖게 됩니다.

한비야 저는 세계일주를 하면서 후에 긴급구호일을 하게 될 거라고는 꿈에도 생각지 못했어요. 누구든지 자기 능력의 최대치를 발휘하고 싶잖아요. 그러기 위해서는 일단 스스로가 그 일을 제일 좋아해야겠죠. 긴급구호일이 하나도 재미없고 정말 괴로워 죽겠는데 오로지 인류를 위한다는 마음으로 한다, 그런 건 절대로 아니에요. 그렇게 할 수 있는 사람이 있긴 있겠지요. 천사들. 그런데 저는 천사가 아니니까.

사회자 여신(女神)이잖아요. (청중 웃음)

한비야 두고 봅시다. (청중 웃음) 저는 제가 좋아서 하는 일인데 남도 좋으니까 정말 다행이라는 생각이 들어요. 만약 이 일을 만나지 않았으면 그냥 '저만 좋은 일' 만 하고 있을 거예요. 사람을 또 한번 세 부류로 나누자면 1번, 자기는 좋지만 남에게 해가 되는 사람, 여기 모이신 분들은 1번은 없을 거예요. 2번은 남한테 해도 안 되지만 득도 안 되는 사람, 자기만 좋은 사람. 2번의 삶은 좀 길게 가지요. 저도 길게 살았어요. 그런데 긴급구호일을 만나면서부터 3번의 삶, 나도 좋고 남한테도 좋은 삶이라는 게 있구나 했죠. 그런데 옆에서 같이 일하는 사람들을 보니까 그게 그렇게 어려운 일은 아닌 거 같아요. 지금 한 3번까지는 못 갔지만 2.4, 2.5에서 왔다 갔다 하고 있는 거 같아요.

가령 우리가 지금 월드컵 이탈리아전을 보고 있다고 합시다. 안정환이 골을 넣었어요. 혼자 그걸 보고 있으면 심장마비 걸려서 죽어요. 길거리에 나가든지 해서 여러 사람이 함께 즐거워해야 좋지요. 그렇게 같이 즐거웠으면 좋겠다는 생각이 조금씩 들어요. 맨 처음부터는 아니었어요.

사회자 한비야씨는 많은 곳을 다녔는데 다른 나라 사람에게 우리가 어떻게 비치고 있습니까?

한비야 솔직하게 말씀드릴게요. 그래야 해답이 나올 테니까. 사실 우리는 별로 친구가 없어요. 좀 잘사는 나라도 우리를 친구라 생각하지 않고, 우리보다 못사는 나라 사람들도 우리를 친구라고 생각하지 않아요. 제가 지금 여행이다 긴급구호다 해서 나라 밖에 있는 날이 더 많잖아요. 해외에서 그 나라의 대통령, 지도자급부터 난민촌 사람까지 만나는데요. 우리의 세계화 개념부터 뭔가 좀 비딱한 게 아닌가 생각이 들었어요. 우리는 '세계화' 하면 무한 경쟁을 떠올리잖아요. 제가 긴급구호일을 하면서 제일 싫어하게 된 단어가 그거예요. 무한 경쟁 속에서는 우리 아니면 적, 이용하거나 이용당하거나, 먹거나 먹히거나 하는 대결과 경쟁 구도가 되는 거잖아요. 모두가 경쟁의 대상일 뿐 사랑과 나눔의 대상으로 생각할 여지가 없어요.

선진국에 가면, 미안한 얘기지만 좀 주눅이 들어서 다니는 사람들 많이 봐요. 여행자도 그렇고, 거기서 사업하는 사람, 심지어는 외교와 정치 관련 일에 종사하는 사람들도 뭔가 주눅이 들어 있는 듯한 느낌이에요. 그런데 경제적으로 좀 못사는 나라에 간다 그러면 웬 꼴값을, (청중 웃음) 너무 낯이 뜨거워서 볼 수 없을 정도로 그렇게 으스대면서 다녀요. 그 사람들을 한 번도 친구라고 생각해본 적이 없기 때문이에요. 친구? 말이 안 되잖아요 경쟁인데. 우리가 그 사람들을 친구라고 생각하지 않는데 어떻게 그 사람들이 우리를 친구로 생각해주길 바랄 수 있겠어요? 무슨 염치로. 물론 경쟁을 해야 하는 부분도 있겠지요. 우리는 살 만큼 사는 나라지만 전 세계 60억 인구 중 절반에 해당하는 30억이 하루에 한 끼를 못 먹어서 굶주리고 있다는 생각도 해보는 것, 저는 그런 게 친구고 이웃이라고 생각해요.

저는 지구촌이란 말보다 저는 '지구집'이라는 말을 쓰고 싶은데요. 비유하자면 조금 방이 큰데 유리벽으로 되어 있는 겁니다. 아시아와 아프리카가 투명한 유리벽으로 나뉘어져 있는데 옆에서 무슨 일이 일어났는지 몰랐다고 말할 수가 없어요. 다 보이니까요. 옆방에서 막 고통스런 신음 소리를 내고 있는데 우리만 맛난 음식 먹고 좋은 음악 듣는다고 행복할 수 없는 것처럼 이웃을 생각하는 마음이 없으면 우리는 영원히 그들과 친구가 될 수 없다는 생각이 들어요.

사회자 그동안 우리에겐 인류, 국적, 지역성, 가족, 관계 등을 떠나서 독립된 개인으로, 지구상 어느 누구하고도 동등하게 함께 바라볼 수 있는 기회가 너무 없었던 거 같아요. 한비야씨처럼 여행 체험이 그런 걸 안겨주었으면 좋겠다는 생각을 했습니다.

한비야 한 가지 예를 들어 말씀드리면 제가 지금 다니는 곳이 월드비전이라는 곳이잖아요.

사회자 저는 처음에 그게 무슨 연예 프로덕션인 줄 알았어요. (청중 웃음)

한비야 저는 처음에 월드비전에서 전화 왔을 때 안경가게인 줄 알았어요. (청중 웃음) 왜 안경가게에서 나이가 듬직한 분이(회장님이셨어요) 전화를 하셨나 했어요. 근데 알고 보니 이게 우리나라에서 생긴 단체였어요. 1950년 한국전쟁 때 고아들과 미망인들을 돕기 위해서 한경직 목사님과 미국의 선교사 밥 피어스 목사님, 이렇게 두 분이 의기투합하였습니다. 한 목사는 우리나라에서 고아원을 운영하고 계셨고 밥 피어스 목사가 미국의 친구들한테 돈 내놔라 (청중 웃음) 해서 사업을 시작한 게 '선명회' 인데 그것이 월드비전의 전신입니다.

혹시 문선명씨와 무슨 관계가 있나 하시는데 전혀 아닙니다. (청중 웃음) 어쨌거나 우리가 1990년까지 도움을 받았어요. 그게 말이 된다고 생각하세요? 1988년에 빽적지근하게 올림픽을 하고 OECD에 가입을 하네 마네 할 때까지도 다른 나라 아이들 코 묻은 돈 가져다가 우리 아이들 공책 사다 주고 다른 나라 할머니들 돈 긁어다가 우리나라 할머니들 목욕시키고 그랬던 거예요. 월드비전은 그렇게 조그맣게 시작해서 무럭무럭 자라서 전 세계에 백여 국의 사무실이 있고 전 세계 1억 명을 돌보는 큰 단체가 되었습니다.

작년이 IMF 때보다 더 어렵다고 그랬잖아요. 그런데 우리 단체에 걷힌 돈은 작년이 사상 최대였어요. 말하자면 우리 국민들이 외국사람들을 돕는것에 인색했다면 그건 측은지심이나 염치가 없어서라기보다 현장을 잘 모르기 때문에, 당신들이 낸 돈이 어떻게 쓰이는지 모르기 때문에 몰라서 그러는 거라고 생각했어요. 일단 현장을 제대로 알려드리면 우리 특유의 고품질 인정이 잘 나타나는구나, 싶었어요.

작은 실천으로 바꾸는 세상

사회자 공감합니다. 그럼 질문을 받도록 하겠습니다. 궁금하신 점이 있으신 분들은 적극적으로 참여해주시기 바랍니다. 어떤 얘기든지 상관없습니다.

청중 1 말씀 잘 들었습니다. 한비야씨는 유언장을 써놓으셨을 것 같은데 뭐라고 쓰셨을지 궁금합니다.

한비야 딱히 유언장을 써놓지는 않았지만, 몽땅 쓰고 가자고 늘 생각합니다. 제가 받은 체력, 재능, 하나도 남김없이 다 쓰고 가고 싶어요. 남겨서 뭐 하겠습니까. 어떤 분들께서는 제게 그런 열정과 힘이 어디서 나느냐고 많이들 그러시는데요. 사람의 에너지나 의지는 항아리 안에 담긴 물이 아니라 샘물에 가까운 거 같아요. 항아리 물은 퍼서 쓰면 끝나잖아요. 하지만 샘물은 박박 긁어 쓰면 다음 날 또 고여 있어요. 다 긁어 쓰지 않고 며칠 가면 샘물이 말라버려요. 지금 할 수 있는 일, 최선을 다해야 하는 일에 몽땅 힘을 쓰면 다음 날 또 힘이 나는 걸 매일매일 체험해요. 저는 저녁에 잘 때 힘이 남아 있으면 참 싫어요. (청중 웃음)

사회자 상상력이라는 게 막연하지만 미래에 어떤 꿈을 가졌던 게 눈앞의 현실이 되어가는 과정을 의미하는 것일 텐데요. 결국은 한비야씨의 강연 주제가 좁은 한국이란 울타리에 매이지 말고 세계를 무대로 쳐다보자, 나는 그 속에서 진정한 성취나 성공, 이런 세속적 의미에서의 성취와는 다른 성공을 했다, 여기서 나는 정말 가치 있고 남다른 행복을 느낀다는 말씀으로 들었어요. 이 한비야적 상상의 세계에 포커스를 맞춰서 이야기를 나눌 수 있으면 좋겠어요.

청중 2 학교에서 음악을 가르치고 있습니다. 긴급구호일을 하려면 어떻게 해야 되는지 궁금합니다.

한비야 저는 처음에 시작할 때 긴급구호가 이렇게 인기 있는 분야인지 몰랐어요. 그런데 막상 팀장이 되고 나서는 깜짝 놀랐어요. 이런 일까지 해야 되는 건가 싶었지요. 긴급구호 현장에는 식량, 물, 의료, 돈, 각 분야의 전문가가 필요하지만 저는 그보다 더 소프트웨어가 더 중요하다고 생각해요. 자기가 어떤 종류의 사람인가. 적어도 타인과 더불어 행복해야겠다는 태도를 가진 사람만이 긴급구호일을 할 수 있다고 생각해요. 자기의 힘을 어디에 보탤 것인가. 강자에 보태서 달콤하게 살 것인가, 약자에게 보태서 장렬히 전사할 것인가. 그 길이 사실 비단길은 아니잖아요. 근데 그게 다니다 보면 꼭 가시밭길만도 아니에요. 가시밭길이라 해도 걸을 때 느껴지는 따끔따끔함이 즐거워요. 아무도 가지 않은 길을 갈 때도 있어요. 옆에 아무도 없기 때문에 외로워요. 우리나라에 긴급구호가 시작된 지는 오래됐지만 아직까진 이 분야가 참 외로운 분야에요. 그걸 감수할 만한 성격인가 한번 살펴보시는 게 좋겠지요.

음악 교사라고 하셨는데 긴급구호에서도 음악을 가르치는 일은 필요해요. 아프가니스탄에는 영양사가 필요합니다. 굶어 죽어 가는 현장에 영양사가 왜 필요하냐 하겠지만 확보된 식량으로 최대한의 효과를 내야 하거든요. 전쟁이나 지진으로 인한 고아들에게는 반드시 심리 치료가 필요합니다. 너희들은 전쟁에서 부모를 잃은 '피해자' 가 아니다. 무서운 전쟁과 지진에서도 살아남은 사람이다. 남겨진 아이들에게 앞날이 창창하다는 걸 가르쳐주고, 마음껏 슬퍼하고 기뻐하고 앞날을 생각하게 하는 그런 심리 치료가 필요해요. 그중 가장 주를 이루는 게 연극과 춤과 음악이에요. 무슨 일을 하다가 긴급구호일을 하게 되었든 현장에서 유용하게 쓰일 수 있습니다. 중요한 건 의지예요. 자기가 이 일을 왜 하는가, 어떤 마음가짐으로 한평생을 살 것인가를 곰곰이 생각해보지 않은 사람이 현장에 오면 쉽게 포기하고 가요.

청중 3 북한에 가실 용기는 있으신지, 만약 있다면 구체적으로 어떤 계획을 갖고 계신지 듣고 싶습니다.

한비야 제가 세계일주 끝나고 중국어 공부를 했어요. 왜 했는지 아세요? 탈북자 문제에 관심이 있었어요. 탈북자들이 중국을 통해 내려올 게 뻔하잖아요. 탈북 난민들이 왔을 때 중국어를 잘하는 한국인이 있어야 일을 제대로 할 수 있겠다는 생각에 공부한 거예요. 월드비전에서도 북한 사업을 해요. 국내, 해외, 북한 사업 이렇게 나뉘어요. 우리는 인도적 구호단체로서 굶어 죽어가는 이에게 물과 식량을 가져다주기는 하지만, 탈북자 문제는 정치적으로 얽혀 있어서 저희 마음대로 할 수 없는 분야예요. 사실 월드비전에 들어갈 때 관심 있었던 것 중 하나가 북한 문제였는데 멀어지는 건가 생각했어요.

'인권' 중 제일 중요한 게 뭐라고 생각하십니까. '살아 있을 권리' 아닙니까. 제가 물자 배분 담당이라서 세계 곳곳에서 식량을 배분하는데 그때마다 속이 쓰립니다. 저희 아버지 고향이 이북이세요. 그곳에서 많은 사람들이 굶고 있는데도 쌀 한 톨 가져다주지 못하니 안타까운 심정입니다. 어떻게든 방법을 찾아보겠습니다.

청중 4 고등학교에서 사회를 가르치고 있습니다. 세상에 식량은 넘쳐나는데 굶는 사람이 많다고 하셨잖아요. 지구 한편에서는 굶는 사람들이 있는데 선진국에서는 목축업을 위해 곡물을 쓰는 경우도 있고,

이런 이유 때문에 채식을 하는 사람도 있다고 합니다. 이러한 사회 구조적 문제를 어떻게 해결할 수 있는지도 듣고 싶습니다.

한비야 실천이란 건 자기가 할 수 있는 범위 안에서 해야 꾸준히 할 수 있어요. 실천적인 의미에서 채식을 한다면 그 이유를 주위에도 열심히 알려 동참을 이끌어야겠지요. 세상이 어둡다, 깜깜하다 불평만 하고 앉아 있는 사람은 싫어요. 손에 횃불을 들고 있다면 옆으로 계속 전달해주는 게 의무라고 생각해요. 그만큼 세상이 환해질 테니까요. 자기가 갖고 있는 촛불이 다 타도록 가만히 있는 게 아니라 옆으로 자꾸 옮겨줘야지요. 그게 만약 채식이라는 형태로 나타났다면 그 신념을 꾸준히 지켜 나가는 것도 세계 시민으로서 할 일을 하는 거겠지요.

저는 종이컵을 안 써요. 아마존 정글에 가면 한 동네 사람들이 다 반 장님이 되어 있어요. 갑자기 울창한 정글을 베서 햇빛을 과다하게 받아 그렇데요. 정글에서 벤 나무로 종이컵이나 고급 생일 케이크 박스를 만들어요. 종이컵 한번 쓰는 게 남미 밀림 사람들의 눈을 빼오는 거라고 생각해보세요. 지키겠다고 결심했다면 지키고, 알고 있는 바를 계속 알리는 것이 필요하지요. 언행일치를 하면 아무리 작은 일이라도 힘이 된다고 생각해요. 사회 구조가 약자한테 얼마나 불평등하게 되어 있는가에 대한 각성도 필요하지요. 우리가 흔히 마시는 커피도 알고 보면 아프리카나 중남미나 베트남 사람들의 피예요. 대기업들이 장악하고 있어서 생산지의 커피 값은 형편없이 떨어졌어요. 그래서 커피 농사를 지어가지고는 반년도 먹고살 수가 없어요. 그런데도 덤핑으로 팔아요. 커피원두는 꿇어앉아 하나하나 손으로 다 따야 돼요. 손가락 밑이 다 해어져요. 그렇게 뼈빠지게 일해도 하루 한끼를 못 먹고 살아요. 그런 커피를 우리가 사다가 우아하게 마시는 거지요.

한 걸음 한 걸음 꿈을 향해 간다는 것

청중 5 만약 한비야 언니한테 중고등학교에 다니는 아이가 있다면 이들에게 어떤 이야기를 해주고 싶으세요.

한비야 하나 고백할게요. 저도 딸이 셋입니다. 월드비전을 통해서 후원하는 딸이 에티오피아, 몽골, 방글라데시에 각각 한 명씩 있어요. 우리나라에 사는 아들딸들 정말 힘들지요. 조카들도 중고등학생인데 아이들한테 참 미안해요. 마음껏 상상력을 펴고 좋아하는 일을 찾아야 할 때 밤늦게까지 학원에 다니고 노는 날이 없잖아요. 친구는 경쟁자고요. 어른으로서 참 미안하지만 우리 아이들이 이걸 꼭 알았으면 좋겠어요. 결국에는 세계하고 섞여 산다는 거예요. '우리'라는 좁은 틀에서 벗어나지 못하면 영원히 껍질 안에서 살 수밖에 없어요. 이불 안에서 활개 치기, 찻잔 안의 태풍이지요. 우리가 굉장히 아플 때 남들이 우리를 열심히 도와줬어요. 그래서 우리가 다 나았는데, 막상 우리는 남을 안 돌보고 있는 거예요. 엄마들이 아이를 국제적으로 키우고 싶다고 공부도 많이 시키고 여행도 보내고 그러는데, 정작 아이들에게 바깥에 나가서 어떤 마음가짐으로 공부했으면 좋겠다는 이야기를 한 번이라도 해주셨나 생각해보셨으면 해요. 우리의 똑똑한 아이들이 나라 바깥에 나가서 어떻게 바보가 되어가는지 저는 너무나 많이 봐왔어요. 부모와 선생님들이 세상을 보는 눈을 제대로 가지고 있으면 앞으로 우리 아이들이 책임 있는 세계인, 존경받는 세계인이 되지 않을까 생각합니다.

청중 6 대학생입니다. 그렇다면 의미 있는 삶을 위한 실천을 구체적으로 어떻게 해야 할까요?

한비야 일단 어른들의 거짓말에 속지 마시기 바랍니다. 어른들의 거짓말이 뭔지 아세요? 새장 안의 삶은 편안하다, 안전하다, 성공이 가능하다. 그건 정말 여러분을 속이고 있는 새빨간 거짓말입니다. 새장 밖의 삶은 불안정하고 불편하고 자기 먹이를 스스로 찾아야 하고 그러니 나가지 마라.

태국에 가면 덩치 큰 코끼리가 있어요. 그 코끼리를 묶고 있는 끈은 굉장히 가늘고 쉽게 풀 수 있는 끈이에요. 그런데 코끼리가 그걸 왜 못 풀고 있는지 아세요? 아주 어렸을 때 튼튼한 쇠밧줄로 도저히 못 도망가게 하면 나중에 어른이 되어서도 자기가 못 도망간다고 생각해요. 그래서 얼마든지 끊고 갈 수 있는데 못 가는 거예요. 인생을 하루라고 생각해보세요. 그럼 40세가 낮 12시예요. 지금 20세, 새벽에 동이 부옇게 뜨고 있는데 그때 인생 끝났다고 생각하고 있는 거예요. 축구로 치면 전반전 10분 시작했어요. 이제 골 하나 들어갔다고 '아, 이제 그만두자' 이러나요? 제발 꽃다운 나이에 자기를 새장 속에 가두지 마시기 바랍니다. 겨우 전반전에서 게임을 포기하지 마시기 바랍니다. 왠만큼 실패해도 얼마든지 만회가 가능한 시간입니다. 만약 졌다고 해도 패자부활전이라는 것도 있잖아요?

사회자 세상에서 제일 불쌍해 보이는 사람이 20대 때, 대학생이 증권 투자, 재테크 어떻게 해서 10억을 모았다… (청중 웃음)

한비야 10억을 모으는 건 좋은데 그걸 어떻게 쓸 건가요? 돈을 버는 과정이 남 뒤통수치지 말아야 한다거나 하는 원칙도 없이, 벌고 난 다음에 어떻게 하겠다는 생각도 없이 돈을 버는 건 너무나 위험하다고 생각해요.

청중 7 한비야 언니의 꿈을 이루는 원동력은 뭔가요? 그리고 한비야 언니에게도 삶의 모델이 되어주시는 분이 있는지 궁금합니다.

한비야 꿈을 이루기 위해서는 자신감이 있어야 하잖아요. 그런데 자신감이라는 게 하루아침에 붙지는 않아요. 자기가 어떤 일을 하기 시작했을 때 끝까지 포기하지 않고 할 수 있다는 자신감. 모든 일을 다 그렇게 할 수는 없는 거지요. 때문에 선택과 집중을 해야 되는데, 저는 제가 좋아하고 잘하는 걸 선택해서 집중했기 때문에 가능했다고 생각해요. 꿈을 쉽게 포기하지 않도록 매일 훈련해야 해요.

저는 저녁마다 반신욕을 20분씩 해요. 일단 그렇게 정해 놓았어요. 그래서 누가 시킨 것도 아니고 꼭 해야 되는 것도 아닌데, 20분을 안 채우고 15분만 하고 나오면 뭔가 개운치 않고 찝찝하고 챙피해요. 개운하지가 않아요. 그러면 처음부터 다시 시작해서 20분을 채우죠. 여러분한테는 그게 아무것도 아니지만 저한테는 매우 중요해요. 그렇게 하기로 했기 때문에. 그런 작은 일도 못하는데 무슨 큰일을 한다고… 그런 생각이 들어요. 지금 저는 긴급구호에 관한 책을 쓰고 있는데 그걸 위해서 아침마다 산에 가요. 신체가 건강해야 건강한 글이 나온다고 생각해서죠. 이 책 쓰는 일이 끝날 때까지, 산에 안 가는 날을 상상할 수가 없어요. 작은 것에서부터 연습이 필요해요. 자기가 하기로 한 것을 끝까지 해보는 것. 이런 실천이 쌓이면 꿈을 반드시 이루게 되지 않을까요.

근사한 꿈도 있고 하찮은 꿈도 있지요. 긴급구호가 사실은 여러분께는 멋있게 보일지 모르지만 어떤 사람들은 "저 여자가 미쳤구나. 쓸데없는 일 한다"고 욕하는 사람도 있어요. "우리나라도 도울 사람 많은데 왜 밖에 다니면서 저러나" 하는 사람도 있어요. 그러나 저한테는 너무나 소중한 꿈이에요. 반드시 이 긴급구호의 정상을 밟고 싶어요. 그리고 그 꿈을 이룰 수 있을 거라고 생각해요. 왜냐하면 하루에 한 발짝씩 가고 있으니까. 여러분의 꿈이 아직 이뤄지지 않았다면 아주 큰 꿈일지도 몰라요. 시간이 걸리지요. 저는 이 긴급구호일이 10년 20년 걸릴 것 같아요. 그래도 그 정상에 꼭 가고 싶어요. 1년 만에, 5년 만에 이루게 되는 꿈도 있고 더 오래 걸리는 꿈도 있어요. 그러나 그 산이 자기가 정한 산이고 정상에 오르고 싶다면 한 발짝 한 발짝씩 가야 돼요. 작은 일을 못하는 사람은 큰일을 절대로 못해요. 오늘이 없으면 내일도 없어요.

그리고 제가 존경하는 분이 있느냐는 질문을 하셨는데요. 이런 질문 받을 때마다 어떻게 대답을 하나 고민입니다. 너무나 미안한 이야기지만 저는 모델로 이 사람이다 생각하는 사람이 없어요. 그래서 제게 "언니가 제 본보기예요" 하는 사람이 부러워요. 그러나 삶의 모델로 삼는 사람이 있으면 지향점이 분명해져서 편하긴 하겠지만요. 결국 길은, 혼자서 스스로 만드는거 아닐까요. 우리는 육군보병이에요. 보병이 제 발로 한발 한발 걸어서 올라가는 것. 정상에 오르고 싶다면 그 길뿐이지요. 그 모델이 어느 정도까지는 데려다 줄 수 있겠지만 끝까지 가는 건 여러분 자신입니다.

우리가 살고 있는 이 세계에는 미국과 일본과 중국만 있는 게 아니라 202개의 나라가 있습니다. 이 점을 꼭 가슴에 새겨두시고 지금 가지고 있는 꿈, 한 걸음 한 걸음 올라가셔서 꼭 이루시길 진심으로 바랍니다. 여러분 모두를 사랑합니다. 감사합니다.

사회자 즐거운 시간이었습니다. 한비야씨, 감사합니다.

사회 김갑수

시인, 문화평론가. 성균관대 국문과를 나왔다. CBS FM(93,9MHz) 〈아름다운 당신에게〉, KBS 2R 〈라디오 독서실〉의 진행을 맡고 있으며 〈문화일보〉 객원기자(공연파트), 한국간행물윤리위원회 서평위원으로 활동하고 있다. 지은 책으로 『텔레만을 듣는 새벽에』 『삶이 괴로워서 음악을 듣는다』 『세월의 거지』 등이 있다.

World Vision
World Vision
World Vision
World Vision
World Vision
World Vision

이라크 구호 현장에서

신화의 상상력

눈을 떠라, 숨어 있는 1인치를 찾아라

신화는 '말하지 않음으로써 말하기' 입니다.
몽골에 가면 촌을 가로지르는 길이
한 열 개쯤 있는 곳도 있습니다.
차가 너무 많이 다니면 길이 움푹 파이지 않습니까.
그럼 그 옆으로 가요.
그러면서 열 개쯤 길이 만들어집니다.
그걸 보면서 생각합니다.
아, 태초에 신화 시대의 신화도 이랬으리라.
그런데 오랜 세월이 지나면 그중에 한 길만 남습니다.
가장 거리가 가깝고 상태가 가장 좋은 길 하나만.
저는 신화가 몽골의 그 길과 같은 것이라고 생각합니다.

이윤기

소설가이자 번역가. 2000년 『이윤기의 그리스 로마 신화』가 베스트셀러가 되면서
신화 전문 번역가로서 널리 이름이 알려졌다. 『변신이야기』 『장미의 이름』 『그리스인 조르바』 등
20여 년간 150여 권에 이르는 책을 번역했다. 2000년 한국 번역가상을 수상했다.
미국 미시간 주립대학교에서 종교학 및 비교문화인류학 연구원으로 재직한 바 있다.
1977년 단편 「하얀 헬리콥터」로 등단한 이후 꾸준히 소설을 발표해오고 있으며
1998년 동인문학상, 2000년 대산문학상을 수상했다.

2005년 3월 16일(수) PM 07:00

사회자 오늘 강의 주제는 다 알고 오셨을 텐데, 어떻게 하다 보니까 인터뷰 특강 앞부분을 남매가 담당하게 되었어요. 지난번에는 바람의 딸 한비야, 오늘은 카메라를 메고 전 세계 유적지를 돌아다니는 바람의 아들. 바람의 딸과 아들이 연달아서 강의를 맡았습니다. (청중 웃음) 오늘의 주제는 '신화의 상상력 세계' 입니다. 그러면 이윤기 선생 모시고 깊이 있는 이야기를 나누어보겠습니다.

무심코 만난 직관의 세계

이윤기 저는 텔레비전이나 신문 잡지에 얼굴을 자주 내밀어서 꽤 쪽을 많이 팔린 축에 속합니다. (청중 웃음) 그래서 한 2년 동안 텔레비전 출연을 자제해오고 있었습니다. 그랬더니만 조금 전에 그 효과를 봤습니다. 저기 저 문을 통해 강의실로 들어오는데 스태프가 저보고 수강증 보여달라고 하더군요. (청중 웃음) 그래서 당분간 또 나타나지 않을 생각입니다. (청중 웃음) 제가 가령 멕시코나 알래스카 같은 데에 있으면 사람들이 절 알아보지 못할 것입니다. 그런데 그리스의 베니젤로스 공항이나 이탈리아의 레오나르도 다 빈치 공항, 파리의 드골 공항에 있으면 '아 이 사람 신화 취재하러 왔구나' 하고 저를 알아보거든요. 그래서 공항에 엎드려서 사인하는 경우도 많습니다. 무슨 뜻이냐 하면요, 제가 그런 것을 자랑스럽게 여기지 않고요, 좀 불편해한다는 뜻입니다.

상상력이라는 주제로 제가 할 수 있는 이야기가 별로 많지 않습니다. 짤막하게 하겠습니다.

사람들에게는 한 사람에게 한 번만 오는 순간이 있습니다. 그 순간을 잡을 수 있는 사람, 잡을 만한 낌새를 빨리 채는 사람이 앞서간다는 게 저의 생각입니다.

1970년대 중반에 저는 잡지 기자를 하고 있었습니다. 그때 제 취미는 등산과 낚시였습니다. 어떤 분과 낚시 이야기를 했는데, 제가 낚시와 등산의 즐거움을 한참 이야기하니까 그 사람이 저를 아주 가소롭다는 듯이 바라보면서 자기는 스쿠버다이빙을 한다고 하더군요. 그런데 제가 낚시의 손맛 이야기를 하니까 자기는 고기를 작살로 찍어가지고 들고 나오려고 하면 이 물고기가 물속에서 요동을 치는데 그보다 몇 배 더 되는 사람의 몸도 덩달아 푸득푸득 떨린

답니다. 그래서 물고기를 잡으면 입으로 머리를 깨문다고 그래요. 제 인생에 그 말을 들었을 때만큼 중요한 순간이 몇 번 없었다 싶어요. 아하! 세계의 반 이상이 물로 덮여 있는데 나는 물 밑에서 일어나는 일에 대해서는 아무것도 모르고 있구나. 자, 그렇다면 한번 점검해보자.

이슬 얘기를 잠깐 하겠습니다. 아무리 습도가 높아도 먼지가 없으면 이슬이 맺히지 못한다고 하더군요. 그럴 때 그 먼지가 결로(結露)의 촉매, 즉 이슬이 맺히게 하는 촉매 노릇을 한다는 겁니다. 우리가 상상력을 발동시키려면 뭔가 촉매가 있어야 될 게 아닙니까. 그래서 저의 의식, 무의식, 이런 걸 꼼꼼히 점검해봤습니다.

저는 어릴 적부터 크리스천이었습니다. 성경의 구약이나 신약에 대해서는 꽤 많이 공부를 했습니다. 그렇다면 기독교, 소위 헤브라이즘 저 건너편에 있는 헬레니즘, 그리스와 로마, 말하자면 기독교에 의해서 완전히 소독당해버린 세계에 대해서 나는 과연 무엇을 알고 있는가? 알고 있는 게 없습디다. 불교에 대해서도 마찬가지였고요. 점검을 계속해 들어가다 보니까 사람은 자기 상상력을 한 세계에서밖에는 풀어내지 못한다는 사실을 발견했습니다. 그래서 제가 전혀 몰랐고, 몰라도 그리 불편하지 않았던 것들을 점검해보기 시작했습니다. 그러다 들어간 세계가 헬레니즘의 세계였습니다. 그보다 더 뒤에 들어가게 된 세계가 바로 신화의 세계입니다.

흔히 이런 말을 합니다. 어떠한 이야기가 햇빛을 받으면 역사가 되고 달빛을 받으면 신화가 된다고요. 저는 1991년 미국으로 건

너가서 중국의 옛이야기 책이나 민담, 신화, 예를 들면 위진 남북조 시대 유의경이 쓴 『세설신어』●, 청대(清代) 포송령이 지은 『요재지이』●●라는 책이 있는데 그 책들이 전부 이만큼 두껍습니다. 그걸 그 어려운 영어로 몇 년 걸려서 다 읽었습니다. 그러고 나서 1999년에 귀국해보니까 그 책들이 전부 다 우리말로 번역돼 있습디다. (청중 웃음) 무지하게 약이 올랐지요.

대체로 저는 음지와 양지 중 어느 하나만 알고 있는 것보다는 두 개를 다 아는 것을 좋아합니다. 의식·무의식으로 가르는 것은 서양 중세 이전까지, 계몽 시대까지도 거의 알려지지 않았습니다. 여러분도 잘 아시다시피 프로이트나 융 같은 학자들이 나오면서 비로소 무의식의 세계가 알려지게 되었고 사람들이 관심을 갖기 시작했습니다. 역사가 의식이라면 신화는 무의식의 세계입니다. 제가 미국에 가서 『자본론』이니 하는 고전보다 중국의 신기한 이야기, 말하자면 이상한 이야기만 쓰인 책들을 읽고 돌아온 이유가 여기에 있습니다.

저는 논리보다는 직관을 좋아합니다. 유심히 읽어야 하는 것보

●**『세설신어(世說新語)』** 중국 남조 송나라(420~479) 무제(武帝) 때 유의경(劉義慶, 403~444)이 편찬한 것으로 명사(名士)들의 일화나 덕행, 문학 등을 모은 책이다. 총 1,000여 항목이 〈덕행〉 〈언어〉 〈정사(政事)〉 〈문학〉 등의 36편(篇)으로 구성되어 있으며 사대부의 생활과 언행을 기록한 것이 대부분이다. 후대 중국 소설의 발전에 큰 영향을 끼쳤다.

●●**『요재지이(聊齋志異)』** 총 500편으로 이루어진 단편 문언소설집(文言小說集). 청나라 때의 문인 포송령(蒲松齡)이 지은 것으로 옛사람들이 쓴 짧은 이야기나 민간에서 전해 내려오는 전설을 소재로 하고 있다. 여우, 귀신, 도깨비 등이 등장하는 기괴하고 황당무계한 이야기, 청춘 남녀의 사랑 이야기 등 다양한 작품을 담고 있다. 1987년 국내에서 개봉해 크게 히트했던 홍콩 영화 〈천녀유혼〉도 여기에 실린 '섭소천' 편을 영화화한 것이다.

다는 무심코 뭘 툭 터뜨리는 걸 좋아합니다. 그래서 가만히 생각해 보니 역사와 신화의 관계는 '유심히'와 '무심코'의 관계가 아닌가, 싶군요. 신화를 자세히 들여다보면 무심코 일어난 일들 때문에 세계가, 인간의 운명이 뒤바뀌는 일이 흔합니다. 책에도 썼습니다만 '무심코'가 얼마나 무서운 효과를 내는가 하면 이렇습니다.

'이뷔코스의 두루미'라고 하는 이야기를 들려드리지요. 이뷔코스라는 사람은 가수입니다. 음유시인이지요. 이 사람이 음유시인대회가 열리고 있는 그리스의 도시 코린토스로 가고 있는데 두 강도가 나타나서 이뷔코스를 죽여버립니다. 이뷔코스가 하늘에 떠 있는 두루미떼를 보면서 "두루미야 두루미야 이 억울한 나의 죽음을 코린토스에 있는 시인들에게 알려주렴" 하는 유언을 남기고 죽어요. 드디어 시인대회가 열렸는데 이뷔코스는 시체로 발견돼요. 대체 누가 이뷔코스를 죽였는지 아무도 알 수 없고 단서도 없습니다. 고대 그리스에서 DNA 검사를 할 수도 없는 일이고요. 그런데 시인대회가 열리는 날 거대한 원형극장 위로 두루미떼가 날아갑니다. 누군가가 "어, 이뷔코스의 두루미떼다" 하고 말하지요. 그렇게 말한 사람이 누구일까요. 바로 그 살인강도들이지요. 그래서 극장이 술렁거리기 시작합니다. 그 사람들이 무심코 두루미떼와 이뷔코스를 연결시킴으로써 말하자면 천기를 누설한 셈이지요. 그래서 그들을 잡아서 문초를 해보니까 범인이 맞더라는 거지요. '무심코'라는 말이 참 무섭다고 생각합니다. 의식으로, 논리로 조직해낸 그물망이 아니고 무심코 툭툭 터뜨리는 이야기, 이게 바로 신화가 아닌가 생각합니다. 그래서 제가 요새 농담으로 신화를 두고 '무심콜로지' 라는 말을 자주 씁니다.

저는 경기도 양평에서 나무도 기르고 농사도 짓습니다. 농사를 지으려면 잡초와의 싸움이 시쳇말로 장난이 아닙니다. 그렇다고 제가 도를 닦은 사람처럼 '내 텃밭에 잡초란 없다, 모두 소중하다' 이럴 수도 없습니다. 왜냐하면 잡초의 생명력이 얼마나 강한지 그냥 두면 아무것도 수확을 할 수가 없기 때문입니다. 누님들이나 형님들이 이따금씩 오셔서 잡초를 뽑아주십니다. 그런데 어느 날 여수에 사시는 누님께서 오셔서 제가 땀 뻘뻘 흘리며 잡초를 뽑고 있으니까 하시는 말씀이 "이 사람아, 그 잡초가 왜 있는지 알아?" 그러시는 겁니다.

"글쎄요."

"염제 신농이 인간한테 곡식을 내려줄 때 곡식만 내려준 게 아니라 잡초씨도 섞어서 내려줬어. 그래야 인간이 안 게을러지니까."

염제 신농은 중국 농경의 신입니다. 그래서 제가 집에 가서 원가(袁珂)•라는 사람이 쓴 중국 신화를 꼼꼼히 읽어봤는데 그런 말 없어요. (청중 웃음) 그 다음에는 제가 중국 신화 전문가한테 물어봤는데 그런 게 없어요. 그래서 제가 누님이 다시 오셨을 때 "누님 신농씨가 잡초도 같이 내려줬다는 말 어디서 읽었어요?" 하니까 "내

●**위앤커** 중국의 신화학자. 정확한 생존 연대, 행적에 대해서는 알려지지 않았으나 그가 쓴 『고대신화선석(古代神話選釋)』과 『중국고대신화(中國古代神話)』는 중국의 고대신화에 대한 중요한 연구서로 꼽힌다.

17세기 프랑스 화가 니콜라 푸생(Nicolas Poussin, 1594~1665)이 그린 「오르페우스와 에우리디케(Orpheus and Eurydice)」. 뱀이 에우리디케에게 다가오는 것도 모르고 음악에 취해 있는 오르페우스와 청중들을 묘사하고 있다.

가 뭘? 난 그런 말 한 적 없다"는 거예요. 누님은 말하자면 무심코 나한테 두고두고 참고가 될 만한 신화를 그렇게 즉흥적으로 지은 겁니다. 그래서 저는 옛날에 무수한 이야기들이 만들어졌지만, 권력자들에 의해서 신화가 조작되었지만 조작된 건 세월과 함께 마모되어버리고 우리들의 무심콜로지, 우리들의 무의식을 툭 건드리고 지나가는 이야기는 오래 남는다고 생각합니다.

오르페우스와 에우리디케 이야기는 여러분 너무나 잘 아시지요. 에우리디케가 죽었는데 오르페우스가 저승에 내려가서 데려가려고 하니까 "안 된다, 나는 여기에서 석류 씨앗을 먹었기 때문에 못 돌아간다." 그런데 어찌어찌해서 돌아가게 되었는데 뒤를 돌아보면 안 된다고 하지요. 이런 말이 나오면 여러분 다 눈치 채지요? 아 이거 돌아보는구나. (청중 웃음) 일본에 이자나미 신화에도 이와 똑같은 게 있습니다. 이자나미가 죽어서 저승에 갔는데 이자나기가 다시 데려오려고 저승으로 따라가지요. 데리고 나올 수도 있습니다만 한 가지 단서가 붙습니다. 뒤를 돌아보면 안 된다는 것. 그런데 이자나기가 돌아봤어요. 그러니까 이자나미의 온몸에서 구더기 끓는 소리가 쉬이 하고 나는 겁니다. 이자나미가, 저승에 간 그 여성이 "당신은 나한테 치욕을 안겼다"고 화를 내는 장면이 나옵니다. 이자나미나 에우리디케가 저승에서 못 나오는 것, 그게 진실의 본얼굴입니다. 그 진실의 얼굴을 끝까지 들여다본다는 것은 우리 인간이 감내할 수가 없는 것입니다.

가까운 친구 가운데 한 3, 4년 전부터 입에서 냄새가 나기 시작한 사람이 있습니다. 친구의 아내는 병원에 한번 가보자고 하고, 종합병원장인 다른 친구도 그 친구에게 한번 와서 종합 검진을 하라고 하는데 그 친구가 거부합니다. 입 냄새가 난다는 걸 그 친구도 압니다. 그건 안에서 뭔가 고장이 났기 때문에 나는 냄새라는 걸 압니다. 어느 날 함께 택시를 탔는데 택시 기사가 그 친구와 나를 돌아다보더니 "은행 따다 오셨어요?" 하고 묻지 뭡니까? (청중 웃음) 이게 신화입니다. 말하자면 그 친구 몸에 나는 냄새가 마치 생 은행 껍질 냄새와 같다는 거지요. 은행 열매에서는 구린내 비슷한 냄새가 납니다. 입 냄새 풍기는 본인에게 입 냄새 난다고 하기 쉬운 노릇이 아니지요. 하지만 택시 기사는 순식간에 비유를 통해 진실을 말해버린 것이지요. 그러므로 그 친구의 건강에 대해서 그렇게 걱정해준 사람들, 무수한 교수, 의사들의 언어보다도 택시 기사가 무심코 던진 그 한마디 말이 진리에 매우 가까운 것입니다.

저는 신화를 말하면서 어려운 신화학적 용어를 쓰지 않으려고 합니다. 신화는 '말하지 않음으로써 말하기' 입니다. 몽골에 가면 초원을 가로지르는 길이 한 열 개쯤 있는 곳도 있습니다. 차가 너무 많이 다니면 길이 움푹 파이잖습니까. 그럼 그 옆으로 가요. 또 파이면 또 그 옆으로. 이러다 보면 열 개나 되는 길이 만들어질 수도 있습니다. 그걸 보면서 생각합니다. 아, 태초에 신화 시대의 신화도 이랬으리라. 한 이야기에는 수많은 '버전' 이 있었으리라. 하지만 그중에 사람들의 심금을 울리는 버전만 남았으리라. 몽골의 길도 그렇습니다. 그 오랜 세월이 지나면 그 많던 길 중에서 한 길만 남습니다. 가장 거리가 가깝고 상태가 가장 좋은 길 하나만. 저는 신화가 몽골의 그 길과 같은 것이라고 생각합니다. 여러분과 또 이야기를 많이 나누겠지만 저는 이론적인 것, 논리적인 것으로 신화를 말하지는 않도록 노력하겠습니다. 신화에 대한 저의 간단한 생각을 말씀드렸습니다. 이상입니다.

인간의 원형이 그려내는 언어

사회자 말씀 잘 들었습니다. 그러면 질문을 받기에 앞서 제가 먼저 여러분께 질문을 드리겠습니다. 이윤기 선생님의 『그리스 로마 신화』가 아주 많이 읽혔지요. 양심에 손을 얹고 스스로 한 권이라도 이윤기 선생님의 신화 관련 저작을 구해서 읽어보신 분 손 들어보세요. (청중 손 듦) 오, 이럴 때 오 마이 갓 하는 거지요?

이윤기 제가 이래서 먹고삽니다. (청중 웃음)

사회자 거의 대부분이시네요. 실례지만 선생님 신화 관련 책이 대략 몇 권 쯤 나갔을까요?

이윤기 대략 2백만 권은 안 될까요?

사회자 인구 대비로 이건 어마어마한 거지요?

이윤기 그게 저의 보람입니다. (청중 웃음)

사회자 저도 선생님의 신화 책을 거의 다 읽어봤습니다만, 중요한 등장인물은 다 나오는데 한 사람 빠졌던데요. 에릭이라고. 선생님 모르시지요? 신화에 에릭 빠지면 안 되는 거예요. (청중 웃음) 조금 더 공부를 하셔야겠는데요.

이윤기 너무 세게 나가지 맙시다. (청중 웃음) 저는 팔렸다는 말이 싫어서 읽혔다고 하는데, 제 신화 관련 책이 널리 읽혀서 고맙고 반가운 현상이 생겼습니다. 2, 30년 전 제가 『그리스 로마 신화』를 쓸 때는 그리스 로마 신화에 나오는 이름들이 우리말에 편입되지 못했습니다. 그래서 일부 지적으로 세련된 사람들만 알고 있었습니다. 그게 서양 문화와 예술을 관통한다는 걸 몰랐습니다. 그러나 지금은 경우가 달라져서 우리가 '토사구팽' 이니 '주마간산' 이니 하는, 『삼국지』나 『열국지』에 나오는 말을 쓰듯이 지금은 초등학생 아이들도 '너 자신을 알라' 이런 말을 씁니다. 그런 모습을 보면서 드디어 그리스 로마 신화가 우리 문화에 편입되었구나 싶어 고마움을 느낍니다.

사회자 제가 대학을 70년대 후반에 들어갔는데, 뭔가 있는 체를 하려고 프레이저● 의 『황금 가지』, 캠벨●● 의 『신화의 세계』 이런 걸 읽었어요. 그런데 그런 건 정말 공부를 위한 공부, 또는 지적인 호기심이었거든요. 그런데 어떤 책이 2백만 부가 나갔다는 것, 이렇게 많은 사람들이 본다는 것은 그러한 호기심, 혹은 유행만으로는 설명할 수 없을 것 같습니다. 거기엔 어떤 시대적 요구가 있는 게 아닌가 싶은데 선생님은 그 점을 어떻게 보시는지요.

이윤기 그런 질문을 자주 받습니다. 받을 때마다 다르게 설명하기 위해 무척 노력합니다. (청중 웃음) 왜냐면 다른 자리에서 제 강의를 들은 분이 혹시라도 여기에 계시면 속으로 '저 친구 또 우려먹네' 할 테니까요. 제가 어릴 때는 거의 신석기 시대 같은 삶이었습니다. 전깃불도 안 들어왔지요. 그때는 신화 없어도 괜찮았습니다. 제우스가 누군지 헤라가 누군지 몰라도 사는 데 아무 지장이 없었습니다. 그런데 50년 지난 지금은 국경이 열리고 인터넷으로 미국의 대학 도서관 자료를 검색할 수도 있습니다. 세계는 단일해졌습니다. 그렇다면 세계를 단일하게 묶는 가장 거대한 가치는 뭐냐? 바로 상징체계입니다. 그런 시대의 요구가 있었습니다. 옛날 같으면 제가 프랑스의 루브르 박물관에 가서 석상을 찍어올 수가 있었겠습니까? 지금은 제가 언제든지 가방 메고 가서, 아까 표현하셨듯이 바람처럼 돌아다닐 수 있게 되었습니다.

사회자 우리가 선진 문명 세계와 적극적으로 교통(交通)하고 그 일원이 되

●**제임스 조지 프레이저 (James George Frazer, 1854~1941)** 영국의 인류학자.
●●**조지프 캠벨 (Joseph Campbell, 1904~1987)** 미국의 신화종교학자, 비교신화학자.

면서 생긴 현상이라는 말씀으로 이해가 되는데요. 한편으로는 그들도 역시 우리와 비슷하게 신화에 대한 관심이 증대되는 현상은 없는지. 예컨대 이성(理性)을 중시했던 근대가 서서히 지나고 그 이후에 벌어지는 전 세계적인 현상, 문명 전환의 현상은 아닌가 하는 생각도 듭니다.

이윤기 그렇게 설명할 수도 있겠습니다만 옛날에는 출판사 이름이, 가령 을유문화사, 민음사, 정음사 등처럼 우리 국경 밖으로 가면 발음도 하기 힘든 것들이었습니다. 지금은 영어 혹은 그리스어로 된 이름이 많이 늘어납니다. 한반도 안에서만 유효한 것이 아닌, 전 세계적으로 유효한 상징 체계를 찾아내다 보니 점점 관심의 폭이 넓어지는 것은 아닐까 싶습니다.

사회자 신화학자들 내에서도 논쟁이 있을 거라고 생각하는데 우리는 습관처럼 월드컵 4강의 '신화' 경제 기적의 '신화' 같은 비유를 씁니다. 그런데 신화라는 것이 역사 시대 이전, 문명사회 이전의 산물을 표현한 것인지 아니면 현재도 존재하는 것인지 궁금합니다. 선생님은 어떻게 생각하십니까.

이윤기 저는 민담, 신화, 그런 것들을 잘 구별하지 않습니다. 이야기들이 점점 오래오래 살아남으면 결국은 신화에 편입된다는 게 제 생각입니다. 그리고 저는 역사로 구분하지 않고요, 역사는 신화에 큰 힘을 보태주지 못했다는 게 제 생각입니다. 말하자면 신화는 구체적인 현상을 다루는 게 아니고 다른 언어로는 설명할 수 없는 우리 인간의 원형*, 아키타이프라고 하는 것을 그려내는 언어라고 생각합니다. 역사와는 별로 연관을 맺고 싶지 않습니다.

사회자 현대인들도 그 아키타이프를 가지고 있을까요?

이윤기 앞으로 영원히 갖고 있지 않을까요? 남성이 여성에게 홀딱 반하는 일이 역사가 많이 발전하면 앞으로 안 일어날까요? 2천 년 뒤 사람들은 여성을 보면 사랑을 나누고 싶다는 것을 느끼지 않게 될까요?

사회자 선생님의 많은 저서 중에 대부분은 그리스 로마 신화 아니겠습니까. 다른 쪽으로 지평을 넓혀가실 생각은 없으신지요.

이윤기 사실은 제가 한국 신화도 공부를 하고 있습니다. 한국 신화 책을 내려면 반드시 규명되어야 할 문제가 몇 개 있습니다. 우리가 한족, 만주족, 몽골족의 지배를 받았잖습니까. 이들의 신화를 죽 읽어내리면 우리 신화, 민담, 구비전승들이 상당히 그들에게 빚을 지고 있다는 걸 알 수 있습니다. 그래서 저는 그리스 로마 신화만 하는 게 아니고 켈트 신화, '니벨룽의 반지' 가 나오는 게르만 신화, 중국 신화, 이게 아마 평생 걸릴 작업이지만 두루 하고 있습니다.

사회자 각 지역마다 다른 신화들이 존재하는데, 한 사람이 모두 연구하기에는 한계가 있지 않습니까. 신화마다의 독자성, 민족의 독자성, 내용의 독자성, 그 차이를 찾는 데 주력하시는 것인지 아니면 그것

●**원형(原型, archetype)** 되풀이하여 나타나는 근본적인 상징·성격·유형을 가리키는 용어. '최초의 유형' 이라는 뜻의 그리스어 'archetypos' 에서 유래되었다. 각 시대의 작품에 공통적으로 나타나는 발상(發想)을 가리키는 말로 쓰이기도 한다. '집단 무의식' 이론을 체계화한 심리학자 칼 융(Carl Gustav Jung, 1875~1961)의 이론에 의하면, 인간의 다양한 경험은 어떤 식으로든 유전 암호가 되어 다음 세대로 전달된다. 이 원초적인 심상(心象) 유형과 상황은 독자와 저자에게 놀랄 만큼 비슷한 감정을 불러일으키는데 N. 프라이(Herman Northrop Frye, 1912~1991) 같은 비평가는 이를 문학 연구에 적용하여 작품의 근원을 해석하는 수단으로 삼았다.

들의 원형성, 공통점을 찾는 데 주력하시는 건지 알고 싶습니다.

이윤기 비교신화학에는 두 가지 경향이 있습니다. 하나는 자꾸 다른 걸 밝혀내는 것이고 다른 하나는 같은 것을 찾아내는 방식입니다. 캠벨은 같은 요소를 많이 찾아내는 사람입니다. 그의 책 중에 제가 번역한 것이 『천의 얼굴을 가진 영웅』이라는 책이 있습니다. 전 세계의 문화 영웅은 각기 지역은 달라도 비슷한 패턴, 비슷한 이야기 줄거리를 갖는다는 게 그의 주장입니다. 저도 캠벨과 비슷하게 같은 걸 밝히려고 노력합니다. 그렇게 같은 걸 밝혀내다 보면 '아, 우리는 같은 인간이었구나' 하는 생각에 이르게 됩니다. 인간이라면 반드시 하게 되는 공통적 경험이 있겠지요. 태어나고 자라고 성을 알게 되고 부모의 죽음을 보고 새로운 탄생을 보고, 모든 인간이 하는 그 경험은 별로 다르지 않지요. 신화를 공부하면 할수록, 특별히 영리하고 특별히 은근과 끈기를 자랑하는 뛰어난 민족은 없구나 하는 생각을 하게 됩니다. (청중 웃음)

사회자 그 얘기를 한비야씨 강연 때도 사실 조금 했습니다. (청중 웃음) 그러면 이제 여러분들의 질문 시간을 갖도록 하겠습니다.

이윤기 미리 부탁 말씀 드립니다. 제가 머리가 나빠서 기억을 잘 못합니다. 질문을 짧게 해주시기 바랍니다. (청중 웃음) 그리고 오늘은 무엇으로 불려 나가나, 소설가냐, 번역가냐 아니면 신화를 공부하는 사람으로 나가느냐 그게 헷갈려서 헛소리를 할 때가 많습니다. (청중 웃음) 저에게 신화와 소설과 번역은 하나로 얽혀 있습니다. 그리고 허구인 소설도 가끔 신화적 현실이 되기도 합니다. 마치 황순원 선생의 소설 「소나기」의 상상적 공간이 경기도 양평군에 실제로 떡 서는 것처럼 말이지요. 소설이 신화적 현실이 된 것이지요. 그때부터는 그게 기정사실처럼 믿어지게 됩니다. 물론 소설가로서 번역가로서의 제게, 각각의 다른 질문을 해주셔도 괜찮습니다.

왜 그리스 로마 신화인가

청중 1 얼마 전 어린이책을 공부하는 동아리에서 옛이야기를 공부할 때입니다. 어린 초등학생 친구들이 우리의 정신, 뿌리 다 제쳐놓고 그리스 로마 신화만 집중적으로 읽고 있는 것을 걱정한 적이 있었습니다. 마침 그즈음에 예술의전당 전시관에서 그리스 신들의 형상을 전시한 적이 있는데 어머니들이 초등학생들을 많이 데리고 와서 신들의 이름을 쓰고 외우게 하면서 기특해하는 걸 보고 좀 걱정이 되었습니다. 성인들에게는 그리스 로마 신화를 읽고 이해하는 게 마땅히 긍정적인 면이 있겠지만, 우리 어린 친구들에게는 우리의 옛이야기를 먼저 알려주는 게 필요하지 않을까요?

이윤기 질문을 짧게 해달라고 했는데 처음부터 이렇게 길게 해주시는군요. (청중 웃음) 우선 신화와 옛이야기가 같은가 하는 것부터 말씀드리겠습니다. 신화는 그냥 옛이야기가 아닙니다. 종교 이야기를 먼저 드리지요. 종교라는 것에는 두 가지 요건이 있습니다. 먼저 제사가 있어야 됩니다. 제사 없는 종교는 없습니다. 제사는 제사 지내는 행위와 제물을 흠향하실 분의 내력을 밝히는 것으로 이루어집니다. 우리말로는 '본풀이' 라고 하지요. 신화라는 건 기본적으로 바로 그 본풀이입니다. 둘째로, 왜 우리 신화는 놔두고 자꾸 그리스 로마 신화를 갖고 오느냐 하는 말씀인데요. 심지어 어떤 분은 "이러다 애들 햄버거 만드는 거 아니냐"고 합니다. 그럼 우리 애들이 중국 신화 너무 읽으면 짬뽕 됩니까? (청중 웃음) 그리고 우리 신화는 구조가 복잡하고 미묘하고 재미있지가 않습니다. 요즘 제주도 무가 본풀이를 집중적으로 공부하고 있는데 그다지 재미는 없다는 걸 인정해야 합니다. 그리고 그쪽이 재미가 있고 인기 있기 때문에, 기원전 5세기부터 지금까지 끊임없이 그 이미지를 확대 재생산해내고 있다는 걸 우리가 인정해야 합니다. 그런 걱정은 너무 하지 않으셔도 된다고 생각합니다. 안 읽는 것보다는 낫다고 믿습니다.

청중 2 대학에서 국문학을 공부하는 학생입니다. 인문학이라는 게 많은 이들에게는 책상에서 토론만 하는 학문으로 비쳐질 수도 있는 것 같습니다. 가난한 사람들에게 인문학이 해줄 수 있는 역할에 대해 선생님의 견해를 듣고 싶습니다.

이윤기 제가 그리스 로마 신화를 써낸 뒤로, 시장을 겨냥한 말랑말랑한 책이라는 비난을 많이 들었습니다. 여기에 제가 늘 하는 대답은 이렇습니다. "그리스 로마 신화를 읽는 것은 이 세계로 들어오는 '수강신청' 이다." 일단 제 강의에 등록된 독자들을 위해 앞으로 단계별로 높은 신화의 깊은 세계까지, 프로이트와 융까지 들어오는 책도 쓸 생각입니다.

그리고 인문학의 걱정이 무엇인가 하는 문제. 저는 아침에 신문에 실린 시를 읽는 것이 하루 중 가장 큰 기쁨입니다. 조간 신문 네 개를 보니까 네 번 즐겁습니다. 그런데 시인들이 저한테 보내주는 시집을 보면 별로 행복하지 못해요. 무슨 말인지 잘 모르겠어요. 인문학도 마찬가지라는 것이 제 생각입니다. 인문학을 말랑말랑하게 한다고 박해받는 사람도 있어야 합니다. 지식에 가난한 사람들에게도 인문학을 접할 기회가 주어져야 한다고 생각합니다. 저는 인문학이 자꾸만 어려워지고 강단을 향한 인문학, 학회를 위한 인문학이 되어가고 있지 않나 우려합니다. 그래서 저는 책을 말랑말랑하게 써서 많이 팔려고 한다는 질책을 그다지 두렵게 여기지 않습니다. 인문학이 어떠해야 한다고 건방지게 말씀을 드리지는 못합니다만, 인문학자들이 학회에서 독자에게로 관심을 돌릴 때가 되었다고 생각합니다. 그게 앞으로 인문학이 안고 가야 할 숙제라고 봅니다. 제가 얼마 전에 어떤 분이 쓰신 책을 보고는 그분에게 그랬습니다. "고맙습니다, 어깨에 드디어 힘이 빠졌군요, 언어가 말랑말랑해지셨군요." 저는 인문학자들이 독자들에게 친절하지 못한 것을 늘 섭섭하게 생각해왔습니다.

청중 3 저는 일문학을 전공하는 학생입니다. 최근에 한국 신화 관련 책들을 보면 민담에 많이 치우쳐 있다고 생각됩니다. 평범한 사람들이 보기에는 잘 모르는 이야기라서 설정에 치우쳐 있다는 느낌이 적잖이 듭니다. 한국 신화도 역사와 결부해서 발전시킨다면 그리스 로마 신화 못지않은 멋진 신화가 되지 않을까 싶거든요. 한국 신화를 좀더 세계적으로 가치 있는 것으로 만들기 위해서 어떤 쪽으로 발전시켜야 한다고 보시는지 여쭙고 싶습니다.

이윤기 여러분이 우리 신화가 그리스 로마 신화보다도 헐하게 대접받는 것을 바라지 않는다는 것을 저도 잘 알고 있습니다. 서양 문화의 줄기를 자꾸 따라 올라가다 보면 기원전 8세기, 그러니까 지금으로부터 2,800년 전에 호메로스의 신화가 나옵니다. 우리 신화가 적혀 있는 공인된 책을 찾아 거슬러 오르면 800년 전에 쓰인 일연의 『삼국유사』가 나옵니다. 하나는 거대한 서양 문화의 흐름에서 꼭짓점에 있는 것이고, 또 하나는 한 스님이 다분히 불교를 옹호하고 스님을 예우하는 신화를 쓴 것입니다. 우리 신화가 비교적 재미없다는 말을 하기가 저로서도 꺼려집니다. 그러나 여러분이 듣기 좋은 말만 할 수는 없잖습니까. 가까운 시대에 쓰인 신화일수록 사람들에 의해 손상된 겁니다. 2,800년 전의 것이 그대로 남아 있다면 그것은 앞으로도 손상될 여지가 적습니다.

청중 4 이집트나 수메르의 신화를 보면 마치 전날에 꾸었던 꿈처럼 상징적인 의미들이 많은 반면에 그리스 로마 신화는 소설처럼 매끄럽게 구성되어 있다는 느낌을 받습니다. 그 차이가 어디에서 기인하는지 궁금합니다.

이윤기 이집트에도 신화가 있습니다. 그러나 2, 3천 년 전에 방대한 서사시를 썼다든지 비극을 써서 무대에 올렸다든지 한 일이 거의 없습니다. 유일하게 그리스 신화만이 거기서 끊임없이 재생산되었어요. 그리스 로마를 가면 무수한 원형극장을 볼 수 있습니다. 그리스 비극의 경우는 소포클레스, 아이스킬로스, 에우리피데스 등에 의해서 계속 다시 쓰여졌습니다. 다시 쓰여진 게 또 신화에 편입된 거지요. 그리스 신화는 계속 살이 붙어서 굴러온 신화입니다. 그 이외의 신화는 별로 살이 계속 붙지 못한 신화입니다. 켈트 신화는 참 재미있는 신화입니다. 게르만 신화도 재미있습니다. 바그너가 「니벨룽의 반지」와 같은 작품을 썼듯이 끊임없이 확대 재생산되어왔기 때문입니다. 재미없는 신화는 확대 재생산되지 못했고, 확대 재생산되지 못해서 재미가 없고, 재미없기 때문에 확대 재생산되지 못하는 운명을 겪었습니다. 지금도 루브르 박물관에 가면 18세기에 프랑스인들이 다시 만든 그리스 신상들이 있습니다. 19세기에 만들어진 것도 있고요. 계속 확대 재생산되었다는 뜻입니다. 재미없었으면 확대 재생산되지 못했겠지요. 저는 그 두 가지가 맞물려 돌아간다고 봅니다.

청중 5 특수아동에게 국어를 가르치는 교사입니다. 시험에 잘 나오는 우리 고전 중에 하나가 「홍길동전」인데요. 그중에서도 영웅 신화의 구조에 대해서 설명할 때 동명왕 신화나 박혁거세 신화를 예로 들어 설명하면 학생들이 잘 모르지만 헤라클레스나 테세우스를 예로 들면 잘 이해하더라고요. 그러면서 학생들이 질문하기를 "분명히 이야기의 기본 골격은 같은데 우리나라 신화는 사랑 이야기가 없어서 그런지 잔재미가 없다. 그리스 로마 신화는 굉장히 재미있는데 똑같은 골격의 신화가 이렇게 다른 느낌으로 다가오는 이유가 뭔지에 대해 이야기해보고 싶다"고 해서 아이들과 토론해봤더니 민족성의 차이다 등등 여러 가지 이야기가 나오더라고요. 제가 뭐라고 결론을 내려주지는 못하고 정답은 없는 것 같다고 말하고 말았거든요. (청중 웃음) 비슷한 골격인데도 받아들이는 데 차이가 있는 것이 아까 말씀하신 확대 재생산, 후대의 윤색 작업과 관련이 있는지 궁금합니다. 그리고 두 번째 질문은, 하나의 분야를 파고드는 경향이 있는 분들에 비해 선생님께서는 다양한 작품을 고르시는 듯합니다. 작품을 고르실 때 나름대로 어떤 기준을 갖고 계시는지 궁금합니다.

이윤기 「홍길동전」은 우리나라 소설 중에서도 아주 전형적인 패턴을 가진 이야기입니다. 그리스가 망하자 로마인들이 그 신화를 받아들여 오비디우스• 같은 이들이 뻥을 또 엄청 보탭니다. (청중 웃음) 그러면 그 이야기들이 유럽으로 건너옵니다. 갈리아, 그러니까 지금의 프랑스로 가서 또 살이 붙습니다. 내 집에서 사랑받는 이야기가 밖에 나가서도 사랑받습니다. 우리나라에 한자가 들어온 것이 2, 3세기 경으로 알려져 있습니다. 『논어』라고 기억됩니다만, 공자님은 괴력난신(怪力亂神)을 말씀하지 않으셨다는 말이 있습니다. '괴력난신' 즉 괴상하고, 힘세고, 어지럽고, 신기한 것을 좋아하지 않았다는 겁니다. 유교가 그토록 성행하는데 그리스 신화에 나오는 것과 같은 이상한 이야기들을 선비사회에서 했겠습니까. 다 소독해버렸지요. 우리의 민족 종교라 할 수 있었던 무속도 다 쓸어버렸지요. 특히 고려 말에 안향이란 분은 그걸 쓸어버렸다고 지금까지도 칭송되는 분입니다. 그런데 어떻게 그런 이야기들이 자라고 더 매끄러워

•**오비디우스(Publius Ovidius Nas, BC 43~AD 17)** 로마의 시인. 『사랑의 기술*Ars amatoria*』 『변신이야기*Metamorphoses*』로 유명하다.

질 수 있었겠습니까. 이렇게 억압하다 보니 우리와는 그다지 관계가 없는 것 같고 어쩐지 서먹서먹한 이야기가 되어버린 겁니다. 이런 역사적인 이유가 있습니다.

두번째 질문, 번역을 하는 데 어째서 한 분야만 하지 않고 여기저기 하느냐는 얘기지요? 제가 사람이 좀 잡스럽습니다. (청중 웃음) 호기심이 굉장히 많습니다. 그래서 제 별명이 호기심 많은 늙은 소인배. (청중 웃음) 제가 아까 미리 말씀드렸습니다. 이 세계가 겹겹의 구조로 되어 있는데 저는 한 겹으로만 만족할 수가 없는 겁니다. 예를 들면 좋은 대학에서 공부하고 졸업 후 미국으로 유학 가서 박사학위 받고 돌아와 좋은 대학의 교수가 되어 평생을 보낼 그럴 인물이 못 됩니다. 조금이라도 모른다 싶으면 여기저기 찾아 들어가는 버릇이 있습니다. 그래서 번역 폭도 그렇게 넓어진 것 같고요. 미술에 관한 전문서, 음악에 관한 전문서도 번역한 게 있습니다.

신화의 상상력을 즐겨라

청중 6 영어과를 졸업한 학생입니다. 서양 역사의 커다란 줄기가 헤브라이즘과 헬레니즘이라고 보는데요. 문학이나 예술 작품에서 보자면 두 가지가 조화롭게 발현되고 있음을 알 수 있습니다. 선생님께서는 이 두 가지 기류가 현재 서양 역사를 통해 조화롭게 진행되고 있었다고 보시는지, 아니면 두 가지가 투쟁하면서 대립되고 있는 구조라고 보시는지요. 현대 사회에서도 다른 사상과 생각으로 대립하는 경우가 많은데 이런 것들이 조화롭게 발현될 수 있는지, 그런 조화는 문학이나 예술에만 국한되는지 궁금합니다.

이윤기 강의보다 질문이 훨씬 어렵습니다. (청중 웃음) 헬레니즘(Hellenism)은 그리스도 이전에 그리스와 로마를 중심으로 퍼져 있었던 문화이고 헤브라이즘(Hebraism)은 그 훨씬 이전부터 존재하던 헤브라이 국가의 문화입니다. 두 문화가 참 숙명적인 관계 같습니다. 저는 로마의 바티칸 박물관에 갈 때마다 화를 벌컥벌컥 내게 됩니다. 다른 나라에 있으면 국보급일 문화재들이, 헬레니즘 시대의 문화재들이 거의 창고에 쌓여 있는 수준입니다. 할 수만 있다면 교황청한테 그런 말을 하고 싶지요.

"여보시오, 헬레니즘은 당신네들이 죽여버린 종교요. 이제 다시 살아날 일 없으니 제발 루브르처럼 헬레니즘 예술품도 대접을 좀 해주시오."

그 정도로 비참하게 대접받고 있어요. 그러면 헬레니즘이 숨이 끊어졌냐 하면 그렇지 않지요. 헬레니즘의 기술들이 다시 헤브라이즘의 전파에 그대로 이용됩니다. 유럽에, 특히 루브르 박물관이나 영국 박물관에 가보면 헤브라이즘이 들어와서 헬레니즘을 원형에서 다시 꽃피운 문화들을 보실 수 있습니다. 저는 문화의 충돌을 부정적으로 보지 않습니다. 모든 문화는 서로 충돌하면서 새로운 걸 만들어낸다고 생각합니다.

청중 7 게임을 좋아하는데요. 그래서 관심을 갖게 되어서 북구 신화, 게르만 켈트 신화, 그리스 로마 신화 책을 재미있게 읽었습니다. 라그나로크(ragnarok)라고 신들의 황혼에 대해서 여쭤보고 싶은 게 있는데요. (청중 웃음) 그리스 로마 신화 경우에는 어떻게 보면 끝이 없이, 끝난다는 느낌이 없이 지금까지 지속되고 있다고 볼 수 있는데 북구 쪽 신화를 보면 신들의 황혼 시대라고 해서 매듭을 짓는 게 있다고 보이거든요. 그 차이는 어디서 나오는 걸까요?

이윤기 중요한 질문입니다. 게르만 신화와 그리스 신화도 비교해 볼 만합니다. 게르만 신화는 무지무지하게 잔혹하고 피비린내 납니다. 거기에도 미(美)의 여신이 있습니다만 아프로디테처럼 아름다운 모습으로 그려지는 일이 거의 없습니다. 지중해의 따뜻한 곳에서 사는 그리스와 북구의 삼림 속에서 1년의 반 이상을 추위에 떨며 보내야 하는 북유럽의 서로 다른 날씨와도 관계가 있다고 추측합니다. 몽골 신화도 잔혹한 편입니다. 사랑 이야기가 많지 않습니다. 그것 역시 힘든 생존 환경과 관계가 있으리라고 생각합니다.

청중 8 이윤기 선생님의 그리스 로마 신화를 재미있게 읽었습니다. 교사 입장에서 학생들이 이 책들을 읽고 제우스의 바람기를 정당하다고 무의식적으로 생각할까봐 두렵기도 합니다. (청중 웃음) 어떤 의도로 책을 쓰셨으며 학생들에게 바라는 것이 있다면 어떤 것인지 듣고 싶습니다.

이윤기 그리스 로마 신화는 제우스의 바람기로 시작됩니다. 거기 나오는 모든 신들의 이름은 전부 우리 관념의 표상들입니다. 서사시는 어떻게 쓰여지게 되었지요? 이렇게 물으면 논리의 언어로 말하는 사람은 이렇게 말하겠지요. "전쟁의 기억을 더듬으면서 썼겠지요."

하지만 그리스 사람들은 워낙 뻥을 치기를 좋아하니까 이렇게 말할 겁니다. "제우스라는 사람이 므네모시네(Mnemosyne)라는 여성이랑 잤어." 므네모시네라는 말은 기억이란 뜻입니다. 거기서 아홉 딸이 태어났지요. 그게 뮤즈(Muse)이지요. 그래서 뮤즈가 바로 전쟁을 찬양하는 시를 쓰게 됩니다. 그러므로 그리스 신화는 잘못 보면 제우스의 난봉기지만, 사실은 인간의 관념들이 어떻게 하나하나 분화했는지를 누구든지 읽기 쉽게 이야기로 풀어서 보여줍니다. 그래서 제가 그리스 신화를 서양 관념의 시운전장이라고 부르는 것입니다. 제우스의 바람기를 합리화할 생각은 없지만 만일 제우스가 바람을 피우고 다니지 않았으면 이 세상에 없는 관념들도 많고 없는 천체들도 많고 하늘에 이름 없는 별들도 무척 많을 겁니다. (청중 웃음)

청중 9 고등학교 때 독서토론 동아리를 할 때 이윤기 선생님이 번역하신 그리스 로마 신화로 토론을 한 적이 있어요. 그때 저희가 프로메테우스를 이야기했어요. 프로메테우스가 인간에게 불을 전해주고 엄청난 벌을 받았잖아요. 왜 그런 신화가 존재했을까에 대해서 저희 나름대로 상상을 해봤거든요. 불의 사용을 경계하기 위해서였다는 이야기도 나왔었는데 선생님께선 어떻게 생각하시는지 궁금하고요. 두 번째 질문입니다. 고등학생들에게 신화는 더 이상 신화가 아니거든요. 저희가 국사 시간에 단군 신화를 배울 때 신화 그 자체를 보는 게 아니라 거기에 나오는 한마디 한마디를 가지고 역사적인 맥락을 추적합니다. 가령 풍백(風伯), 우사(雨師), 운사(雲師) 이런 이름이 나오거든요. 바람과 비와 구름이 농경을 위해 필요했다. 그런 식으로 역사적 맥락을 추적하는 공부를 하고 있어요. 그런데 이런 식으로 신화를 통해 역사적 맥락을 추출하는 것이 새로운 상상력을 만들어내는 것인지 아니면 오히려 차단하는 건지 선생님의 의견을 여쭙고 싶습니다.

이윤기 프로메테우스가 신들과 대결해서 불을 훔쳐가고 하는 이야기는 그리스에만 있는 게 아닙니다. 그리스 사람들은 단지 이야기에서 그치지 않고 프로메테우스 3부작이라는 연극을 만들어서 올리고 그랬습니다. 중국에도 수인씨(燧人氏)라는, 천상에서 불을 붙여서 인간에게 주는 신이 있습니다. 프로메테우스 신화의 핵심은 인류 문화에서 가장 중요한 불의 발견입니다. 그밖에 더 큰 의미를 부여할 필요가 없어요.

단군 신화에 무슨 깊은 뜻이 있지 않나 하고 저도 『삼국유사』를 뚫어지게 보았던 적이 있습니다. 아까 신화를 역사적으로 보는 태도를 어떻게 생각하느냐, 혹은 신화와 역사성은 어떤 관계가 있느냐를 물으셨는데, 저는 강하게 주장하는 게 하나 있습니다. 역사를 혹은 정치를 설명하기 위해서 당대에 조직된 신화는 절대로 살아남지 못한다고요. 그런 것은 시대가 바뀌면 사라져버립니다. 그리스 신화를 놓고 많은 역사학자들이 이것은 도리스족의 남하와 관련이 있다, 또 어떤 사람은 또 다른 민족의 북상과 관련이 있다고 해석합니다만 그 주장은 그리스 신화가 우리의 원형심상을 모방한 것으로 믿어지면서 점점 힘을 잃어가고 있습니다. 저는 단군 신화는 물론이고 신화를 자꾸 정치적인 시각으로 보려고 하는 것을 그다지 좋아하지 않습니다. 되도록이면 신화 속에서 한국, 한국인에게만 유효한 것은 안 보려고 합니다. 인간에게 유효한 걸 찾아내려고 합니다. 그게 제가 신화를 공부하는 태도입니다.

청중 10 선생님께서는 신화를 동양적으로 관찰하시는 것 같습니다. 그러면 신화가 탄생한 그리스 사람들은 신화에 대해 어떻게 생각하고 있는지 궁금합니다.

이윤기 그리스 사람들은 소크라테스가 누군지 잘 모릅니다. 그리스 신화도 잘 모릅니다. 물론 전문가들도 많이 있지만, 제가 그리스를 여행하면서 느낀 점은, 그들은 관광이나 어마어마한 양의 올리브와 편도(扁桃)● 등을 재배하여 얻은 수입으로 생활이 안정됐기 때문인지 신화에는 별 관심이 없어 보인다는 것이었습니다.

청중 11 이전에 읽었던 그리스 로마 신화를 얼마 전 이윤기 선생님의 책으로 다시 봤습니다. 그런데 선생님께는 죄송하지만 그때만큼 재밌지가 않더라고요. 혹시라도 제가 신화를 재미로만 보려고 했던 건 아닌가 하는 생각이 들었습니다. 21세기를 살아가는 우리들이 신화를 읽으면서 어떤 것을 얻을 수 있으리라 생각하시는지, 왜 우리가 신화를 읽어야 하는지, 21세기에 신화는 어떤 의미에서 중요한지 말씀해주시면 감사하겠습니다.

이윤기 저는 기본적으로 지금 나오는 모든 문학 작품들이 신화의 패러디라

●**편도** 장미과의 낙엽 교목. 복숭아와 비슷한 열매는 식용 또는 약용으로 쓰임. 지중해 연안과 미국의 캘리포니아 등지에서 많이 재배됨.

는 생각을 합니다. 이미 오래전 사람들이 이룩해놓은 어떤 것이 다른 모습으로 끝없이 패러디되고 있다는 것이지요. 제가 중고등학교 시절 성경을 계속 읽으면서 어떤 생각을 했는가 하면요. '나는 소설가 되기를 포기해야겠다, 이 많은 인간 유형에서 벗어나 어떻게 또 다른 유형의 인간을 창조해낼 수 있단 말인가.' 그리스 로마 신화를 읽을 때도 거의 같은 생각을 합니다. 이렇게 많은 캐릭터, 분석심리학자들에 의해서도, 정신분석학자들에 의해서도 원용되고 하는 이 수많은 캐릭터에 내가 과연 무엇을 보탤 것인가. 그러므로 신화, 성경이나 코란 같은 종교 경전이야말로 인류의 가장 깊은 지혜의 보고라는 게 저의 믿음입니다. 현대인들에게 신화가 중요한 이유도 그 때문입니다.

청중 12 아까 프로이트 얘기도 잠깐 나왔는데요, 만화나 영화에서도 인용되는 게 바로 오이디푸스 콤플렉스잖아요. 그런데 이게 재미는 있을지라도 교훈적이지는 않은 것 같습니다. 신화를 보면 매일 싸우고 죽이고 밤일하고 도둑질하고 그렇단 말입니다. (청중 웃음) 그게 인간 내면의 솔직한 모습들의 총집합이라 한다면, 우리가 신화에서 과연 어떤 것을 보아야 한다고 생각하시는지 듣고 싶고요. 오이디푸스 콤플렉스에 대한 선생님의 견해도 궁금합니다.

이윤기 '그리스 로마 신화' 라는 말부터 우선 짚어보고 가야겠습니다. 그리스 신화라고 하면 마치 그리스인들만의 신화를 말하는 것 같은데 그렇지가 않습니다. 고대 그리스에 호메로스의 신화가 있었고, 이것이 그 뒤 알렉산드로스 대왕이 세계를 정복하면서 인도의 간다라까지 전해졌습니다. 이때 힌두 신화도 그리스 로마 신화에 일부 편입됩니다. 이집트 신화도 일부 편입됩니다. 지금의 터키, 소아시아 지방의 신화도 편입됩니다. 그렇게 해서 그리스 로마 신화라고 하는 거대한 것이 생긴 것입니다. 로마 시대로 넘어가서 보면, 이들이 정복을 하러 다니면서 주위의 이야기를 전부 모아들입니다. 그래서 오비디우스 같은 이들이 그걸 집대성을 합니다. 이런 과정을 통해 지금의 그리스 로마 신화가 만들어지게 된 거죠.

마찬가지로 인간 역시 아주 오랫동안 진화와 진화를 거듭해왔습니다. 지금처럼 사회제도나 문화가 정착되기 이전, 아주 먼 옛날 인간은 별별 흉측한 짓들을 다 했을 겁니다. 신화에는 아이들에게 차마 보일 수 없을 정도로 흉측한 이야기들이 참 많습니다. 그러나 태고의 인간이 어떠했는가를 알아야 합니다. 오이디푸스에게 일어났던 일, 엘렉트라에게 일어났던 일, 아버지 살해와 같은 일들이 아마 실제로 있었을 겁니다. 그러므로 신화를, 문화적으로 사회적으로 잘 조직된 지금의 관점에서 보는 게 아니라 인간의 본성은 원래 저랬으려니 하는 생각으로 보는 것도 필요합니다. 그리고 마지막 질문에서 오이디푸스 콤플렉스에 대해서 어떻게 생각하는가를 물어보셨는데요. 제가 한 살 때 아버지가 돌아가셨습니다. 그래서 저는 도무지 오이디푸스가 될 기회가 없었습니다. 이상입니다. (청중 웃음)

청중 13 신화가 계속적으로 확대 재생산이 되어왔지만 그 핵심이랄까 중심적인 이야기가 있을 거라고 생각합니다. 특히 젊은이들이게 의미

있는 내용이 어떤 것인지 궁금합니다.

이윤기 인간이 원래 어땠는지를 알기에 가장 좋은 책은 고대 신화집, 고대의 종교 경전들이라고 생각합니다. 신화나 경전의 세계에 빠져들면 우리들 마음이 달라질 것 같아요. 경주마는 눈가리개를 해서 옆을 못 보게 합니다. 오로지 트랙 레인만 보게 만들지요. 저는 우리 사회가 그런 경직된 생각으로 가득 차 있지 않은가 싶습니다.

제 경험을 예로 설명을 드리지요. 1994년에 가족과 함께 미국을 자동차로 일주하는 여행을 했습니다. 우리는 햄버거, 콜라로 잘 견뎠지만 동행했던 다른 한국인 한 분은 꼭 한국 음식을 먹어야만 했어요. 그래서 휴대용 가스레인지를 차에 싣고 갔습니다. 그런데 서부에서는 휴게소들마다 휴대용 가스통을 두고 가라고 합니다. 주행 중에는 괜찮지만 혹시라도 차를 세워둘 경우 내부 온도가 60도까지 올라갈 수 있고 그렇게 되면 가스통이 폭발할 수도 있다는 겁니다. 두고 가려니까 고등학생 아들이 "아이스박스에 맥주만 넣는다는 편견을 버리라"고 합니다. 휴대용 가스를 거기에 넣자는 거죠. (청중 웃음) 미국에서는 호텔마다 아이스박스용 얼음을 무제한으로 줍니다. 그러니까 가스통을 아이스박스에 넣어놓기만 하면 되는 거였어요. 신화를 읽는 것도 마찬가지입니다. 특정 분야에만 의미가 있을 것이라는 생각을 버리자는 것이지요. 이상입니다.

사회자 선생님께서는 항상 확실하게 끝맺으시는데요. 마무리 말씀 해주시지요.

이윤기 신화에는 '인세(人世) 차지'라는 모티프가 있습니다. 인세 차지란

신들이 인간의 세상을 차지하기 위해 자기들끼리 싸우는 겁니다. 이긴 신이 인간 세상을 차지합니다. 그리스 로마 신화에서도 똑같은 일이 벌어지지요. 올림포스 신들은 티탄 족과 싸워야 했고, 기간테스(거인족)와도 싸워야 했습니다. 우리 신화를 보면 석가모니불과 미륵불이 인간 세상을 놓고 싸웁니다. 석가모니불이 "우리 무릎에서 먼저 꽃을 피우는 사람이 인간 세상을 차지하기로 하자"는 제안을 합니다. 씨앗을 놓고 원력으로, 내공으로 꽃이 피게 합니다. 석가모니불은 실패하지만 미륵불에게선 꽃이 핍니다. 그런데 미륵불이 졸고 있거든요. 석가모니불이 그걸 훔쳐서 제 무릎에 놓고 세상은 자기 거라고 합니다. 미륵불이 "더러워서 못 살겠다, 그래 네가 차지해라" 그러고는 날아가버리죠. 그런 석가모니불을 닮아서 인간이 사악하다. 이런 내용이었습니다.

그런데 제가 다음과 같은 몽골 신화를 읽고 났을 때 얼마나 놀랐을지 한번 상상해보십시오. 몽골 신화는 이렇습니다. 어느 날 쉬베게니보르항(Shibegeni-burhan, 석가모니불)과 마이다르보르항(Madari-burhan, 미륵불)이 인간 세상을 차지하려고 시합을 벌였습니다. 두 보르항은 무릎에 꽃씨를 놓고 누가 먼저 꽃을 피우는지 대결을 했습니다. 그런데 마이다르보르항이 먼저 꽃을 피웠어요. 쉬베게니는 안 피었거든요. 그러니까 그걸 슬쩍 자기한테 갖다 놓고는 마이다르보르항이 눈을 뜨자 "보시오, 꽃이 피었잖소" 이럽니다. 마이다르보르항이 "더러워서 못 살겠다 네가 가져라" 그랬답니다. 그러니 이걸 읽고서 제가 얼마나 놀랐을지 여러분 짐작하시겠지요.

신화는 이렇습니다. 신화는 내 것도 네 것도 아닙니다. 여기저기 굴러다니면서 더 근사한 이야기로 끊임없이 변합니다. 그러므로 신화를 두고 그것이 상징하는 바에 너무 매달리지 마시기 바랍니다. 미주알고주알 따지다 보면 흥이 없어지는 거지요. 여러분도 신화를 즐기셨으면 좋겠습니다. 이상입니다. 제가 말을 마칠 때마다 '이상입니다' 라고 하는데요. 제가 군대 있을 때 무전병이었습니다.

(청중 웃음)

사회자 선생님 말씀 감사드립니다. 우리 삶에서 신화가 어떤 의미를 갖고 어떤 태도로 신화를 접하고 즐길 것인가, 전면적으로 입체적으로 접해볼 수 있는 기회였다고 생각합니다. 그럼 이상으로 이윤기 선생님과의 인터뷰 특강을 마치겠습니다. 감사합니다.

자아실현의 상상력

교육과 인간 그리고 대한민국

자아실현은 끊임없이 공부하고 자기성숙을 모색함으로써
이루어지는 것입니다.
결국 물신에 대한 저항과 자기성숙의 모색을 포기하지 않을 때
자아를 실현하면서 생존을 담보하는 자유인이 될 수 있습니다.
현실적으로 쉽지 않습니다.
끊임없이 비교당하고,
"당신이 사는 곳이 당신이 누구인지 말해줍니다"
따위가 일상을 지배하는 현실 속에서 과연 나를 어떻게
지킬 것인가에 대해 고민해보아야 합니다.

홍세화

1947년 서울에서 태어났다. 1979년 3월 무역회사 근무 중 남민전 사건에 연루되어 귀국하지 못하고 파리에서 20여 년간 이방인 생활을 했다. 한겨레신문 기획위원이다.
저서로 『나는 빠리의 택시 운전사』 『쎄느강은 좌우를 나누고 한강은 남북을 가른다』 『악역을 맡은 자의 슬픔』 『빨간 신호등』이 있다.

자아실현의 상상력

교육과 인간 그리고 대한민국

2005년 3월 21일(월) PM 07:00

사회자 인사 말씀 해주시지요.

홍세화 반갑습니다. 제가 좀 어눌해요. (청중 웃음) 말주변이 없지요. 그리고 워낙에 숫기가 없어서 이렇게 많은 분들이 쳐다보면 좀 떨려요. 오늘 이 자리에 오면서 한편으론 좀 설레기도 했고요. 요즘 한국 사회의 가장 중요한 화두가 효율과 경쟁인데, 이 자리는 전혀 효율적인 자리가 아닌데도 특히 젊은 분들이 많이 오셨다는 것이 감격스럽기도 합니다.

사회자 네. 거기다 돈까지 내고요. (청중 웃음) 요즘은 주로 어떻게 보내십니까?

홍세화 제가 파리에 있을 때부터 한국에 들어오면 꼭 하고 싶은 두 가지 일이 있었습니다. 하나는 길을 걷는 것이었어요. 한국의 길을 마냥 걸어가고 싶다는 것. 그리고 또 하나는 제가 다니고 싶은 직장에 출퇴근하는 것이었습니다. 그런데 한국의 땅을 마냥 걸어 다니는 것은 아주 일찍 포기하게 됐습니다. 자동차들 때문입니다. 사람의 길이 찻길에 너무 밀려나 있었어요. 그래서 이런 말을 하지요. 사람의 길이 찻길에 밀려나서인지 사람들이 사람의 길을 찾지 않는다고요. 그렇게 첫째 소망은 일찌감치 접었고, 둘째로 제가 다니고 싶은 직장에 출퇴근하고 싶다는 소망은 지금 한겨레신문에 출퇴근함으로써 이룬 셈입니다. 그런데 한 가지 좀 아쉽고 서글픈 것은 그 직장이 봉급도 너무 박하고…. (청중 웃음) 그래서 제가 이런 자리에 올 때마다 항상 갖고 다니는 게 있어요. 한겨레신문 구독 신청서하고…. (청중 웃음)

사회자 잠시 안내 말씀 드리겠습니다. 본 강연회는 특정 언론사의 영업 행위와 그다지 관계가 없습니다. 그럼에도 불구하고 소신으로 영업에 응하실 분들은 말리지 않겠습니다. (청중 웃음) 그러면 간단한 인사는 여기서 줄이도록 하고 강연을 시작하겠습니다.

물신과 소유－한국 사회의 말걸기

홍세화 오늘의 주제는 아주 거창합니다. '교육과 인간 그리고 대한민국'이라는 제목이 붙어 있지요. 거기에 또 '상상력'까지 있어서 제겐 대단히 버겁습니다. 그러나 이 문제가 좀 거시적이긴 합니다만 우리가 살아가면서 질문해왔고, 앞으로도 해야 하는 문제라고 생각합니다. 특히 젊은 분들의 경우에는 더더욱 그렇습니다. 교육이란 무엇이고 그 목적은 어떤 것이고 인간은 또 어떤 존재인가. 우리가 살고 있는 대한민국은 어떤 사회인가 하는 문제는 중요하지요.

제가 아까 효율과 경쟁 얘기를 한 것은 바로 지금 우리가 지나치게 소유의 문제에 집착하고 있는 건 아닌가 하는 문제의식 때문입니다. '존재냐 소유냐' 라는 에리히 프롬●의 문제의식을 빌린다면, 대한민국 사회 구성원들은 소유에만 관심이 있을 뿐 존재에 대해서는 별로 질문을 던지지 않습니다. 그러다 보면 인간의 길보다 '경제동물' 의 길을 가게 되지요. 그런 의미에서 존재에 대한 질문을 던지고 있는 이 자리가 대단히 소중하다는 생각이 들었습니다.

2002년에 귀국한 제게 한국 사회가 말을 걸어오는 방식은 대충 이런 것이었습니다. "당신의 능력을 보여주세요." (청중 웃음) 이때의 '능력' 은 무슨 능력을 말합니까? 지불 능력, 소비 능력만을 말하고 있습니다. '보여달라' 는 말에는 두 가지 의미가 내포되어 있습니다. 하나는 눈에 보여야 한다는 것입니다. 우리의 마음 또는 가치관이나 세계관처럼 보여줄 수 없는 것은 무가치해지지요. 경쟁과 효율을 구호로 하는 신자유주의가 얼마만큼 우리 사회에서 관철되고 있는가를 단편적으로 보여줍니다. 또한, '보여주세요' 는 내면 지향이 아니라 타자 지향입니다. 즉 남에 의해서만 가치가 평가된다는 것입니다. 하나는 물질에 의한 가치 평가, 또 하나는 타자 지

●에리히 프롬 (Erich Fromm, 1900~1980) 독일의 사회심리학자. 저서로 『자유로부터의 도피』, 『인간의 자유』 등이 있음.

향입니다. 그러다 보니 인간으로서의 가치에 대한 질문 자체가 설 자리가 없는 것입니다.

"대한민국 1퍼센트"라는 말이 있습니다. 여기서 그 1퍼센트는 무엇을 기준으로 한 1퍼센트입니까? 목적이 빤히 들여다보이는데도 한국 사회 구성원들은 별로 분노하지 않습니다. 우리 사회의 99퍼센트는 1퍼센트를 선망하고 인정합니다. 흔히 20대 80의 사회라고 하지만 우리의 의식은 이미 1 대 99의 사회까지도 받아들일 자세가 되어 있는 것입니다. 나아가서 이제는 아예 노골적으로 말합니다. "당신이 사는 곳이 당신이 누구인지 말해줍니다." (청중 웃음) 슬프지만 한겨레신문도 이 광고를 실었습니다.

결국 자아를 실현하려면 먼저 먹고살아야 한다는 문제, 즉 생존이라는 문제를 해결해야 된다는 기본적인 조건을 말해주는 것이기도 합니다. 하지만 제가 한국에 와서 만났던 이러한 것들은 그 사회가 사람이 물질을 평가하는 게 아니라 물질에 의하여 사람이 평가되고 있음을, 구성원들이 얼마만큼 물신에 포섭·오염되어 있는가를 말해주고 있다고 생각합니다.

지금 말씀드린 것들은 그야말로 광고 카피에 불과합니다. 하지만 광고는 그 사회에서 자본주의가 어떻게 관철되는지를 알게 해주는 가장 정확한 지표입니다. 광고는 그 속성상 가장 적은 비용으로 가장 많은 소비를 부추기기 위한 것이기 때문에 자본주의 관철 형태를 말해주는 아주 정확한 가늠자라고 할 수 있는 것이지요. 제가 20여 년 동안 살았던 유럽 사회도 분명 자본주의 사회이긴 하지만,

이와 같은 말걸기가 나올 수 없는 사회였습니다. 때문에 한국 사회의 이러한 말걸기 방식에 저는 충격을 받을 수밖에 없었습니다. 아무리 자본주의 사회에서 소유와 물질이 중요하다 하더라도 그것은 인간을 위하는 것일 때에만 의미가 있는 것입니다. 위와 같은 말걸기 방식이 횡행하는 사회라면 인간이 설 자리가 없어지고 있는 것이 아니냐 하는 질문을 하게 됐습니다. 이는 제가 말씀드릴 '자아실현' 이라는 문제와 만나는 지점이기도 합니다만, 이미 실현할 자아들이 사라지고 있다는 이야기지요. 물신에 포섭되고 오염되어 존재에 대한 질문은 아예 생각도 못하는 것이 한국 사회의 현실입니다. 이러한 물질주의, 물신 지배에 대한 사회 구성원들의 항체가 별로 보이지 않는다는 점과 나아가서 사회문화적인 기본 소양이 너무나 낮은 수준에 머물러 있다는 것은 충격적이었습니다.

유럽 사회에서 그러한 광고, 그러한 말걸기가 나올 수 없는 것은 아무리 자본주의 사회라 해도 기본적으로 지켜져야 될 부분, 인간성의 항체가 있기 때문입니다. 그런 광고는 바로 혐오나 위화감, 분노를 일으킵니다. 두 사회 구성원들의 의식 차이가 저에게는 충격적으로 다가왔던 것입니다. 한국 사회에서 인간성이 실종되고 있는 것은 아닌가 하는 생각이 들었습니다. 대학을 '산업' 이라 부르고 '기업하기 좋은 나라' 와 같은 구호가 거리낌 없이 받아들여지는 것도 이와 관련이 있다고 생각합니다. 이러한 기본적인 문제의식을 바탕으로 저는 우선 소외라는 개념에 대해서 말하고 싶습니다. 과연 우리가 물질을 소유하고 있는 것인가, 아니면 거꾸로 물질에 의

한국 사회에 몰아친 명품 열풍은 청소년들에게까지 이어져 한동안 사회 문제가 되기도 했다. 사진은 압수된 가짜 '루이비통' 핸드백과 가방.

하여 소유당한, '소외의 길'을 가고 있는가 하는 질문을 심각하게 던져보게 됩니다.

귀국한 직후에 지하철에서 있었던 일입니다. 앞자리에 앉은 일

곱 분 중에 여섯 분이 여성인데 그중에 세 분이 루이비통 가방을 들고 있었습니다. 저는 몹시 놀랐습니다. 물론 그 당시엔 '짝퉁' 이란 말을 몰랐어요. (청중 웃음) 아무튼 그럴 때 우리는 이런 질문을 해야 한다고 생각합니다. 과연 누가 누굴 소유하고 있는 것인가. 사람이 루이비통을 소유하는 것인지, 아니면 루이비통이 사람을 소유하고 있는 것인지. 의식과 일상이 물질에 지배되고 소유당하는, 다시 말해 한국 사회가 자기소외의 길을 가고 있는 것은 아닌지 우리는 일상을 통해 되짚어보고 성찰해야 합니다. 과연 우리의 의식을 지배하는 것은 무엇인가. 대학에 다니는 것, 공부를 하는 것은 과연 무엇인가. 이런 문제의식과 함께 오늘 강연 주제에 조금씩 다가가고 싶습니다.

배반의 공화국 – 공공성의 부재와 신자유주의

교육과 인간, 대한민국… 주제가 워낙 폭넓기 때문에 말주변도 없는 제가 이것을 어떻게 정리해서 말씀드릴 수 있을까 고민했습니다. 결국 저는 '배반' 이라는 말로 이 세 가지를 함께 설명할 수 있다고 생각했습니다. 먼저 뒤에서부터 말하자면, 대한민국에 대해 나는 무엇을 느끼는가. 제가 '배반' 이라는 표현했을 때 국가보안법 같은 것을 연상하실지 모르겠습니다. 하지만 저는 '민주공화국' 인 대한민국에서 '민주' 가 오랫동안 독재에 유린당해온 것과 마찬가지로, '공화' 즉 공공성 역시 배반당해왔다는 의미에서 말씀드린 것입니다.

"대한민국은 민주공화국이다"라는 우리 헌법 제1조 1항을 모르는 사람은 없습니다. 민주공화국은 인류의 역사와 지혜가 낳은 산물이자 집약체입니다. 따라서 우리는 교육 과정에서 민주주의와 공화국의 정확한 개념, 민주적인 시민의식 같은 공공성의 덕목들을 배워야 합니다. 하지만 실제로는 전혀 그렇지 못했습니다.

오랫동안 독재에 유린당한 민주주의와 이를 극복하기 위한 저항의 역사를 우리는 알고 있습니다. 그러나 민주공화국의 다른 한 축이자 민주주의의 지평을 넓혀가는 데 있어 가장 중요한 '공공성'에 대해서는 지배세력은 물론, 그들을 극복하고자 했던 우리들까지 배반해왔다는 점을 이 자리에서 강조하고 싶습니다.

흔히 우리는 의료의 공공성이나 교육의 공공성을 말합니다. 그렇다면 공공성은 과연 무엇입니까? 공공성이 어떤 실체를 갖고 있는지, 그것은 나라의 정체성과 어떤 관계가 있는지에 대한 본질적인 의문을 던질 필요가 있습니다. 하지만 우리는 '공화국'에 대해 질문을 던져본 적이 없습니다. 공공성이 대한민국의 정체성을 이루는 내용임을 아무도 말해주지 않았고 강조하지도 않았다는 것이지요.

우리의 경우 홍익인간을 제도화하는 데 실패했습니다. 대신 서구의 제도를 차용했지요. 문제는 우리가 공화국이라는 제도화된 이념을 지배 형태로만 알고 있을 뿐 공공성이라는 본래의 정신은 실종됐다는 것입니다. 한국 사회의 대다수는 공화국의 구성원임에도 불구하고 공공성을 기본 덕목으로 인식하지 못한 채 "나만 손해 볼 수 없다"며 모두가 사욕을 추구하는 존재들로 머물고 있는 것이 아닌가 하는 생각을 하게 됩니다.

자본주의 사회에서는 누구나 사익을 추구하고 경쟁합니다. 하지만 이러한 사익의 추구는 공공성의 문제와 긴장 관계를 유지해야 합니다. 이런 긴장이 사라진 사회에서는 결국 모든 공적 부분들까지도 사익을 추구하기 위한 장으로 변질되어버리기 때문입니다.

제가 무상교육 얘기를 꺼내면 흔히들 좌파적, 사회주의적 발상이라는 반응을 보입니다. 한국 사회는 구성원들에게 대학 교육까지 받을 것을 거의 강요하다시피 하고 있습니다. 그런데 사회는 요구만 할 뿐, 책임을 지지 않습니다. 구성원은 사회가 요구하는 학력을 만족시키기 위해 대학에 진학하지만 비싼 등록금은 개인이 모두 부담해야 합니다. 교육에 대한 공동의 관심은 좌파적, 사회주의적 발상 이전에 우리가 헌법에서 규정하고 있는 '민주공화국', 즉 공공성의 발현이라는 점을 말씀드리고 싶습니다.

앞서 말씀드린 대로 한국 사회는 대학 졸업장을 요구합니다. 사회 구성원들은 교육을 유일한 계층 상승의 수단으로 여기며 여기에 엄청난 사교육비를 투자하고 있습니다. 이는 역으로, 한국 사회가 이미 무상교육을 실시하고도 남을 만한 물적 토대를 갖고 있다는 것을 의미합니다. 구성원들이 교육비용을 필요 이상으로 지불하고 있기 때문입니다. 말하자면 정상적인 나라, 온건한 사회라면 필요하지 않은 사교육비까지 지불하고 있는 것이지요. 공공성의 확충

무상교육은 사회적 연대의 실현이면서 동시에 사회적 연대의 동기가 된다. 사진은 한 고등학교의 보충수업 장면.

을 통하여 이러한 비용을 개인이 아닌 사회가 부담한다면 무상교육을 실시하지 못할 이유가 전혀 없습니다. 나라의 정체성도 공공성에 바탕을 두고 있고, 물적 토대도 분명히 있는데, 왜 우리가 무상교육을 실시하지 못하는가에 대해 생각해보아야 합니다.

무상교육은 사회적 연대의 실현인 동시에 사회 구성원들에게 연대의식을 갖도록 합니다. 무상교육의 대상은 바로 사회적 연대의 수혜자이기 때문입니다. 무상교육은 계층간 연대의 실현이자 세대간 연대의 실현이기도 합니다. 계층간 연대란 소득이 많은 사람이 세금을 좀더 내서 소득이 적은 사람의 자녀 교육비용을 부담해주는 것이고 세대간 연대란 오늘의 경제 활동 인구가 자라나는 세대의 교육비를 부담해준다는 의미에서입니다. 계층간 횡적 연대와 세대간 종적 연대의 구체적 실현으로서의 무상교육은 어렸을 때부터 의식적 무의식적 연대의식과 아울러 사회환원의식까지도 갖게 합니다. 교육자본 형성 비용을 그 사회가 부담해주었기 때문입니다. 예컨대 독일의 하이델베르크 대학에서 학사 학위를 받은 사람의 교육자본은 그 자신의 것이면서 동시에 일부는 독일 사회의 몫이기도 합니다. 제 아들이 지금 파리10대학에서 박사 과정에 있습니다. 그 박사 학위는 제 자식의 것이면서 동시에, 아주 일부라 해도, 프랑스 사회의 몫이 있습니다. 교육비용을 사회가 거의 모두 지불했기 때문입니다. 당연히 사회에 되돌려주어야 한다는 사회환원의식이 가능한 것입니다.

하지만 한국에서는 연대의식도 기대할 수 없지만 이러한 사회환원의식을 기대할 수 없습니다. 가령 어떤 학생이 대학을 나왔을 때 그 졸업장은 철저하게 자신의 것입니다. 경쟁에 이겨 대학에 들어갔고 엄청난 비용까지 들였으니 대학 졸업장이라는 교육자본은 철저하게 자기 것이며 그것을 통해 누리는 권리는 너무나 당연한 것이라고 생각합니다. 여기에 투자한 만큼 보상받아야 된다는 생각까지 겹치면서 이들에게서 사회환원의식을 기대하기는 점점 어려워집니다.

공공성이 대한민국의 정체성임에도 불구하고 철저하게 실종돼 있는 것은 이렇듯 그 누구도 사익 추구를 공공성과 긴장관계에 놓고 생각하지 않는 것과도 연관됩니다. 일제 부역세력을 청산하지 못한 것과도 연관이 있습니다. 사적 안위와 영달을 위하여 민족을 배반한 반민족세력들이 자유민주주의와 보수를 참칭(僭稱)하고 독재와 함께 어울리면서 반세기 가까이 지배해왔기 때문에 공공성은 실종될 수밖에 없었습니다. 이들이 교육과 대중매체를 장악하게 되면서 구성원들의 의식 안에 공공성과 연대의식은 설 자리를 잃게 됐습니다. 구성원들이 스스로의 계급적 존재를 배반하게 된 것도 이와 관련이 있습니다. 한국의 학교는 과거 군국주의 일본의 그것을 답습하고 있으며 그 안에서 존재를 배반하는 의식화 교육이 이루어졌다는 문제의식이 필요한 것입니다. 일본이 조선에 학교를 설립한 것은 결코 조선 백성들을 위해서가 아닙니다. 당시의 학교는 일본 천황에게 충성하는 국민을 만들기 위한 의식화 교육, 군국주의 일본의 전시동원 체제에 필요한 인력을 위한 훈련 교육, 식민지 백성을 잘 관리하기 위한 식민지 출신 중간관리층 양성 교육, 이 세 가지의 목적을 위해 존재했습니다. 중요한 것은 지금까지도 크게 다르지 않다는 것입니다.

반공주의 우파가 계속 집권해온 동안 학교에서는 반공·안보 교육을 통한 의식화가 아주 철저하게 이루어져온 반면 노동의 가치나 노동3권과 같은 노동자의 정체성에 걸맞은 교육은 완전히 배제됐습니다. 의식화 교육은 철저하게 내면화되었고 결국 학교 교육에 대한 문제의식조차 갖지 못하게 된 것이 현실입니다.

이를테면 한국의 학교는 왜 병영 구조와 같은가 하는 질문을 던져볼 수 있습니다. 교문 옆에 있는 수위실은 위병소, 운동장은 연병장, 운동장 중앙 정면에 있는 조회대는 사열대로 학교 시설은 정확하게 병영을 본뜨고 있습니다. 과거 군국주의 일본이 이 땅에 학교를 지을 때 그들의 주요 목적에 가장 적합한 학교 구조는 바로 군사학교였습니다. 왜 우리는 여기에 대해 조금의 문제의식조차 갖고 있지 못할까요.

공공성의 실종은 이러한 역사적 과정들과 맞물려 있습니다. 오늘날의 교육도 크게 다르지 않습니다. 반공주의 우파가 물러나고 시장주의 우파가 자리 잡아가는 상황에서, 이른바 전 세계를 주름잡고 있는 신자유주의를 적극적으로 수용했습니다. 과거 안보와 반공이 자리하던 곳에 시장과 자본이 들어서면서 인격적인 소통 같은 것이 사라지고 있습니다. 반공주의 우파가 지배해왔던 시절과 비교할 때 이데올로기와 내용만 바뀌었을 뿐 인간의 얼굴을 하고 있지 않다는 점에서는 같다고 할 수 있습니다.

이는 세계를 지배하고 있는 신자유주의와 관련된 것으로 분명히 토론의 여지가 있습니다. 그러나 대학 스스로가 '돈 되는 대학'을 추구하고 이를 위해 학과 이름까지 바꿀 만큼 비판정신이나 인문정신을 폐기 처분하고 있는 것이 명백한 현실입니다. 앞서 이 자리가 비효율의 장인지 모른다는 말씀을 드렸습니다. 경쟁과 효율의 관점에서 보자면 존재와 사회, 인간에 대한 질문을 던지고 있는 이

자리는 지극히 비효율적이라는 것이지요. 따라서 우리에겐 신자유주의가 건전한 비판정신과 인문정신을 내몰고 있다는 문제의식이 필요하다고 생각합니다. 이는 교육에 국한된 것이라기보다 근본적으로 인간 존재 자체에 대한 질문이기도 합니다.

자아실현을 위한 두 가지 조건

자아실현의 가능성을 박탈하는 소외된 노동에 대한 문제는 19세기 이래 가장 중요하게 제기되어왔습니다. 자아실현을 하면서 어떻게 생존을 담보할 것인가 하는 기본적인 질문들에서 비롯됐지요. 19세기만 해도 자본주의가 소외된 노동을 강요하고 있다는 문제의식을 공유하고 있었습니다. 그러나 신자유주의가 지배하고 있는 오늘날은 이윤과 소유를 위한 경쟁과 효율에 매진함으로써 스스로 소외의 길을 가고 있는 것은 아닌가 하는 질문을 던져야 할 것입니다.

자아실현과 생존에 대해 좀더 생각해볼까요. 제가 몸담고 있는 한겨레신문사를 예로 들겠습니다. 한국 사회에서 정론을 펴는 것은 신문사의 자아실현이라고 할 수 있습니다. 그런데 그 목적을 위해서는 우선 먹고살아야 합니다. 생존과 자아실현 사이에 긴장과 갈등이 있는 것이지요. 이 자리에 계신 분들도 나름대로 꿈과 열망이 있었을 것입니다. 그러나 자본주의 사회는 기본적으로 사회 구성원들의 열망들을 녹록히 받아주지 않습니다. 생존이 가능하지 않기 때문이지요. 따라서 구성원들은 소외된 노동을 강요받습니다. 이런 현실 속에서, 그럼에도 불구하고 자아실현과 생존을 위한 모색은 가슴 깊은 곳에 남아 있을 것입니다.

문제는 한국 사회가 신자유주의의 열기 속에서 자아실현의 계기를 스스로 내던지고 있다는 점입니다. 앞서 한비야 선생님께서 나의 행복을 타자, 즉 남의 행복과 만나게 하는 것에 대해 말씀하셨는데 자아실현이란 결국 그 지점에 있다고 생각합니다. 사회적 동물인 인간은 자신이 속한 사회에서 자기를 실현할 때 궁극적으로 보람과 행복을 느낍니다. 물신이 완벽하게 지배하고 있는 오늘날의 한국 사회에서는 자아실현이라는 말조차 사치스러울지 모르나, 인간의 가치와 삶에 대한 궁극적인 질문을 던지다 보면 결국은 마주치게 된다고 생각합니다. 그래서 저는 여러분에게 아무리 물신이 지배하는 사회라 하더라도 끊임없이 긴장함으로써 자아실현의 끈을 절대로 놓지 않기를 바란다는 말씀을 드립니다. 인간이기 때문에, 인간이기 위하여, 인간의 길을 가야 하는 것이고, 사회적 동물로서 인간의 궁극적인 길은 그 사회에 자기를 실현하는 것입니다. 생존은 오직 조건에 지나지 않습니다. 생존이 목적이 되는 그런 어리석음에서 벗어나달라는 것입니다. 물론 자아실현의 끈을 놓지 않는 것이 그리 간단한 문제는 아닙니다. 우리가 사는 자본주의 사회는, 끊임없이 그 끈을 놓으라고, 긴장을 풀라고 일상적으로 요구할 것입니다.

끝으로 자아실현을 위한 두 가지의 조건을 말씀드리면서 맺겠습니다. 첫째는 이 사회를 지배하는 물신에 저항할 수 있는 튼튼한 가치관입니다. 이보다 중요한 것은 없습니다. 자본주의는 생존 앞에 자아실현을 양보할 것을 끊임없이 요구합니다. 아무리 야무지게 내 길을 간다고 하더라도 그 길은 열리지 않습니다. 해방된 사회가 아니기 때문이지요. 결국 거의 모든 사람이 어느 시점에 자아실현의 끈을 놓아버립니다. 내 인생은 끝났다, 이제 돈이나 많이 벌자…. 끝까지 포기하거나 단념하지 말 것을 꼭 당부하고 싶습니다.

둘째로 끊임없는 자기성숙에 대한 모색입니다. 한국 사회는 자기성숙에 대한 모색이 죽은 사회입니다. 한국 사회 구성원들이 긴장하거나 공부할 때는 단 두 번입니다. 대학입시 때 한 번, 취직 때 한 번. 자아실현은 끊임없이 공부하고 자기성숙을 모색함으로써 이루어지는 것입니다. 결국 이 두 가지, 물신에 대한 저항과 자기성숙의 모색을 포기하지 않을 때 자아를 실현하면서 생존을 담보하는 자유인이 될 수 있습니다. 현실적으로 쉽지 않습니다. 끊임없이 비교당하고, "당신이 사는 곳이 당신이 누구인지 말해줍니다" 따위가 일상을 지배하는 현실 속에서 과연 나를 어떻게 지킬 것인가에 대해 고민해보아야 합니다.

물론 어려울 것입니다. 저는 인간의 가치를 최종적으로 평가하는 사람은 바로 자기 자신이라고 생각합니다. 이런 생각은 자칫 나르시시즘으로 빠질 위험도 있습니다. 그러나 모두를 속일 수 있을지는 몰라도 자기 자신만큼은 속일 수 없습니다. 자기 성찰을 끊임없이 해 나갈 때 나 자신의 인간적 가치에 대한 최종 평가자는 바로

나라고 말할 수 있는 것입니다. 결코 포기하지 마십시오. 감사합니다. (청중 박수)

소유에 대한 관심에서 존재에 대한 물음으로

사회자 자아실현의 상상력에 대해서 홍세화 선생님의 강의가 있었습니다. 질의응답 순서로 넘어가기 전에 관객들께 먼저 말씀드립니다. 시장주의 우파인 분 손 들어보세요. (청중 웃음) 한 명도 없어요? 반공주의 우파 일어나보세요. (청중 웃음) 진짜 없는 모양이네요. 여러분께서 질문을 준비하는 동안에, 한두 가지만 좀 여쭤보겠습니다. 홍세화 선생님이 말씀하신 대로 한국 사회는 물신화가 아주 극한적인 상황까지 진행되고 있지만 거기에 대한 아무런 반성적 성찰도 보이질 않는 것 같습니다. 그렇다면 극복을 위해서는 개인적 결단, 개인적 성찰이 우선하는가, 아니면 사회적 제도화를 위한 투쟁과 노력이 우선하는가 하는 것입니다. 물론 양자가 병행되어야 하겠지요. 그러나 모든 것에 단계와 국면이 있다고 본다면, 단기적으로 우리에게 무엇이 더 화급한 문제인가 여쭤보고 싶습니다.

홍세화 둘 다 화급한 문제지요. (청중 웃음) 말씀드린 대로, 한국 사회에서는 공공성의 개념이 약하기 때문에 기본적인 생존 조건을 개인이 모두 해결해야 합니다. 그만큼 미래에 대한 불안이 크다는 것이지요. 대학에 갓 입학한 학생이 취직을 고민해야 할 만큼 사회는 각박해졌습니다. 이를 극복하기 위해서는 개인적인 성찰과 함께 사회 안전망의 확충 같은 공공성의 확보가 중요합니다.

사회자 선생님이 말씀하시는 자아실현을 인류가 지향해온 보편적 가치들을 내면화하는 과정으로 이해해도 되겠습니까?

홍세화 그렇게 볼 수도 있겠지요. 예컨대 학생들이 의과 대학을 많이 지망했을 때 그 이유가 무엇일까요. 제가 보기에는 유복한 생존을 위해서입니다. 자아실현의 차원이라면 당연히 이웃의 아픔을 덜어주기 위해서라고 말할 수 있어야겠지요. 문제는 이웃의 아픔을 덜기 위해 의사가 되겠다는 학생이 극소수에 지나지 않는다는 것입니다. 유복한 생존을 위해서라면 당연히 돈이 있는 곳으로 가지요. 자아실현이라면 아픔이 있는 곳으로 갑니다.

사회자 그렇다면 인권, 자유, 평등, 타인에 대한 관용, 이러한 인류의 보편적 가치들이 우리 사회에서 뿌리내리지 못하는 이유가 어디에 있다고 생각하십니까?

홍세화 앞서도 말씀드렸듯이 공공성이 우리 사회에서 철저히 배반당하고 있기 때문입니다. 이것은 결국 과거 청산 문제하고도 맞물려 있다고 볼 수 있지요. 일제 부역세력을 청산하지 못하자 이들 사익 추구 집단이 보수와 자유민주주의를 참칭하면서 오랫동안 주류로 행세해왔을 뿐 아니라 교육과 대중매체도 장악했지요. 교육과정과 대중매체를 장악한 지배세력은 질서와 안보, 경쟁의식만을 형성해왔습니다. 가령 오늘날까지 교육과정을 통해 사회 구성원들이 형성하는 의식과 가치관에서 연대의식, 공공성의 가치, 노동의 가치는 찾기 어렵고 7,80년대까지 반공·안보의식을 거쳐 오늘날엔 질서와 국가 경쟁력 의식이 가장 중요하게 자리 잡고 있습니다. 비판적 안목을 갖도록 하지도 않습니다. 교육과정에서 형성되는 의식으로 볼 때 결론은 간단하지요. '질서를 잘 지키듯 경쟁에서 승리한 자에 잔말 말고 따르라' 라는 것이지요. "한 사회를 지배하는 이데올로기는 지배계급의 이데올로기다"라는 마르크스의 말을 꺼내지 않더라도 민주적 통제가 가해지지 않는 교육과정과 대중매체는 그 주체가 국가권력과 자본이니만큼 사회 구성원들에게 지배세력에 대한 자발적 복종을 갖도록 꾀하게 됩니다.

사회자 그런데 선생님의 말씀에 대해서 이러한 반론도 가능하지 않을까요? 우리는 서구와 달리 봉건 사회에서 식민지 사회를 거쳐 지금의 이식된 공화제로 이행해왔다. 따라서 우리에겐 공공성의 전통이 없다. 지금 말씀하시는 것은 다분히 서구 사회 모델에 의존한 개념이 아닌가 하는 질문이 가능한 것이지요.

홍세화 물론입니다. 우리 근대의 모델이 서구 사회였다는 점을 부정할 수 없습니다. 그러나 문제는 전통이 없거나 차용했기 때문이 아니라 우리가 들여온 모델이 껍데기뿐이라는 것입니다. 가령 대한민국의 정체성을 민주공화국이라고 하면서 왜 정작 공교육과정에서 민주공화국의 구성원으로서 가져 마땅한 민주적 시민의식과 공공성의 가치를 형성해주지 않나요? 그 본디 어원이 '공적인 일'(res publica)인 공화국을 단지 대통령을 뽑는 제도 정도로 이해하고 있을 뿐입니다. 우리의 민주공화국이 분단 상황에서 출발했다는 점에서 분단이 왜곡시킨 부분이라고도 할 수도 있겠지요.

저는 한국의 반공주의 우파가 휘두르는 무기가 다음의 두 가지 질문으로 요약된다고 생각합니다. 하나는 "너 빨갱이지?"입니다. 수십 년 동안 계속 그거 하나로 버텨오다가 1970년대가 지나고 반공주의만으로는 부족해지자 추가된 게 있습니다. "너 전라도지?" (청중 웃음) 이 두 가지가 질문이 결합돼서 반공주의 우파는 계속 영향력을 행사해왔다고 봅니다. 제가 똘레랑스를 강조하게 된 이유도 반공주의 우파의 강력한 무기가 나와 다른 지역, 나와 다른 사상에 대한 배제이기 때문입니다. 심지어 어느 신문은 "대구 부산에 추석 없다" 따위의 기사를 내보내기도 합니다. 앵똘레랑스 세력, 반공주의 우파의 영향력을 밑에서부터 허물기 위해 똘레랑스라는 문제를 제기했던 것입니다.

사회자 홍세화 선생님이 먼 이역 땅에서 우리 사회에 처음 던진 목소리 똘레랑스, 관용의 정신에 이어 2005년 오늘 자아실현을 말하고 있습니다. 그만큼 우리 사회도 조금은 진보한 게 아닌가 하는 생각을 해보게 되는데요. 여러분은 어떻게 생각하시는지요. 질문 부탁드립니다.

청중 1 올해 대학에 갓 입학하여 인문학을 전공하고 있습니다. 자아실현이란 말씀을 하셨는데 요즘 대학에서는 어떤 사람이 어디에 입사를 했는지, 연봉은 얼마나 되는지가 그 사람을 평가하는 중요한 기준이 되고 있거든요. 이런 상황에서 자아실현을 추구한다는 것이 어떤 의미가 있는지 선생님의 생각을 여쭤보고 싶습니다.

홍세화 앞서 말씀드렸다시피 여건이 대단히 나쁘지요. 대학에 들어오자마자 취업을 걱정해야 하는 것이 현실입니다. 하지만 지금 우리가 경제동물의 길을 가고 있다 하더라도 인간이기 때문에 결국은 그 이상, 그 이하로 더 내려갈 수 없는 지점이 있을 것입니다. 도서관에 가보시면 잘 아시겠습니다만, 저는 안 가봐도 아는데, (청중 웃음) 모두가 고시 공부 아니면 취직 공부만 하고 있습니다. 인간의 지혜, 역사 이런 것이 담긴 책들은 외면당하고 있는 것이 현실이지요. 흔히 경기가 '바닥을 친다' 고 하는데, 지금 한국 사회도 바닥을 치고 있는 게 아닐까. 지금은 비록 인문학이 찬밥 신세이지만 한 20년쯤 후가 되면 충분히 그것으로써도 생존이 담보될 수 있지 않을까 하는 생각도 합니다. 인문학의 위기라는 말을 꺼내는 것 자체가 사치가 된 지 오래입니다만 그럼에도 불구하고 인간의 길을 가야 하지 않겠습니까. 위로가 되셨는지 모르겠습니다.

사회자 저도 한 말씀 드리겠습니다. 우리 사회에 잘못 퍼진 신화 중에 아주 전형적인 게 하나 있더군요. 성공한 사람은 줄 잘 서고 빽 있고 이렇다고 생각하는 것 말입니다. 사실은 어느 정도 그런 요인들이 작용할 수도 있습니다. 그런데 세상에 그냥 되는 건 없습니다. 성공한 사람들을 실제로 만나보면 다 보통 사람들이 아니에요. 자기 나름의 방식으로 절치부심하면서 20대에 굉장히 고민하고, 밤을 지새우면서 그렇게 살아온 사람들입니다. 흥청망청했는데 잘되는 사례는 거의 없는 것 같습니다. 질문하신 분도, 취직에 별로 도움이 될 것 같지 않은 추상적인 내용 갖고 머리를 싸매고 고민하는 게 나중에 먹고살 때 도움이 될 겁니다. (청중 웃음-박수)

청중 2 대한민국이 공공성에 대한 인식이 부족하다고 말씀하셨는데요. 너무 부정적으로만 보시는 건 아닌가 합니다. 아직까지 우리나라에는 남을 위해 봉사하는 착한 사람들이 너무나 많습니다. 그리고 말씀하신 무상교육 제일주의에 대해 저는 부정적으로 생각하고 있습니다. 예를 들어 극장에 가도 자기가 직접 비용을 지불하고 들어가면 중간에 졸지 않고 끝까지 보지 않습니까? 그런 측면에서 보면 무상교육이 비효율적인 것은 아닌가 하는 질문을 드려봅니다.

홍세화 무엇보다 한국 사회의 구성원들이 공적 부분에 대한 인식을 갖고 있는가, 공적 영역이 사적 이익 창출의 장으로 변해버린 게 아닌가 하는 것이 저의 문제의식입니다. 정치를 담당하는 모임을 정당이라고 하지요. 그래서 정당을 흔히 공당(公黨)이라고 합니다. 공익을 지향하기 때문입니다. 그런데 지금까지 한국 사회의 정당이 과연 공당이었던 적이 있었습니까. 최근에는 좀 다르지만 오랜 기간 거의 모두가 사당(私黨)이었습니다. 사적 이익을 창출하기 위한 이합집산의 장이었지요.

또한 언론을 가리켜서 공기(公器) 즉 공적 그릇이라고 합니다. 공익을 담보해야 되기 때문이지요. 그런데 과연 지금까지 언론이, 방송이 공기였던 적이 있습니까. 그야말로 독재권력, 권위주의 권력의 하수인이고 나팔수였지요. 조중동 같은 신문들은 권위주의 정권 시절, 그들의 하수인 노릇을 하면서 자본과 권력을 획득했습니다. 이 기득권을 유지하고 확대하기 위해 지금도 신문이라는 공기를 사적으로 이용하고 있는 것이 현실입니다.

물론 남을 생각하는 착한 사람들이 있습니다. 그러나 이것은 개인의 문제가 아니라고 봅니다. 봉사와 기부도 중요하지만 그 이전에 공공의 영역에서 올바른 조세나 분배 정책이 제도화되어야 합니다. 우리의 경우 사적인 나눔이니 기부 같은 것들이 강조되면서 오히려 공적인 영역에서 제도화해야 될 것을 막아버리는 측면도 있음을 간과해선 안 됩니다.

두 번째 질문에 대해서 말씀드리겠습니다. 질문자께서 무상교육 제일주의라고 하셨는데요. 저는 그런 표현도 가능하다고 생각합니다. 만약 제게 하나의 제도만 선택할 수 있는 권력을 준다면 저는 거리낌 없이 무상교육을 택할 것입니다. 그만큼 소중하게 보고 있기 때문입니다. 다만 질문하신 분은 사적인 것과 공적인 것을 구분하지 않고 예를 드셨습니다. 교육은 분명히 공적인 일이고, 영화 관람은 사적인 일입니다. 이 자리에도 실은 돈을 내고 오셨기 때문에 좀더 열심히 듣게 되는 측면이 있는지 모르겠습니다만, 돈을 안 내고 영화를 보면 자게 될 것이라는 식의 우려처럼, 교육이나 의료를 무상으로 하면 구성원들끼리 경쟁할 동기가 줄어들 것이라는 이야기도 일부에서 많이 하고 있습니다. 그러나 우리가 살고 있는 자본주의 사회는 이미 충분히 경쟁을 부추기고 있습니다. 살아가면서 누구나 마주치는 교육, 의료, 노후, 주택과 같은 문제들에 대해 공공성의 원칙으로 함께 해결한 뒤에, 그러고 나서 경쟁을 해도 충분하다고 생각합니다. 모든 문제를 개인에게 떠넘길 때 지금 우리가 보듯이 사회는 험악해지고, 자아실현 역시 미래에 대한 불안 때문에 일찌감치 단념해야 하는 상황이 됩니다. 따라서 무상교육, 무상 의료와 같은 제도들이 가져올 비효율을 우려하는 시각은 온당치 않다고 생각합니다.

청중 3 역사를 가르치고 있는 교사입니다. 학생들에게 왜 대학을 가고 싶으냐고 물으면 좋은 대학을 나와야 돈을 많이 벌 수 있지 않느냐고 대답합니다. 어떻게 하면 이들이 꿈을 이루고 자아를 실현할 수 있도록 도와줄 수 있을까요.

홍세화 현직 교사로서의 어려움, 충분히 이해할 수 있습니다. 앞서 한국의 자본주의가 제게 말을 걸었던 방식에 대해 말씀드렸습니다만, 더욱 충격적이었던 것은 청소년들이 거기에 일상적으로 노출되어 있다는 것이었습니다. 정말 아득했지요. 오랫동안 일상을 지배하는 의식 속에서 형성된 물신주의를 하루아침에 걷어낼 수는 없습니다. 하지만 누구에게나 인간성의 항체는 있다고 봅니다. 인간의 가치라든가 자아실현, 사회적 존재로서의 인간에 대해 끊임없이 생각하고 모색하고 공부하는 길밖에 없지 않을까 합니다.

사회자 실현할 자아가 상실될 상황이다, 존재에 대한 물음보다 소유에 대한 관심이 전부라는 진단을 우리가 강의로 들었습니다. 그렇다면 어떻게 개선시킬 것인가, 모두가 연구해야 될 과제일 것이라 생각합니다. 대단히 지혜로운 한 분의 생각으로 해결될 수는 없을 것입니다. 시간이 많지 않습니다. 질문을 한두 분에게만 더 받겠습니다.

청중 4 자아실현은 결국 자신의 행복을 위한 것 아니겠습니까? 행복을 위해서 필요하다, 옳다고 느끼는 것을 버리는 것에 대해서는 어떻게 생각하시는지요. 예를 들면 지난주에도 특강이 있었는데 저는 축구를 좋아해서 축구를 보러 갔고 지난 일요일에도 세계 평화 시위가 있었는데 거기 가야 된다고 생각을 하면서도 놀러 갔거든요. (청중 웃음) 자아실현과 행복 추구의 관계 혹은 적정선은 어딘지 조언을 듣고 싶습니다.

홍세화 결국은 긴장을 유지한다는 의미거든요. 생존 또는 기호 때문에 포기하지는 말아야지요. 담배를 끊겠다고 결심하고 참다가 딱 한 대만 피운다고 해놓고 또 계속 피우거든요. 한 대 피웠다가도 그만둘 수 있어야 한다는 겁니다. 물론 저는 못 그러고 있습니다만. (청중 웃음)

청중 5 정부에서는 요즘 공공성을 띠고 있는 철도나 가스, 교육 등을 효율성 제고를 통한 더 나은 서비스라는 명목 아래 시장경제에 내맡기고 있는데 그렇게 되면 어떠한 결과가 나올지 궁금합니다. 선생님이 계셨던 유럽에서는 이렇게 공공성을 띤 사업들이 어떻게 운영되고 있는지도 궁금합니다.

홍세화 실제로 영국에서 철도를 사기업에게 넘긴 사례가 있습니다. 철도는 대중교통 수단으로서 당연히 공공성을 담보로 해야 되는 것입니다. 그러나 효율성이라는 명목 아래 보수당 정권이 이를 추진했지요. 처음 몇 년 동안은 벌이가 잘돼서 주주에게 배당을 많이 했습니다. 그런데 시설 투자는 하지 않고 주주 배당에만 신경을 쓰다 결국 망하게 됩니다. 블레어 정부가 다시 사들여야 할 지경에 이르렀습니다. 쉽게 말씀드리면 잘돼서 이익 보면 사기업의 몫이고 손해 보면 정부에게 되돌려주는 식이 된 거지요. 우리에게도 그럴 위험이 있다고 생각합니다.

청중 6 공화국 하면 예전에 배웠던 애국가나 국기에 대한 맹세, 애국심, 국가주의 같은 것들이 연상됩니다. 부정적인 의미로 다가오는 것이지요. 그래서 오늘 공공성에 대한 이야기가 마음에 와 닿습니다. 이와 관련해서 질문을 드립니다. 요즘 독도 문제에 대해 국민들이 뜨거운 관심을 보이고 있습니다. 이전에 국가보안법이 쟁점이었을 때와는 조금 다른 양상인데요. 이 점에 대해 선생님께서는 어떻게 생각하시는지 궁금합니다.

홍세화 간단하게 답변을 드릴게요. 독도 문제는 상대가 일본이기 때문이라고 생각합니다. (청중 웃음) 우리는 일본과 관련된 문제에 있어서는 민족의 자존심을 강조하지만 미국에 대해선 관대합니다. 다른 날도 아닌 3·1절에, 시청 앞에서 태극기와 함께 성조기를 흔듭니다. 일본의 우경화, 군사대국화가 미국의 동조와 전략적 용인 아래 나타난다고 했을 때, 단지 독도라는 영토 문제에만 매몰되는 것 같아 씁쓸해집니다. 감정적인 대응에 머물지 않기 위해선 일본의 우경화에 반대하는 일본 시민사회와 한국의 극우나 우경화에 반대하는 한국 시민사회의 연대가 절실하게 느껴집니다.

청중 7 오늘 공공성을 많이 강조하셨는데요. 말씀하셨듯이 공공성이란 반드시 제도적으로 확보가 되어야 한다고 생각합니다. 그런 점에서 무상교육 무상의료를 개진하는 민주노동당이 10퍼센트대의 지지를 받고 제도권 내로 들어갔다는 것 자체가 희망적이지만 한편으로는 아직 그 힘이 미약한 것 같습니다. 이들을 지지하는 사람들에게 한 말씀 해주십시오.

홍세화 우선 존재가 원하는 대로 정책 정당을 선택해주시기 바랍니다. 20 대 80의 사회에서 80에게 무상교육 무상의료는 자기 존재를 위해서 꼭 필요한 것입니다. 그런데 왜 80은 80을 위한 정책에 반대하거나 오히려 20을 위한 정책을 지지하는가? 그것은 말할 것도 없이, 제가 아까 말씀드린 존재를 배반하는 의식 때문입니다. 민주노동당, 문제 많지요. 그래서 저도 비판적 지지만 할 뿐입니다. 비판적 지지라는 말이 DJ, YS 양김 분열 이래 부정적인 의미를 띠고 있습니다만 저는 모든 지지는 다 비판적 지지라고 생각합니다. 저는 비판적 지지자로서 민주노동당 당원인 것이고 여러분에게 한겨레신문을 구독해달라고 말하는 것도 비판적 구독자가 되라는 것이지 맹목적으로 그것만 보라고 하는 건 아닙니다. 합리적 보수와 건전한 진보 사이에 경쟁하는 것이 우리가 지향하는 정치의 모습이라고 생각합니다.

시장주의 우파 이전에 반공주의 우파들이 나라의 정체성인 공공성을 배반해왔고, 교육과정과 대중매체를 이용하여 사회 구성원들에게 민족적·계급적·인간적 존재를 배반하는 의식을 형성했던 점에 대해 성찰하고, 자기 존재가 바라는 것이 과연 무엇인가 하는 질문을 통해 정책을 선택해달라는 것이지요. 무척 어려운 일이기도 합니다. 스피노자가 한 말입니다만, 사람은 한번 형성된 의식을 고집하는 경향이 있습니다. 그래서 어떤 생각이 자기 자신을 배반하는 것임에도 그것을 고집하려 들지요.

사회자 저도 한번 질문을 드려보겠습니다. 요즘 나이 드신 분들이 말씀하시듯 세상이 많이 좋아졌다는 생각을 하게 됩니다. 예컨대 과거 인권이란 말은 배부른 소리, 헛소리에 불과했습니다. 하지만 지금은 국가인권위원회라는 기관이 생겼습니다. 이처럼 우리가 경제적 가치만 추구하는 것이 아니라 이에 상응하는 견제 장치들을 만들어가기 시작하는 것도 확실히 눈에 보입니다. 이런 것들이 대견하기도 하고 또 희망적으로 느껴지기도 합니다. 그동안 한국 사회가 겪어온 많은 변화들을 어떻게 생각하시는지, 한국 사회에서 희망의 근거를 어디에서 찾으시는지 듣고 싶습니다.

홍세화 말씀하신 것처럼 권위주의 정권 시절, 반공주의 우파 시절에 비해 훨씬 더 나아진 것은 사실입니다. 인권이나 민주주의라는 말도 익숙해졌고 절차적 민주화가 어느 정도 정착됐다고 보는 시각들도 있습니다. 다만 저는 사회 구성원들로 하여금 장래를 불안케 하는 것들에 대한 문제제기를 하고 싶은 것입니다. 과거 권위주의 정권의 억압 속에서도 우리는 존재론적·실존적 질문들을 던져왔습니다. 어떤 헛헛함 속에서 인간과 사회에 대해 탐구하려 했지요. 그러나 지금의 한국 사회는 그런 질문을 던질 기회를 주지 않고 오로지 물신주의로 몰려가고 있다는 것이 저의 생각입니다. 더 좋아졌다고 말할 수 있는 부분이 분명히 있지요. 아니라면 제가 어떻게 여기 이 자리에 있을 수 있겠습니까. (청중 웃음)

오늘날 인심이 왜 이렇게 각박해지고 사회가 험악해지고 있는가, 과거 보릿고개 시절에는 상상도 못했던 집단 폭력이나 범죄 행위 같은 것들이 더 좋아졌다고 하는 지금의 사회에서 나타나고 있는 이유는 무엇인가. 이런 근본적인 문제의식이 시장주의 우파들에게는 부족하다는 점을 말씀드리고 싶은 것입니다.

물론 저는 희망을 갖고 있습니다. 아까도 잠깐 얘기했었지만 어떻게 더 이상 나빠지겠습니까. (청중 웃음) 이라크 전쟁이 일어났을 때만 해도 파병에 반대하는 여론이 우세했습니다. 결국 참여정부는 참전정부가 됐습니다마는 그 과정에서 사회 구성원들의 의식이 많이 성숙했다는 생각이 들었습니다. 가령 한반도의 평화를 위협하는 세력으로 북한보다 미국을 꼽는 것을 봐도 문제의식이 아주 느리지만 진전되고 있다고 생각합니다.

또 하나는 한국 시민사회에서 환경에 대한 문제의식이 조금씩 살아나고 있다는 것입니다. 중장기적인 얘기입니다만 지금과 같은 소비와 생산 방식을 계속할 경우 인류는 공멸할 수밖에 없다는 문제의식이 개인의 생활방식에까지 점차 영향을 미치게 될 것이라는 생각을 합니다. 모든 인간관계를 지배하고 있는 자본의 헤게모니가 환경 문제 앞에서는 무력해지는 것이지요. 소유를 위해 소외의 길을 가고 있는 우리들을 자연이 막아줄 것입니다. 인간에 대한 지배는 여러 가지 헤게모니가 끊임없이 작동하면서 이루어지고 있지만 자연에 대한 지배는, 자연이 더 이상 견뎌내기 어려울 만큼 훼손되었을 때는 그 지배 자체가 무의미해집니다. 자연을 소중히 하는 마음이 인간에 대한 배려와 연결됨으로써 생태 공동체가 자본주의의 극복에 어떤 시사점을 줄 수도 있지 않을까 희망해봅니다.

사회자 네. 어떻게 더 나빠질 수 있겠는가. (청중 웃음) 자 오늘 홍세화 선생님의 강의와 질의응답, 잘 들었습니다. 여러분 박수로 마치도록 하지요. (청중 박수)

새로운 동아시아를 만드는 상상력

민중의 동아시아를 위하여

일본의 경우 역사 교과서 왜곡, 독도 문제,
쿠릴 문제, 대만 문제, 별의별 문제들이 만들어지고 있고,
일본인 대다수는 북한이 지금이라도 일본을
공격할 수 있는 집단이라는 의식을 공유하고 있습니다.
그러니까 이미 북한에 대한 악마화 작업이
거의 위험천만한 수준에 와 있는 것이지요.
중국의 경우에도 고구려 역사 문제로
한바탕 난리를 치른 후에 중국의 공식적인
국가 이데올로기가 이미 사회주의가 아니라는 것을
여기 있는 분들이 다 깨달으셨을 겁니다.

박노자

상트페테르부르크에서 태어나 상트페테르부르크 국립대학교 동방학부 조선학과를 졸업하고
모스크바 국립대학교에서 박사학위를 취득했다. 2001년 한국인으로 귀화했으며
현재 오슬로 국립대학 부교수로 재직 중이다. 펴낸 책으로 『당신들의 대한민국1·2』
『좌우는 있어도 위아래는 없다』 『나를 배반한 역사』 『우승 열패의 신화』
『나는 폭력의 세기를 고발한다』 등이 있다.

새로운 동아시아를 만드는 상상력

민중의 동아시아를 위하여

2005년 3월 23일(수) PM 07:00

사회자 오늘 강의를 맡아주실 분은 블라디미르 티호노프, 박노자씨입니다. 한국 사회는 묘하게도 30대 이전과 그 이후 세대가 세상에 태어난 이유가 좀 달라진 것 같아요. 여기 고등학생들이 있는데 고등학생 여러분은 왜 태어났습니까? 여기 30대 이상이신 분들은 그냥 태어난 게 아니라 민족중흥의 역사적 사명을 띠고 태어났습니다. (청중 웃음) 참 좋은 건데 그게 문제랍니다. 그것 때문에 우리나라가 국제 사회에서도 왕따 당하고 우리 내부의 원활한 사회관계, 인간관계에도 문제가 생기고 특히나 동아시아 여러 나라와의 관계에서 문제가 있지 않은가. 이른바 민족주의의 문제입니다. 오늘 강의의 내용은 바로 민족주의적인 것, 민족주의가 우리에게 무엇을 의미하는가에 집중될 것입니다. 오슬로에서 여기까지 여러분을 만나러 오신 박노자씨를 박수로 초대하겠습니다.

박노자 좋은 말씀 해주셔서 감사합니다.

사회자 저 많은 기대 어린 시선을 앞에 두시고 인사말 한마디 해주시지요.

박노자 예, 여러분 와주셔서 감사드립니다. 기대에 어긋나는 말을 할 것 같아서 전전긍긍하고 있는데 가끔가다 기대에 어긋나는 말을 한다 하더라도 너그럽게 용서해주시기 바랍니다.

사회자 오늘 집들이하는 거 아니에요. (청중 웃음) 사실은 아까 박노자 선생을 먼저 만났습니다. 그런데 입국 과정에 무슨 엉뚱한 일이 있었다고 하시더군요. 고소를 당하셨어요?

박노자 제가 출입국관리사무소라는 중요한 국가기관에 대해 불순한 언어를 사용해서 모독했다는 죄로 (청중 웃음) 지금 죄인의 목록에 들어 있습니다.●

사회자 제가 문건을 봤는데 고소인이 출입국관리사무소예요. 지금 피소를 당해서 들어올 때 무척 어려움이 있었다고….

박노자 들어올 때는 괜찮았는데 나갈 때는 어려움이 있지 않을까…. 고소장도 아니고 소환장이에요. 피의자라고 나와가지고, 아하 제 신분이 피의자구나, 그래서 일종의 자괴감이….

사회자 한국에 피씨 성이 있거든요. 피의자씨 아니에요? (청중 웃음) 그런데 여권에 이름이 박노자로 되어 있지 않더라고요.

● 출입국관리사무소가 2005년 1월 17일 한겨레신문에 실린 박노자 교수의 칼럼 「'반한단체'? 출입국관리사무소!」의 일부 내용을 문제 삼아 명예훼손으로 고발한 사건을 말한다. 이에 박 교수는 칼럼이 출입국관리사무소의 명예를 훼손할 의도가 없었음을 지면을 통해 밝혔고 출입국관리사무소는 고소를 취하했다.

박노자 소환장에도 쓰시는 분이 러시아 이름을 어떻게 쓰는지 몰라서 블라디미르를 좀 이상하게 쓰시더라고요.

사회자 박노자로 기재가 안 되나요?

박노자 그걸 하려면 두 가지 길이 있다는 설명을 들었는데요. 밀양 박씨 문중이라든가 동의서를 받아가지고 거기 정식 족보에 편입되는 방법이 있는가 하면, 저 같은 사람이 족보를 더럽히는 건 뭐하니까 박씨 본관 하나를 창본하면 된대요. (청중 웃음) 그거 창본하기가 쉽지는 않답니다. 그걸 하려면 행정소송을 걸어야 하는데 이미 제가 소송에 걸려 있으니….

사회자 창본을 하나 하시지요. 블라디미르 티호노프, 티씨로 하나 하시면 괜찮을 거 같은데….

박노자 가끔은 그런 생각을 합니다만, 박씨로 하자면 본관을 어떻게 할까 생각하다가 제가 결론을 내린 게 하나 있는데요. 제가 태어난 도시가 레닌그라드였는데, 중국식 한자로 레닌을 쓰면 '열녕'(列寧) 이라고 합니다. 행렬 할 때 열자에 안녕하다 할 때 녕자 써서 열녕 박씨, 그러니까 레닌 박씨지요. (청중 웃음) 그걸 했으면 좋겠다는 생각을 해봤지요.

사회자 이젠 레닌 박씨 해도 겁나진 않지요. (청중 웃음) 하여튼 한국의 외국계 분들이 한국인이 된다는 게 참 어렵습니다. 귀화인이 되는 게 절차상 무척 어려운데 그 어려움을 무릅쓰고 하고 계신 이유는 바로 함께 사시는 분이 한국분이시기 때문이지요. 지금 부인은 같이 오지 않으셨어요?

박노자 제 아내가 교사가 되어가지고 노르웨이에서 열심히 아이들 바이올린을 가르치고 있습니다. 지금 부활절이니까 제가 없어서 편안하게 쉬고 있겠지요. (청중 웃음) 저 같으면 옛날 책 보는 것도 좋아하고 그러는데 한국에서 태어나고 자라난 여자분들은 한자가 많은 텍스트를 보면 억압적인 느낌이 자꾸 든답니다. 사실 이해가 갑니다만….

사회자 아마 국내 소식을 이런저런 경로를 통해 접하실 거라고 생각하는데 요즘 독도 얘기로 시끄럽지요?

박노자 저도 인터넷으로 계속 보고 있었고 기내에서 싫든 좋든 뉴스를 보게 됩니다. 뉴스의 상당 부분이 독도 얘기가 아니었나 싶습니다.

사회자 어떻게 느끼세요?

박노자 솔직히 상당히 걱정되는 바가 있었는데 일본 우익이 갑자기 무기를 들고 독도에 가서 독도를 차지할 것 같아서 걱정되는 건 아니고, 일본 우익이 정신 나간 사람들이 많긴 많은데 그 정도로 정신 나간 건 아니라고 보니까요. 그것보다는 우리들이 잘못하면 일본 우익이 원하는 바대로 행동하게 되는 거 아닐까, 일본 우익이 바라는 바로 그 대응을 우리가 연출하면 이건 좋은 일이 아닐 것 같다는 걱정이었습니다. 왜 일본 우익이 자꾸 독도를 가지고 그런 망발을 합니까? 결국 그 목적이 독도 자체를 정복하는 것이 아니잖습니까? 그건 어디까지나 하나의 상징물이고 핑계지요. 일본 우익이 진짜로 바라는 게 뭔가 하면 본인들이 하는 말로 '보통국가화' 라고 하는데, 우리가 일상적으로 쓰는 말로 번역하자면 '재무장' 입니다. 그러니까 보통국가라는 게 보통 제국주의 국가라는 말을 하는 거겠지요.

지금도 여론조사를 하면 일본에서는 군대를 둘 수 없고 전쟁을 할 수 없다는 헌법을 바꾸자는 의견이 70프로에 가깝다고 합니다. 개헌 분위기를 몰아가기 위해서는 분쟁이 필요합니다. 주변에 반일 감정이 많다, 분쟁지역이 많다, 우리를 지켜줄 보통 군대가 필요하다, 그런 증거물이 필요한데 일본 우익이 그런 목적으로 여러 가지 망발을 요즘 연이어 한 것 아닙니까? 쿠릴 열도●를 전체로 달라든가 중국과 대만 사이에 문제가 있으면 일본이 개입한다든가 하면서 여러 나라를 차례차례로 자극하는 것이 아닙니까? 그러니까 독도가 분쟁지역처럼 되어가지고 일본 국민들에게는 불안을 심어줄 수 있게 되고 그런 불안을 통해 재무장의 필요성을 더욱더 느끼게끔 만들려는 것이 저쪽의 우민화 정책입니다. 그런데 마산에서는 대마도를 우리 땅이라고 주장하고….

사회자 일본 측을 너무나 도와주는 거 아닌가요?

박노자 잘못하면 한국 우익이 일본 우익을 도와주는 꼴이 될 수도 있는데 제가 그걸 많이 걱정하고 있었던 겁니다.

사회자 말씀 들어보니까 정말 그런 것 같군요. 일본 내 극우세력이 재무장을 위한 계기가 필요했고, 주변 국가에 분쟁적 상황이 자꾸만 일어나는 게 그들에게 명분을 줄 수 있고 그래서 독도 문제를 제기했을 때 국내에서 격렬한 저항과 분노가 표출되면 될수록 그들의 재무장 명분도 그만큼 높아진다는 것이지요. 그런데 이상하게도 이 자명한

●**쿠릴 열도(Kurilskiye Ostrova)** 러시아 연방 극동 사할린 주에 속하는 열도. 1855년 일본인들이 남쪽의 섬들을 점령했으나 1945년 얄타 협정에 따라 소련에 양도되면서 러·일간 분쟁이 일었다.

것이 국내 언론에서는 명료하게 해설이 된다거나 기사화되지 않고, 매우 선정적으로 반일감정 하나로 몰아가는 걸 느끼게 됩니다.

오늘 박노자 교수의 강의를 통해서 민족주의, 민족감정의 실체가 뭔지에 대해서 깊이 있는 내용을 들을 수 있을 것 같습니다. 아까 시작할 때도 말씀을 드렸지만, 내용 속에 의견이 다른 부분이 분명히 있을 겁니다. 오늘은 좀 논쟁적인 상황이어도 될 것 같습니다. 이견이 있는 분들은 마음속에 다지고 계셨다가 인터뷰 시간에 적극적으로 참여해주시기 부탁합니다. 그럼 잠시 자리를 정돈하고 먼저 박노자 교수의 강연을 듣기로 하겠습니다.

민족주의, 21세기에 등장한 새로운 마약

박노자 말씀 드리기 앞서 먼저 사과 말씀부터 드려야 되겠습니다. 제가 고소를 당했을 뿐만 아니라 감기의 기습까지 당해서 이야기 순서가 갑자기 엉뚱하게 바뀌거나 두서없는 이야기가 나올지 모르니 양해해주십시오.

이제 내셔널리즘, 민족주의에 관한 현상에 대해 이야기하려고 하는데 용어부터가 상당히 복잡해지는 게 문제입니다. 예를 들면 중국에서는 민족이 하도 많으니까 '사회주의적 애국주의'가 대신 등장하고, 일본의 경우는 좀더 세련되게 하려고 민족 아닌 '국민주의'를 말하지요. 사실 크게 봐서는 내셔널리즘 하나로 종합할 수 있는 용어들이 있는데 저는 그것을 종합해서 내셔널리즘을 이야기하고 가끔 그 동의어로 민족주의를 이야기하겠습니다. 그런데 그 속에서는 사회주의적 애국주의도, 국민주의도 같이 포함되어 있는 것입니다.

저 같으면 학교 때 주입식으로 배운 것이고, 대학 다니신 분들은 대학 서클에서 읽었을지도 모르는 마르크스의 유명한 발언이 있지요. 종교는 민중의 아편이다. 그 발언을 제가 주입식 교육을 받으며 배웠을 때 한 가지 문제점이 무엇이었는가 하면 앞부분은 잘라버리고 뒷부분만 인용하는 것입니다. 마르크스의 앞부분까지 읽어보자면, 그 앞에는 뭐가 나오는지 기억하시는 분들이 혹시 계실지 모르겠습니다만, 상당히 재미있게도 마르크스는 종교는 인민의 아편이라고 하기 전에 "마음 없는 세상의 마음"(das Gemt einer herzlosen Welt)이라고 하는 것입니다. 어쩌면 생존하기 위해 불가피한 아편일 수도 있다는 재미있는 뉘앙스를 남기며 말한 것인데, 우리가 교육받을 때는 그런 부분은 다 잘라버리고 그냥 민중의 아편이라고만 배웠지요.

마르크스가 그 이야기를 했을 때는 프랑스에서 망명객으로서 살 때였습니다. 프랑스는 1882년 이전에는 의무교육이 없었어요. 그래서 노동자 자녀 중에 학교를 못 다니는 아이들이 많았고 글을 겨우 읽거나 못 읽는 경우도 많았습니다. 그런 경우에는 민중을 위한 주된 아편이 교회일 수밖에는 없었던 것입니다. 텔레비전도 라디오도 없었던 시대에 글 모르는 사람들에게 뭔가를 주입시키려면 교회란 불가피하게 필요했던 것이지요. 프랑스는 그렇다 치고 러시아는 혁명 이전에는 문맹률이 75퍼센트 정도로 해방 당시의 조선과

거의 비슷했습니다. 그런 나라의 경우에는 당신이 어디에 속하고 어떻게 행동하고 복종해야 하는가를 알려줄 만한 장소가 역시 교회 말고 따로 없지 않았습니까?

그런데 아쉽게도 종교는 사실 그런 역할을 지금도 하고 있는 것이 현실입니다. 미국의 부시 정권의 기반 중 하나는 바로 그 근본주의적 성향의 보수 기독교인 아닙니까? 그런 점에서 보면 교회뿐만 아니고 어찌 보면 불교도 민중을 위한 고급 아편 격으로 이용될 수 있습니다. 예를 들어서 스리랑카에서 싱할라족 정권이 타밀족을 억압할 때 타밀 민족은 역사적으로 불법(佛法)의 적이었다, 불법을 훼손하고 사원을 파괴하는 법의 적이다 하는 말을 잘 씁니다.● 불교를 일종의 국민 통합 수단으로 이용하고, 결국에는 국민을 사상적으로 예속시키는 방편으로 이용하는 게 아닙니까? 태국에서도 비슷한 현상을 볼 수 있습니다. 요즘은 특히 동아시아를 보면 종교 외에 또 다른 아편이 있는 것 같은데 그것이 다름 아닌 민족주의 아닌가 싶습니다. 즉 마르크스가 보았던 유럽에서의 종교의 역할을, 어떤 면에서는 주민들을 기존 체제에 순치하는 데 종교도 나름의 역할을 하고 있지만, 기본적으로 여러 종류의 내셔널리즘이 하고 있는 듯합니다. 물론 민중의 아편이라는 것이 꼭 종교와 민족주의 둘 중 하나는 아닐 테고요.

●인구 1,950만에 이르는 스리랑카는 전체 인구의 74%가 싱할라족으로 구성되어 있다. 힌두계 타밀족(18%)은 스리랑카의 대표적인 소수민족으로 1965년 분리 독립을 추진하면서 충돌이 일기 시작했다. 1983년 정부군이 1,000여 명에 이르는 타밀족을 살해한 것을 계기로 스리랑카는 본격적인 내전으로 빠져든다.

사실 우리가 대단히 선진적이라고 상상하는 사회에서도 외견상 복합적이고 고급스러워 보이지만, 실제로는 참 추한 아편을 씁니다. 예컨대 유럽연합에 대해서 탈민족주의라고 칭찬하는 사람들이 있는데 실제로는 유럽연합의 지배자들도 지독한 아편을 그대로 쓰는 게 사실입니다. 다만 유럽연합이 연합체이다 보니 국민이나 민족 단위로 통합시키는 것이 아니라 초국가적인 단위로 일종의 거대한 블록 체제를 만드는 것이지요. 거기에서 아편 역할을 하는 것이 바로 '유럽적 아이덴티티' 입니다.

최근에 제가 이 이야기를 듣고 기절할 뻔했는데, 유럽연합 여러 나라의 이민부장관들이 모여 네덜란드 이민부장관 주최로 회의를 했답니다. 지금 네덜란드에는 극우 정권이 들어서 있는데 그 이민부장관이 어떤 사람인가 하면, 네덜란드에서 이미 몇십 년이나 살아온 모로코나 터키 계통의 이민자들 40만 명이 네덜란드말을 의무적으로 배워서 시험을 쳐야 한다는 것을 골간으로 하는 법안을 의회에 상정한 사람입니다. 한번 생각해보시죠. 터키나 모로코계 할머니 할아버지들이 의무적으로 네덜란드 언어 코스에 들어가서 시험을 봐야 한다는 겁니다. 네덜란드 여권을 가졌다 하더라도 차이가 없답니다. 그것을 영어로 '어시밀레이션 코스'(assimilation course), 즉 동화 과정이라고 부릅니다. 저는 그걸 듣고 바로 황민화(皇民化)가 생각났습니다만, 어쨌든 그 회의에서는 차후 유럽연합 차원의 이민 정책의 기준을 정하면서 이민을 받아들일 때 이민자들의 유럽적 가치 준수를 조건으로 내걸어야 한다는 재미있는 결정을 내렸습니다. 거기에 대해 유럽 신문들도 보도를 했는데 별 비판도 안 나왔더라고요. 저는 그걸 보고 '유럽적 가치'가 도대체 무엇인지 한참 멍하니 생각을 했습니다.

요즘 유럽의 지배자들이 나와 타자, 우리와 그들을 분리시키고 그들에 대한 우리의 우월의식, 그들을 적대시까지는 아니어도 열등시할 수 있는 그런 의식을 만들기 위해서 자꾸 유럽적 아이덴티티, 유럽적 가치를 만들고 보급시키는 것이고, 이미 유럽에 살고 있는 이민자들한테는 그런 가치에 완전히 동화되어버리지 않으면 우리 안의 타자가 될 수 있다는 신호를 보내는 것 아닙니까? 차별함으로써 우리의 통합을 공고히 할 수 있는 타자를 공공연하게 만들고 있는 것입니다. 이렇게, 종교도 아니고 고전적인 형태의 내셔널리즘도 아니고 아주 새로운 종류의 아편들이 존재합니다. 일전에 위르겐 하버마스* 선생이 유럽은 이미 탈민족적이고 탈군사주의적인 공간이며 유럽연합이 세계에게 탈민족주의, 탈군사주의의 길을 보여주고 있다는 말을 한 바 있는데, 제가 보기에는 너무 공허하게 들리는 자화자찬입니다.

동아시아 민족주의 열풍의 이면

제가 동아시아에서의 민족주의를 비판적으로 이야기할 때는

● **위르겐 하버마스(Habermas, Jürgen. 1929~)** 독일의 철학자, 사회학자. 프랑크푸르트 학파의 비판이론을 창조적으로 계승한 대표적인 학자로 평가받고 있다.

그것만 문제가 아니라는 점과, 그것이 이 세계에 존재하는 유일한 민중의 아편이 아니라는 점을 전제로 하고 있습니다. 과연 동아시아에서 지금 민족주의, 내셔널리즘이 어떤 역할을 하고 있는지, 일본에서 지금 어떻게 하는지는 여러분이 다 보고 계시지 않습니까? 역사 교과서 왜곡, 독도 문제, 쿠릴 문제, 대만 문제, 별의별 문제들이 만들어지고 있고, 일본인 대다수는 북한이 지금이라도 일본을 공격할 수 있는 집단이라는 의식을 공유하고 있습니다. 그러니까 이미 북한에 대한 악마화 작업이 거의 위험천만한 수준에 와 있는 것이지요. 중국의 경우에도 고구려 역사 문제로 한바탕 난리를 치른 후에 중국의 공식적인 국가 이데올로기가 이미 사회주의가 아니라는 것을 여기 있는 분들이 다 깨달으셨을 겁니다.

한국의 경우도, 가장 잘 팔리는 작품들이 대개는 국가·민족·국민의 영웅을 주제로 하는 작품들이 아닙니까? 이순신 붐도 최근의 일이지요. 가령 영화 〈실미도〉만 봐도 그렇습니다. 제가 영화를 끝까지 보지는 못했고 인터넷으로 볼 수 있는 것만 봤지만, 일단은 남성들로 만들어진 국가를 위한 조직, 김일성의 모가지를 따겠다는 사나이들을 주제로 하여 그 남성다움을 부각시키는 영화라면 국가주의의 혐의에서 자유롭기가 어렵지 않습니까? 한국만 해도 국가·민족·국민이 잘 팔리는 상품이 됐습니다. 일본·한국·중국 등 동아시아 메이저 3국에서는 민족주의의 열풍이 일고 있습니다. 동아시아 3국의 지배층들이 이 '마약'을 왜 그렇게도 열심히 종용하고 있는지, 그 숨은 뜻이 무엇인지, 왜 하필이면 이 '마약'이 지금 급속도로 퍼지고 있는지를 이야기하려고 합니다.

그런데 여기에서 짚고 넘어가야 할 부분이 있습니다. 동아시아 지배자들이 민족주의라는 마약 판매에 아주 열성이라 해서 순진하게, 그들이 민족주의를 믿는 사람이라고 오해하면 안 됩니다. 실제로는 동아시아 지배자들, 예컨대 한국의 지배집단에게 물어본다면, 개인적인 이야기라고 전제를 하고서 이렇게 말합니다. 우리가 러일 전쟁 때 일본에 속하게 된 게 정말 다행이 아니냐. 만약 러시아의 보호령이 되었다면 공산주의라는 악마가 들어오지 않았겠느냐. 러시아 자체가 두려운 것이라기보다는 공산주의가 두려운 것이지요. 민족주의보다 반공주의가 훨씬 우선시되고 반공주의에 민족주의가 함몰되어버린 겁니다.

일제시대에 작가 이광수나 사학자 최남선과 같은 친일파 토착 엘리트들이 하던 생각, 즉 우리 민족이 약하다면 차라리 위대한 야마토(大和) 민족과 하나가 돼서 세계로 웅비하면 어떻겠는가 하는 것과 같습니다. 윤치호*나 이광수**의 친일적 사이비 민족주의라 할까요. 여기서의 민족주의라 하면 일본을 중심으로 하는 민족주의지요. 그런 유산이 한국 지배집단에 상당히 강하게 남아 있습니다. 한승조라는 사람이 용감하게 일본의 극우 잡지에 글을 쓰고*** 자기 생각을 스스로 조금도 부끄럽게 생각하지 않는다고 끝까지 우길 수 있는 바탕이 무엇인가 하면 그게 자신만의 생각이 아니기 때문입니다. 어디까지나 집단의 생각일 뿐이고, 춘추도 많으시고 하니까 (청중 웃음) 용감하게 나서서 표현할 수 있었던 것이지요. 그러니까 여기 지배집단들이 민족주의를 이용한다고 해서 그들이 정말로 독도를 수호하기 위해서 모든 것을 다 바치고 그럴 사람들이 아니라는 것입니다.

한국뿐만이 아닙니다. 중국의 지배집단을 보면 더욱 가관입니다. 예를 들어서 그전의 최고의 수장이었던 장쩌민이나 지금의 후진타오의 자녀들이 어떤 생활을 하는가 하면 둘 다 외국 자본이나 교육기관들과 불가분의 관계를 맺습니다. 장쩌민의 아들 장만행(Jiang Mianheng)이 실세로 있는 차이나 넷컴(China Netcom)은 골드만 삭스 등 여러 미국계 금융회사로부터 투자를 받고 있는데, 장만행 자신은 원래 미국 유학파 출신입니다(물리학 박사, 1992년). 후진타오의 딸 후샤오화(Hu Xiaohua)도 역시 1990년대 내내 미국에서 유학하고 있었습니다. 실제 중국의 통치자들을 보면 적어도 자녀 세대에는 외국 여권이나 거주권이 다 있어요. 지난번에 신의주 행정특구 행정장관이 되었다가 탈세 등을 이유로 중국 당국이 체포해 간 양빈(楊斌)이라는 사람이 있습니다. 이 사람이 중국의 갑부 중의 갑부인데 재미있게도 국적이 네덜란드입니다. 중국의 지배집단은

● **윤치호(尹致昊, 1865~1945)** 한말 정치가·계몽운동가. 미국, 일본 유학을 통해 서구와 일본의 근대화를 직접 경험했으며 일본의 메이지 유신(明治維新)을 모델로 조선의 근대화를 이루자고 주장하기도 했다.

●● **이광수(李光洙, 1892~1950)** 작가. 『무정』(1917), 『흙』(1932) 등 중요한 작품들을 남겼다. 문필활동과 함께 『민족개조론』(1922) 등을 통해 식민지를 벗어나려면 민족성을 개조해야 한다는 주장을 폈다. 말년에는 각종 친일 단체에 참여하여 황국 신민화를 찬양하고 학병·정신대 권고문을 쓰는 등 노골적인 친일행각을 벌이기도 했다.

●●● 당시 고려대 명예교수이자 자유시민연대 공동대표였던 한승조씨는 일본 월간지 『정론』에 기고한 글에서 일본의 한국 식민지배는 축복이라고 주장했다.

언제든 떠날 준비가 되어 있는 사람들입니다.

한때 중국 역사 교과서 때문에 난리가 났었습니다만, 중국 교과서에서 제일 재미있었던 게 고구려나 발해뿐만 아니라 한국 근현대사였습니다. 중국 중학교 교과서에서 끔찍하게 칭찬하는 게 바로 박정희입니다. 놀라운 일이 아닙니까? 상식적으로 일본군 장교로 있으면서 중국을 침략하는 데 동참한 박정희를 칭찬하면 안 되는 것이지만, 교과서에서는 박정희 시대를 두고 고속 성장으로 많은 것을 이룬 사람으로 표현하고 노동자의 피땀과 당시의 억압, 병영국가 분위기에 대해서는 일언반구가 없습니다. 그것은 등소평의 지시이기도 했습니다. 등소평이 공개적으로 몇 번 박정희의 방식을 칭찬한 적이 있었습니다. 그런 면에서 중국 지배집단이 민족주의적으로 고구려사 왜곡 주장을 한다 해도 한국의 지배자들한테 한 수 배우고 있는 측면이 있습니다. 개발 방식에 있어서는 차이도 크지만 어쨌든 박정희를 상당히 흠모하고 있는 것입니다.

동아시아 지배집단을 보면 실제로는 일본식 말로 '혼네(本音)', 속마음을 보자면 거의 하나로 묶이는 부분이 있는데 그게 바로 일본 메이지 식의 국가주의나 부국강병 프로젝트에 대한 흠모를 공유하고 있다는 사실입니다.

헤게모니와 민족주의 작동 방식

민족주의라는 것이 과연 어떤 역할을 하는지 좀더 자세히 말씀

드려야 할 것 같습니다. 1980년대나 1990년대 초반에 상당히 인기 있었던 사상가라고 들었는데, 여러분들도 헤게모니론으로 유명한 안토니오 그람시●를 다들 아시지요? 헤게모니는 패권(覇權)으로 번역될 수도 있는데 그람시가 말하는 헤게모니는 좀 다릅니다. 우리가 군대에 끌려간다고 할 때, 실제로는 군대에 안 갈 수 없어서 가는 것인데 '나는 끌려가는 게 아니라 자발적으로 가서 열심히 애국하는 것' 이라고 생각하게 된다면 그 나라에서는 지배집단이 이데올로기적 헤게모니를 장악했다고 보면 됩니다. 헤게모니란 피지배민들로 하여금 지배집단에게 자발적으로 복종하게끔 유도하는 것입니다. 그러니까 그람시는 어떻게 자본주의라는 제도화된 폭력의 체제가 여태까지 살아올 수 있었는가, 왜 파시즘 체제의 이탈리아에서는 상당수의 농민·노동자들이 반기를 들기는커녕 무솔리니에 환호하는가, 그런 것을 이해하기 위해 헤게모니론을 개발한 사람입니다. 지배집단이 여러 가지 이데올로기적 메커니즘이라든가 종교적 메커니즘, 여러 가지 사상과 이념과 사회화, 교육, 훈육 과정을 이용해서 지배당하는 이들이 지배에 고마워하게끔 만드는 것이 바로 헤게모니라는 것입니다.

동아시아에서 지배집단이 이런 의미의 헤게모니를 장악할 수 있는 통로가 크게 봐서 두 개라고 볼 수 있습니다. 하나는 바로 성장기의 헤게모니입니다. 전후 일본도 그렇고 박정희·전두환 시기에도 그랬습니다만, 어디까지나 성장기 헤게모니는 피지배자 일부

●**안토니오 그람시(Antonio Gramsci, 1891~1937)** 이탈리아의 혁명가, 사상가.

에게 물질적 시혜를 함으로써 장악할 수 있는 겁니다. 예컨대 박정희나 전두환 시절에 노동자 월급이 거의 굶으면서 살 만큼 낮아도 고학력자의 월급은 계속 높아져가고 있었습니다. 여러분이 잘 아시는 통계이겠습니다만 전두환 집권 초기의 지가(地價)를 보면 박정희가 집권했을 때에 비해 180배로 솟아오르지 않았습니까? 개발이 진행되면서 지가가 엄청나게 올랐던 거지요. 그래서 부동산을 약간이라도 가진 중산층이라면 부자 행세를 할 수 있는 수준에 오른 겁니다. 개발이라는 것이 중산층에게 여러 가지 물질적인 혜택을 시혜하는 것이 되고 중산층으로 하여금 지배집단의 일원쯤으로 자신을 의식하게끔 만드는 부분이 있었습니다.

특히 전후 일본의 경우 종신고용제라든가, 노조 간부들에게 고위층 관리의 대우를 해준다든가, 노동자들에게 수당과 보너스를 후하게 주고 회사에 대한 충성심을 키운다든가 함으로써 전문직 남성 숙련 노동자들을 상당 부분 길들일 수가 있었던 것입니다. 일본을 보면 참 희한한 것이, 1950~60년대 일본 노동운동이 한국의 1980년대 후반을 방불케 할 만큼 대단히 전투적이었는데 1970~80년대로 가면 하향 곡선을 그리게 되고 정규직 남성 노동자들이 투쟁보다도 지배집단과의 관계망을 통해서 경제적 이득을 얻고 더 이상을 바라지 않게 됩니다. 그러니까 일본이 어느 정도 부국이 된 뒤에 지배집단은 피지배집단 중에서도 생산에 가장 긴요한 정규직 노동자들 상당 부분을 그렇게 해서 포섭할 수 있었습니다. 한국의 경우 그와 비슷한 현상이 언제 일어났는가 하면 1987~88년 노동자 대투쟁 이후에 일부 정규직 노동자와 노조 간부의 경우 경영진의 사탕발림에 넘어가는 케이스가 꽤 생기지 않았습니까? 그리고 지금도 일부 기업을 보면 정규직 노동자들이 비정규직 노동자의 상황에 별 관심을 보이지 않고 오히려 경영진의 논리에 넘어가는 경우가 있습니다.

성장기의 헤게모니, 이데올로기적 헤게모니 장악의 근거가 무엇인가 하면 피지배집단에게도 뭔가 여력이 있다는 것입니다. 여러분들이 보실 수 있었다시피 박정희나 전두환 때는 지배집단이 내셔널리즘 이데올로기를 학교나 군대를 통해서 부단하게 주입시키지만, 그래도 어디까지나 근본적으로는 성장 신화의 힘에 많이 기댑니다. 열심히 하면 성공한다, 공부만 잘하면 개천에서도 용이 난다…. 개천에서도 용이 난다는 신화는 사실 어떤 내셔널리즘 이데올로기보다도 그 체제와 정권을 잘 유지시킬 수 있는 것이기도 합니다. 그리고 일본이나 한국 경우에는 고시 제도도 있고 해서 그런 신화에 뭔가 현실적인 듯한 뒷받침을 하기가 쉽기도 합니다. 그런데 그것은 어디까지나 성장기 이야기이고 성장기에는 한국의 극우나 우익 지도자들이 어떠한 집단을 단계로 해서 피지배자들을 포섭하는, 일종의 조합주의 전략을 사용합니다. 그런 전략을 통해서 피지배자들을 어느 정도 포섭하고 체제 안정적인 분자로 만드는 데 성공할 수 있습니다.

그런데 이제 일본이나 한국에서 성장기는 거의 끝났다고 할 수 있고, 중국에서는 급속도로 성장이 이뤄지고 있지만 실제로는 물질적인 혜택을 못 받는 쪽은 받는 쪽보다 훨씬 더 많은 것 아닙니까?

일본은 새역모(새 역사 교과서를 만드는 모임) 교과서를 통해 일제의 조선 침략을 미화하는 등 동아시아의 역사를 왜곡하고 있으며 중국은 동북공정(중국 동북 변경지방의 역사와 현황에 대한 일련의 연구 작업, 2002년부터 2006년까지 5년에 걸친 프로젝트로 중국 사회과학원이 주관)을 통해 고구려를 중국의 소수민족 지방정권으로 보아 중국사의 일부라고 주장하는 등 한국 고대사를 왜곡하고 있다. 사진은 고구려 안악3호분의 벽화와 일본의 새역모 역사 교과서.

이미 세계 체제가 신자유주의적으로 재편이 된 상황에서는 물질적 혜택의 부여 자체도 많이 어려워진 것이고 조합주의가 여기저기서 계속 깨져가는 것이 지금 동아시아의 현황입니다. 그럴 때 지배집단이 쓰는 전략이 바로 내셔널리즘입니다. 민족주의 주입에 더 열을 올리고 포위를 당한 요새, 위협에 싸인 자기 나라 모습을 부각함으로써 실제로는 양극화되어가는 사회의 모순을 호도하는 바로 그 전략입니다. 지금 이것을 전형적으로 쓰는 게 바로 일본입니다만, 중국의 경우에도 실제로는 민족주의, 중국식으로 말하면 '애국주의 열풍'의 근저를 보면 그만큼 숨기고 호도하고 어떻게 해서든, 미봉책으로라도 꿰매야 할 사회적 모순이 그만큼 가득 차 있다고 해도 되지 않을까 합니다. 결국 물질적 혜택의 분배, 조합주의적 분배 전략을 통해서 되지 않는 것을 내셔널리즘의 극단적인 주입을 통해서 어느 정도 해결할 수 있는 것입니다. 아주 극단적인 형태로 간다면 그걸 파시즘이라고 부를 수도 있겠습니다.

니트와 농민공 – 일본과 중국이 애국을 부르짖는 이유

동아시아 파시즘의 전형이라 부르는 일제시대 말기는 독일이나 이탈리아하고 아주 다른 형태의 파시즘이었습니다. 일본의 경우 정상적인 국가 관료기구들이 파시스트화된 것이지 이탈리아나 독일처럼 민중 출신의 민간 파시스트들이 국가 권력을 장악한 게 아니었잖습니까? 똑같은 관벌 출신들이 파쇼화되어가고 결국 군벌의 위치가 높아졌을 뿐이지요. 파쇼화된 정상 국가로 볼 수도 있는 겁니다. 그런 면에서 보자면 동아시아에서는 유럽처럼 민간 파시스트들이 권력을 장악하고 유대인을 학살하는 등 폭력적이고 가시적인 방식이 아니라 아주 정상적으로 보이는 방법으로 국가를 상당 수준 파쇼화할 수 있다는 것이 걱정스러운 일입니다. 일본의 극우화·우경화가 걱정되는 것도 바로 그런 이유인데, 일본의 경우에는 정상적인 관료

집단 위주의 국가가 파쇼화된 경험이 이미 있기 때문입니다.

지금 한국이나 일본은 성장기가 끝나서 내셔널리즘 비중이 높아지고, 중국은 성장이 된다 하더라도 외자 의존적이고 극히 종속적인 형태의 성장인 만큼 대다수 민중이 상대적으로 빈곤화되어가고 있습니다. 빈부격차나 인플레나 환경오염을 생각한다면 대다수 민중의 상황은 차라리 나빠지고 있다고 말해도 과언이 아닐 것입니다. 그런 상황에서 바로 민족주의를 전가의 보도로 쓸 수 있는 상황이 벌어지는 것입니다.

요즘은 우리가 일본의 우경화를 자주 이야기하지만 실제로 우리가 신경을 안 쓰고 있는 부분 하나가 바로 노동 문제입니다. 한국 신문들 보면 재계 소식이라든가 부동산 섹션, 주식 섹션도 있지만 노동 섹션은 없지 않습니까? 더군다나 외국 노동자에 대해선 거의 신경을 안 쓰지요. 하지만 실제로 지금 일본 노동계는 전후 최대의 위기를 맞고 있습니다. 중국은 1993년에 노동법으로 봐서는 원칙적으로 일체 고용관계가 계약관계가 된 것이고 한국은 계약직이 65프로에 가까워졌는데, 일본은 일본식으로 천천히 그러나 끈질기고 또렷하게 비정규직화 과정이 계속되어가는 것입니다. 지금 일본은 정부 통계로는 22프로, 노동계 통계로는 32프로가 비정규직입니다. 그들 중 70프로는 정규직이 되고 싶은데 될 수 없다고 말한다고 합니다. 일본에서는 정규직과 비정규직 사이에 그야말로 천양지차가 존재합니다. 정규직 평균 월급이 한국보다 두 배쯤 높다고 할까요, 한 4백만 원이라고 하면 비정규직은 백만 원도 안 됩니다.

일본은 비정규직이 계속 누적되어가고 있고 젊은 세대 중에 학벌이 좋아서 취직이 잘되는 사람 빼면 상당수는 꿈을 접고 비정규직이 되거나 소위 니트(NEET)가 됩니다. 일본에서 기괴하고 흥미로워 보이는 소식이 들리면 한국에서는 종종 언론 보도가 되는 것 같은데 니트에 대해서도 보도가 되었는지 모르겠습니다. 니트는 Not in Education, Employment or Training의 약자로, 교육받지도 않고 고용되지도 않고 훈련받지도 않은 사람들, 즉 우리 식으로 말하면 백수입니다. (청중 웃음) 본인이 좋아서 백수가 된 건지 어디에도 몸 둘 데가 없고 비정규직이 되어 몸을 낮추기도 뭐해서 백수가 되는지는 알 수 없는데 니트의 수가 한 50만 명쯤 된다고 합니다. 대다수가 아르바이트를 잠깐씩 하거나 부모의 도움을 받으며 살고 있는 것이죠. 그만큼 신자유주의가 한국이나 중국만이 아니라 종신고용제를 고수하는 척하면서도 종신고용된 사람들 숫자를 조금씩 줄여가는 일본까지도 강타하고 있는 것입니다.

국내 신문들이 일본의 망언이나 망발은 크게 보도하지만 일본인들의 생활은 잘 보도하지 않는 것 같습니다. 일본의 노숙자(홈리스) 수가 3만이 넘었다고 합니다. 최근 일본에 가보신 분들은 보셨을 텐데요, 도쿄 중심가나 큰 도시에 가보면 노숙자들이 지하철에서 종이로 집을 만들어놓고 삽니다. 그 수가 계속 늘고 있고 노숙자 단체까지 생기고 조합들이 생기고 서로 경쟁도 하고 그런다고 합니다. 과거 일본에서는 전혀 상상할 수 없었던 모습 아닙니까? 일본이 그처럼 신자유주의에 의해서 은폐되어 있긴 하지만 조금씩 사회가 분열되어가고 있는 겁니다.

일본의 지배집단 측이 보기에 일본이 우경화되어야 하는 근거는 그래야 일본의 사회 모순과 고통이 잊혀질 수 있고 잘살든 못살든 모든 이들이 일장기 밑에 모여서 다시 한번 환상적인 공동체로서 동원될 수 있기 때문입니다. 일본의 파쇼화가 바로 1930년대 대공황 이후에 이루어졌다는 사실을 생각해보면 알 수 있습니다. 1930년대 파쇼화의 목적 중 하나가 '좌파를 궤멸시켜야 한다'는 것이었는데 지금은 궤멸시킬 만한 좌파조차도 없다는 것이 일본의 비극이라면 비극입니다.

중국은 전체 노동자가 4억을 넘었는데 그중에는 아무 권리도 없는 농민공•들, 자기 나라 안에서 거의 이주 노동자만큼이나 착취를 당하는 농촌 출신의 호구 없는 노동자들 수가 1억 5천만 명이에요. 중국을 세계의 공장으로 만든 사람들이 바로 그 농민공들입니다. 그들이 중국의 춘절(春節), 즉 중국의 설날 때 가족들과 같이 지내려면 월급을 받아야 하는데 월급을 안 줍니다. 농민공들이 체불된 월급을 달라고 할 때 어떻게 하는가 하면, 고층 건물 꼭대기로 올라가서 체불 월급을 안 주면 뛰어내린다고 협박을 합니다. 그런 모습이 국내에서도 몇 번 공개된 것 같은데 그렇게 하지 않으면 체불 월급을 받지 못하는 게 농민공들입니다. 중국의 경우는 실업자와 면직자 이들은 원래 국가에서 일했던 사람인데 국가에서는 재취업을 시켜줄 수 없어서 잠깐 쉬라고 하고는 아주 기본적인 생계만

•**농민공(農民工)** 농촌에서 올라온 비숙련 노동자.

보장하는 사람들을 말합니다 그리고 유망민(流亡民)을 같이 합하면 한 4천만 명, 한국 인구만큼 됩니다. 그렇게 우리가 상상하는 것 이상의 사회적인 갈등, 사회적인 적대, 서로 융합할 수 없는 극을 같이 아우르기 위해 중국이 요즘 부추기고 있는 것이 사회주의적 애국주의입니다. 꼭 그런 상황이 벌어져야 애국주의가 쓸모가 생기는 것이지요.

민족을 초월한 연대는 어떻게 가능한가

자신은 민족주의자라고 생각하지 않는 사람일지라도 실제로는 얼마나 민족주의라는 마약이 거의 습관화된 것인지 보여주기 위해서 최근에 몇 개의 사태를 생각해보면 어떨까 싶습니다. 지난번에 고구려 역사 왜곡 때는 수많은 사람들이 광개토대왕 복장을 하고 거리로 나왔는데요. 그 당시에 중국의 우리 역사 왜곡이라는 말이 도처에서 들렸습니다. 저는 그 말을 들을 때마다 어이가 없었습니다. 중국의 실체가 무엇입니까? 4천만 명의 실업자가 고구려 역사를 왜곡하나요? 1억 5천만의 농민공이 고구려가 뭔지나 알겠습니까? 소수의 어용학자와 공산당 관료집단이 합동해서 일종의 정치적 목적으로 역사를 왜곡하는 것입니다. 우리는 그것을 당연히 비판해야 하지만, 분리해서 비판하는 게 좋지 않습니까? 중국의 역사 왜곡이 아니고 중국의 간부집단과 어용학자들의 역사 왜곡이라고 하면 정확할 텐데 말입니다. 독도의 경우도 왜곡과 망발의 주체는 특정의 우익 정치인들입니다. 어느 호텔에서 '일본인 사절'이라고 써 붙이기도 했다는데 '일본인 우익인사 사절'이라고 썼다면 좀더 좋았을 텐데요. (청중 웃음)

중국이면 중국, 일본이면 일본, 우리는 이 나라들을 나라별로 동질적인 집단으로 인식합니다. 그게 큰 문제입니다. 그게 바로 민족주의인데, 우리가 민족주의라는 마약을 마약인 줄도 모르고 그냥 습관적으로 피운다는 증거 중 하나입니다. 우리는 일상적으로 일본이나 중국을 하나의 동질적 집단으로 보고 그 안에 숨은 계급적·지역적 모순, 개인적 모순은 모르고 지나칩니다. 우리뿐만 아니라 일본도 북한을 생각할 때 마찬가지로 김정일의 악마적인 얼굴만 떠올리지 않습니까? 일본인들 대다수는 북한이라고 하면 김정일 말고는 아무도 살지 않는 나라인 것처럼 생각하지요. 그만큼 일본 미디어들이 북한과 김정일을 악마화해놨습니다. 북한이 우리를 도발한다면 북한과 전쟁해도 좋다고 생각하는 수많은 일본인들은 북한에는 김정일뿐 아니라 수많은 무고한 양민들이 살고 있다는 사실에 무관심하고 하나의 동질적인 악한 집단으로 인식하는 것입니다. 타자에 대해서 이것이 동질적인 집단이라고 생각하는 것이 민족주의라는 병의 가장 큰 증후 중 하나인데 우리는 그에 대한 면역성이 너무 박약한 게 아닙니까?

또 하나 재미있는 사례로 여론조사할 때마다 조선일보나 극우 신문들을 기쁘게 하는 두 가지 모범 답변이 있어요. 가장 존경하는 대통령이 누구냐? 대다수가 박정희라고 답할 때 조선일보는 이것을 크게 보도하지요. 또 하나는 뭘까요? '제일 존경하는 기업인이 누구냐' 고 물을 때 1호로 누가 들어갑니까? 이건희지요. 변칙 상속 같은 걸 생각하면 (청중 웃음) 존경을 좀 유보하고 '내가 아는 가장 큰 부자가 누구냐' 하면 이건희라고 써도 되겠지만 존경이란 단어를 쓰기는 뭣한데, 왜 하필이면 존경한다고 씁니까? 그리 존경할 만한 게 별로 없는데 실제로 그 '존경' 이란 말을 꼭 쓰고 싶은 마음이 일어나는 건 제가 보기에는 삼성이 외국에서 우리를 대표한다는 의식이 있기 때문입니다. 물론 그건 큰 착각입니다. 해외에서 삼성이 물건을 선전할 때 한국이라는 단어를 절대 안 써요. 노르웨이에서도 제가 삼성 광고를 몇 번 보았는데 국적 불명이에요. 많은 사람들이 삼성을 일본 기업이라고 착각하기도 합니다. 어쨌든 우리는 삼성이 밖에서 우리를 대변한다고 생각하고 삼성을 존경한다고 하는데, 밖에서 삼성이 좋은 물건을 팔고 우리를 대변한다면 나쁠 것도 없겠지만, 짚어봐야 할 것이 있습니다. 삼성 물건이 중국에서도 만들어지는데 중국에는 노조가 있든 없든 별 효과가 없습니다. 노조 간부를 보면 상당수가 전직(前職) 공산당 간부들입니다. 그 삼성 물건을 만드는 중국이나 아시아의 노동자들이 어떤 조건에서 일하는지 별로 생각하지 않고 '삼성은 우리를 대표한다' 는 생각을 하지 않습니까? 그게 바로 민족주의의 위험성입니다.

민족주의는 저항 담론이다 뭐다 하지만 민족주의는 실제로 계급의식을 거의 원천봉쇄하는 측면이 있는 것이고, 우리 민족의 대표자라고 생각되는 사람들이 계급적 차원에서 어떤 일을 하고 사는

지, 어떤 생산관계·소유관계에 의해서 살 수 있는지, 실제로는 약자들에게 어떤 짓을 하는지 생각할 만한 여유를 주지 않습니다. 그게 민족주의가 마약이라고 생각할 수 있는 근거 중의 하나입니다. 민족주의를 어느 정도 복용하고 나면 계급의식을 갖기가 정말 힘듭니다. 민족주의와 계급의식이 병존하기가 힘듭니다. 독도 사태에 있어서 일본 극우들의 망발도 그렇지만 저로선 가장 이해할 수 없는 부분이 민주노동당의 반응이었습니다. 민주노동당이라는 사회주의 정당이 반응을 한다면 일본 우파 인사들과 근로대중을 분리를 해서 반응하는 것이 민주노동당의 정책 근거 중 하나일 텐데 안 그러면 다른 정당과 뭐가 다르겠습니까? 제가 충분히 알지는 못하고 인터넷으로만 성명이나 논평을 읽고서 말씀을 드리는 것이긴 합니다만, 민주노동당의 반응에 있어서는 계급의식이 명확히 보이지 않았다는 게 제 독후감이었습니다. 민족의식에 한번 감염이 되면 계급의식이 얼마나 빨리 사라져버리는지…. 평화공존이라는 말이 있습니다만, 민족의식과 계급의식의 평화공존이 얼마나 어려운지 한 가지 사례가 되지 않나 생각이 듭니다.

우리가 과연 이와 같은 마약 중독에서 어떻게 깨어날 수 있을까. 중국의 비정규직 노동자들(중국의 노동자들은 소수를 제외하고 원칙적으로 다 계약직입니다)과 한국의 비정규직 노동자들과 일본의 비정규직 노동자들이 연대를 해서 위에서 내려주는 마약을 끊고서 민중이 살 만한, 신자유주의를 극복한 동아시아를 만들 수 없을까. 여러 가지 고민을 하고 있는데 아직은 갈 길이 멀기만 한 것 같기도 합니다. 일단 지식인 집단이 앞서가서 진보적인 지식인의 동아시아 네트워크라든가 세 나라의 진보를 아우를 수 있는 네트워크를 만들어야 합니다. 물론 한국이나 일본에서 중국의 신좌파 지식인의 글도 읽히고 한국과 일본의 진보 지식인 사이의 교류도 활발하지만, 아직은 충분하지 못한 것 같습니다.

미국의 진보 지식인 하워드 진(Howard Zinn)이 쓴 『미국민중사』라는 고전이 있지 않습니까? 보신 분이 계실지도 모르겠는데, 영국 사회주의자 크리스 하먼(Chris Harman)이 쓴 『민중의 세계사』가 최근에 한글로 나왔습니다. 그런데 아직 동아시아 민중사는 없습니다. 한국·일본·중국 세 나라의 민중이 1920년대, 30년대 같으면 공산주의나 아나키즘 운동에서 같이 싸우고 서로 도와주었지요. 우리가 기억하듯이 박열 열사가 일본인 여자친구 가네코 후미코와 함께 천황을 폭사시키려고 노력하지 않았습니까? 그런 운동들 사이에서는 민족 사이에 벽이 있지도 않았습니다. 그렇게 민족을 초월한 운동들에 대한 종합적인 역사서도 별로 없고 하니까 동아시아 민중의 역사부터 쓰였으면 좋겠습니다. 일본 역사 교과서 잘못됐다는 이야기가 많지만 동아시아 민중사 교과서도 아직은 아예 만들어지지 않은 형편입니다.

그런 것부터 시작해서 한국과 일본의 노조들이 자유노조, 민주노조를 만들 수 없는 중국의 노동자들과 네트워크를 한다든가 중국에 투자한 일본이나 한국 기업들이 노무 관리를 어떻게 하는가를 조사 보고하고, 한국이나 일본 안에서 이슈화하는 것도 대단히 중요할 것입니다. 한국과 일본 노조들이 언제부터 그런 작업에 착수할 수 있을는지 저로서는 알 수 없는 바이지만 그래도 언젠가는 세 나라 민중들이 어제까지의 마약을 끊고 좀더 다른 동아시아를 디자인할 수 있지 않을까요. 저는 1920, 30년대 공산주의자들의 민족을 초월했던 연대라든가 아나키스트들의 비민족적인 연대를 생각하면서 낙관을 하고 싶습니다. 이것으로 이야기를 접겠습니다.

민족주의, 누구에게 이득이 되는가

사회자 마약중독자들, 정신 좀 차립시다. (청중 웃음) 강연 중에 메모를 해가면서 질문거리를 생각하는데 갑자기 머릿속이 하얘지는 느낌을 받았습니다. 개인을 구성하는 층위를 크게 세 덩어리로 나눈다면 민족, 국가, 사회라는 소속이 있습니다. 여기에 '주의' 자가 붙으면 다 골치 아파지는 문제가 생겨요. 민족주의, 아편이라고 그랬지요. 국가주의, 파시즘으로 가는 독약이지요. 사회주의, 이건 뭡니까?

박노자 그건 약일 겁니다. (청중 웃음)

사회자 눈앞에서 현실 사회주의의 붕괴를 목격한 이후에는 사회주의적 신념을 근거로 해서 계급의식적인 생각을 갖는 것이 복잡해졌습니다. 박노자 선생 생각의 근거를 이루는 것들이 고전적인 마르크시즘을 바탕으로 하고 있다는 생각이 듭니다. 동아시아의 민중 연대, 국가나 민족을 벗어나서 무산대중이 연대할 수 있다는 것도 트로츠키* 의 발상에서 별로 나아가지 않았다는 생각이 들거든요. 그로부터 백여 년의 역사가 흐른 지금 이 시점에서 같은 발상의 주장을 하실 때 그게 과연 대중들에게 호소력이 있을지, 이 부분에 대해 첫째 의문을 갖게 됩니다.

박노자 그게 낡은 주장이라고 해서 효력이 없는 주장이라는 논리가 성립되지는 않지요. 옛날 2천 년 전에 예수가 하신 말씀이 한쪽 뺨을 대면 다른 뺨을 대라고 하셨지 않습니까? 제가 보기에는 이게 시간을 초월하는 진리인데, 2천 년 전에 나온 주장이라고 해서 우리가 그걸 덜 믿는 건 아니지요. 트로츠키가 그런 말을 했다고 해서 제가 트로츠키의 말을 그대로 믿는 건 아닙니다. 트로츠키가 한 말 중에는 찬동할 수 없는 것도 많은데요. 동아시아 민중 연대가 필요한 것은 무엇 때문인가. 자본주의 사회에서는 노동력이 국경에 묶여 있지만 자본은 그와 달리 자유자재로 왔다 갔다 하지 않습니까? 노동력이 자본처럼 왔다 갔다 하기 시작하면 불법 노동자, 이주 노동자라는 딱지를 붙이지요. 가령 전경련의 멤버들 중에는 세금이 오르고 노조가 강경 노선으로 간다면 아예 중국으로 공장을 이전하겠다고 공공연하게 협박하는 이들이 있지 않습니까? 지금 중국 정권의 형태라든가 중국의 상황을 생각한다면 중국 노동자들이 아직 민주노조를 만들 수도 없는 상황에서 우리가 당장 연대하기는 쉽지 않지만, 장기적으로 우리가 그런 식의 협박에 대응할 수 있는 장기적 방안 중의 하나는 중국 노동운동과 연대해서 전경련 멤버들이 그쪽으로

●**트로츠키(Leon Trotsky, 1879~1940)** 러시아의 공산주의 이론가·혁명가. 본명은 Lev Davidovich Bronstein.

공장을 옮긴다 하더라도 역시 강경 노동운동을 맞이하게끔 하는 방법이 있겠지요.

중국이 아직 어떤 상황인가 하면, 일제시대의 조선에 비해 사실은 더 어려운 상황이라고 할 수 있습니다. 일제시대가 아무리 악랄했다 하더라도 일단은 사회주의자들이 주도하는 노조들이 상당 기간 동안, 물론 1930년대 후반에 가면 억압당해 불법화됐지만, 한때는 거의 합법조직처럼 있을 수 있지 않았습니까? 중국은 민주노조라는 게 합법적으로 있을 수 없습니다.

사회자 분석적 시각과 목격한 것과 차이가 있을 수 있어요. 저도 최근 2년 동안에 중국을 네 번이나 가게 됐는데 중국의 고성장에 대한 평범한 중국인들의 열광과 긍지가 대단하다는 걸 느낍니다. 그 현황을 학자의 시각으로 보자면 많은 이들이 비정규직으로 핍박을 받는 것이지만 중국인이라고 하는 추상적, 애국주의적 감성에 호소될 때는 다들 그 열광 속에 있다는 말이지요. 민족주의의 제 문제를 이야기하면서도 일반의 정서를 완전히 떼어놓고 생각하기가 참 어렵지 않은가 해서 드리는 말씀입니다.

박노자 물론입니다. 한국이나 중국의 경우에는 더욱더 '맞아본' 민족주의라는 경험이 있는 겁니다. 남한테 짓밟힌 경험이 있지요. 중국만 해도 그렇게 반일감정이 격렬할 수 있는 이유 중 하나는 가족이나 지역 공동체에서 피해를 본 사람이 꽤 많기 때문이지요. 그렇게 맞아보고 짓밟힌 경험이 있을 때는 그런 반응을 당연히 예상할 수 있고 그것은 어느 정도 정당하다고 볼 수도 있습니다. 문제는 정당하다 아니다의 여부를 떠나서 그것을 누가 어떻게 이용해먹고 있는지로 귀결되는 겁니다.

사회자 사실 한국 사회는 민족주의가 무소불위이고, 초등학교 시절부터 계속 주입되는 지식이어서 민족에 대한 의식을 문제 삼으면 어떻게 그럴 수 있나 하는 반응입니다. 논의를 좀더 심층적으로 진전시키기 전에 여담으로 하나 여쭤보겠습니다. 아까 말씀 중에 예수님도 왼뺨을 때리면 오른뺨을 내주라고 그러셨다는데 그게 무슨 뜻이라고 생각하세요? (청중 웃음)

박노자 제가 해석하기로는 같은 수준에서 반응하지 말라는 뜻도 있는 것 같습니다. 일본이 독도는 우리 땅이라고 할 때 대마도는 우리 땅이라는 식으로 반응하지 말고 좀더 다른 수준에서 반응하라는 뜻이 있을 수도 있겠지요.

사회자 제가 이해하기로는 목사님들이 잘못 읽는 거예요. 때려봐, 때려봐! 그 각도라고 저는 생각해요. 저항이지요. (청중 웃음)

박노자 해석자의 권리지요. 그래도 저는 폭력에 대해서 반응할 때 같은 수준으로 놀지 말고 좀더 고차원적으로 놀라는 그런 계시로 생각합니다.

사회자 역시 차원이 높으시구나. 그렇게 잘 안 되던데.

박노자 아직 뺨을 많이 못 맞아서 그런 겁니다. (청중 웃음)

'중산층' 이라는 허상

사회자 사실 아까 제가 한 이야기는 1980년대 NCC 의장이신 김동완 목사께서 하신 말씀을 원용한 겁니다. 민족주의에 대한 문제제기에서 시작되어 동아시아 3국간 새로운 민중 연대를 구상할 수 있지 않겠는가. 어쩌면 이것은 지금 이 시점보다 더 이전에 이런 생각을 많이 했던 것 같습니다. 최근에 와서는 전지구적인 우경화 현상이 벌어지고 있는 것 같아요. 세계화 또는 신자유주의화가 막 가속도가 붙는 게 소수 지배권력자들의 술수인 것 같지만 아까 말씀하신 그람시의 헤게모니와 같은 차원이 많습니다. 자발성. 이거 하니까 나도 잘되더라, 이런 측면들이 상당히 많거든요. 그런 자발성을 갖는 현상들, 헤겔의 노예의식이 바로 그런 것이겠지요. 지배자의 음식과 지배자의 편의와 지배자의 목표를 자기 것으로 자발적으로 승인하고 따라가는 행위. 그런데 절대다수가 그런 현상을 보인다면 그 틈새를 어떻게 파고들어가야 한다고 생각하세요?

박노자 자발성의 표피일 뿐이고 실제로는 술수의 차원이라는 것을 어떻게 설명할 수 있는가 그 말씀이신가요? 결국에 제가 보기에는 기회가 있을 때마다 이것이 과연 누구에게 이득이 되는가를 어떤 자료를 들어서라도 꾸준히 물어봐야 할 것 같습니다. 일본인들과 이야기할 때도 쿠릴이나 독도에 대한 망발이 도대체 당신에게 주는 직접적인 이득이 무엇이냐, 누구를 위한 망발이냐고 물어볼 수 있을 것입니다. 또 한국의 경우 예컨대 민족 영웅들의 상품화라든가 〈영웅시대〉 같은 재벌들의 낭만화가 어느 특정 집단·계층·계급의 이익인지 물을 수 있겠지요. 고차원적인 이념의 차원에서는 무엇을 분별하기가 어려울 수도 있고, 배운 대로 말할 수도 있지만, 하루하루 살아가는 생활 속에서는 이념으로 살아가진 않지요. 지금은 독도 문제를 이야기하지만 남대문시장을 가보면 일본인 관광객들 오면 상인들이 반기지 않겠습니까? 살고 있는 현실이기 때문입니다. 현실 차원에서 따져보면 사람들의 사고도 약간 달라집니다.

사회자 제가 질문자로서 박노자 선생에게 반론을 제기하거나 논쟁을 유발하려는 생각은 아니었는데 한 가지만 더 질문하면서 제 이야기를 맺겠습니다. 1930년대라는 시점과 2000년대라는 시점은 근본적인 차이가 존재한다고 생각합니다. 생산성의 문제지요. 1930년대에 있어서는 빈곤이란 것은 생사의 문제였습니다. 2000년대는 전 지구적으로 적어도 하드웨어적인 측면은 끝났다고 볼 수 있습니다. 분배에서 문제가 생긴 것이지 지구상에 존재하는 생명체를 먹여살리고도 남을 만큼 생산성은 넘어섰지요. 더불어 과잉 생산 덕분에 동북아 3국은 다른 지역권보다 비교적 잘사는 나라들입니다. 그래서 누구의 이익을 위한 논리인가 물었을 때 나에게도 이득이 온다는 걸 충분히 생각할 수 있을 만큼의 잉여가 있다는 사실이지요. 민중의 중산층화라고 말합니다. 1930년대 공황기를 전후로 한 시점에서 노동자들이 연대할 수 있었던 것은 생과 사를 양자택일해야 하는 상황에서 가능했고, 지금은 정치 구호로 '상생'이라는 말이 유행하듯이 '그래 너희 지배권력자들 잘 먹고 잘산다, 나도 내게 주어진 조건에서 이 정도 먹고 만족할 수 있다'고 하는 보수화 내지는 중산층화가 가능할 만큼 물적 신장이 있었다는 것입니다. 이 현상을 어떻게 보실까요.

박노자 아까 고전적 마르크시즘을 이야기하셨습니다만, 마르크스는 노동 계급의 절대적인 빈곤화와 상대적 빈곤화를 동시에 이야기했습니다. 중국의 경우에는 절대적인 빈곤이 없어지지 않은 건 사실입니다. 가령 북경에서 파출부로 사는 여성의 월급을 보면 한국 돈으로 5만 원 정도 됩니다. 상당 부분의 노동자들이 아까 말씀하신 표현대로 생사를 헤매는 그 공간에 있는 것이고 체불 월급을 달라고 하는 형태는 자살 협박에 가깝습니다.

사회자 1997년에 상하이를 갔는데 상하이 기차역에 이불 보따리를 메고 있는 사람이 끝도 없이 서 있었습니다. 다 무작정 상경하는 사람들이에요. 그리고 요번 설에 똑같은 곳을 갔는데 무작정 상경자들이 하나도 없었습니다. 다시 말해 이불 보따리를 지고 길에서 노숙하는 사람들이 어딘가에 들어가서 잠자리를 마련할 수 있을 만큼의 성장이 있었던 것 아닙니까? 민족주의나 집단의식의 폐해를 깨닫기에는 일반적인 중국 사람들이 그런 상황에 도취해 있어요.

박노자 정확히 말하면 그들은 대개는 불법체류자들입니다. 호구 없는 시골 출신이 상하이에 오면 불법체류자가 되지요. 상하이 경찰들이 정기적으로 그들을 대상으로 단속을 벌입니다. 한번은 7만 명이 강제 송환된 경우도 있었어요. 그때는 사람들이 부자가 되어서 그랬는지 단속을 당해서 그랬는지는 모르겠습니다만 어쨌든 문제는 상대적인 빈곤을 말할 때 중산층이라 하지 않습니까? 중산층의 조건은 단순히 먹고살 만하다는 것보다는, 예를 들어 적어도 기본적으로 안정되어 있다, 이삼 년을 어떻게 보낼지 대충 알고 있다, 또는 기본적 문화생활을 누릴 수 있다, 그런 것이겠지요. 정확한 의미에서의 중산층이라면 이 사회에 부동산이라든가 하는 형태의 지분을 가지고 있어야지요. 그걸 따지지 않더라도 일단 기본적인 안전도 지금은 굶어 죽지 않고 사는 것 못지않게 중요한 중산층의 조건인데 비정규직한테 어떤 안전이 있을 수 있습니까? 그리고 실제로는 150만 원의 월급은, 비정규직 중에선 상당 부분이 그만큼을 받지도 못하고 있지만, 받는다고 해도 실제로는 관리비니 자녀 양육비니 쓰고 나면 남는 게 없습니다. 저축이 불가능한 가정들이 상당히 많은데 그들을 중산층으로 보기는 어렵지요. 중산층은 1980년대 후반에서 90년대 초반에 노동자 대투쟁의 성과의 하나로 어느 정도 이루어졌다가 지금 같은 경우에는 중산층의 하부나 중부의 상당 부분이 하층화되어가는 게 아닌가 싶습니다. 즉, 사회가 절대적인 차원에서 생산성이 높아지고 부유해지고 있다 하더라도 노동계급의 상당 부분은 마르크스가 이야기한 상대적 빈곤화의 고통을 겪고 있는 것입니다.

사회자 이제 질문을 여러분께 넘기도록 하겠습니다.

식민지 시대의 민족주의

청중 1 조금 전에 박노자 선생님이 지배계층이 국가의 통치를 위해 또는 계급모순을 해결하기 위해 이용하는 수법 중 하나가 민족주의라고 하셨는데 그러면 계층간의 분화, 인간의 불평등은 왜 생기는가, 그

원인을 여쭤보고 싶습니다.

박노자 기독교로 말한다면 원죄론을 말해야 할 테고, 불교로 말하자면 무명(無明)에 휩싸여서 그렇다고 하겠지요. 좀더 단순하게 생각하자면 사람한테는 동물로부터 이어받은 폭력에 대한 잠재적인 능력이 있습니다. 그런데 동물과 다른 점이 있다면 동물은 대개는 동류(同類)를 잡아먹거나 죽이지 않는데 인간은 동물과는 달리 동류를 죽일 수 있습니다. 그런가 하면 폭력이 개인이나 공동체에 대한 위협이라는 생각도 내재되어 있지요. 폭력이 없는 세상을 지향하는 마음이 있습니다. 생산을 해서 잉여가치가 생기면 폭력으로 그것을 수취하는 제도가 생길 만한 조건이 갖추어진 게 인간사회이고, 동시에 폭력에 대한 혐오감을 갖고 있는 것도 인간사회입니다. 후자가 전자에 비해서 우세해질 수 있다면 다른 세상이 오지 않을까 싶기도 합니다.

사회자 인간에게 내재된 폭력성, 그것이 갖는 사악함이 계급의 분화를 낳았다는 말씀이시군요.

박노자 너무 추상적인 질문에 너무 추상적인 답변을 한 것 같습니다.

사회자 폭력을 말씀하시니까 생각나는데 영화에서도 때때로 과도한 폭력이 등장하지요. 저는 일하는 분야가 문화예술 쪽이다 보니 표현의 자유를 억압하는 것에 대해 무조건 반대하는 입장이지만 왜 저렇게 폭력이 난무하는 영화를 만들까 하는 의문이 생겨요. 사람들이 좋아하고 관객들이 몰리니까 그렇겠지요. 왜 몰릴까요. 그만큼 우리가 통제된 사회이기 때문에, 통제를 벗어난 것들에 대해서 어떤 시원함, 해소의 감정을 갖기 때문이 아닐까 싶습니다.

박노자 그런 것도 있고요. 가령 학교 때부터 체벌이라는 형태로 폭력에 친숙해져 있기 때문에 그런 게 아닐까요?

청중 2 〈한겨레21〉에서 박노자 선생님의 사진만 보다가 실물을 오늘 처음 뵙는데 정말 기쁩니다. (청중 웃음) 우리나라가 독립운동을 하던 시기인 1925년 공산당이 창당된 이후 민족주의와의 분열을 초래해서 독립운동의 생산성을 낮췄다고 배웠던 기억이 나는데 그 부분에 대해서 설명해주시기 바랍니다. 공산당이 독립운동이 분열된 이후에 헤게모니를 관철시킨 사례가 있는지도 궁금합니다.

박노자 교과서를 통해 공산주의자들이 민족주의자들과 함께 신간회●를 만들었다가 코민테른●●의 지령을 받아서 파국으로 몰고 갔고 결국 저들 때문에 독립운동의 생산성이 낮아졌다고 배웠다는 말씀이지요?

청중 2 학교에서 그렇게 배웠습니다.

박노자 저는 코민테른을 변호하고 싶지는 않습니다. 그때는 이미 스탈린주의자들이 코민테른을 장악했을 때였고, 코민테른의 지시가 중국 혁명을 파국으로 몰고 갔다는 것도 어느 정도는 사실이라 할 수 있습니다.

한국 공산주의자들의 경우에는 일단 국내 기반이 약했지요. 자생적인 공산주의라 하면 노조에 기반을 두고 자국의 노동자 이익을 우선순위로 생각하는 게 당연한데, 한국의 경우는 합법적으로 할

●신간회(新幹會) 1927년 좌우익 세력이 합작하여 결성한 대표적인 항일단체.
●●코민테른(Comintern) 레닌의 주도로 창설된 제3차 인터내셔널(국제노동자협회). 공산주의 인터내셔널(Communist International)이라고도 함.

수도 없고 하도 기반이 약하다 보니까 처음부터 코민테른의 지부라는 의식이 대단히 강했습니다. 돈도 거기서 받는 것이고요. 거기서 인정을 받아야 진짜 공산주의자라는 일종의 사대주의적인 의식도 없지 않았습니다. 하지만 신간회가 해체된 것이 공산주의자들 때문이라고만 하면 지나친 단순화입니다. 1930년대에 들어와서 일제의 지배전략이 변경된 것과도 관계가 있습니다.

공산주의자들이 쉽게 손을 잡을 수 있었던 사람들은 소위 비타협적인 민족주의자들이었는데 예컨대 안재홍• 선생이라든가 한용운 선생하고는 일을 잘했습니다. 한용운 선생 경우는 공산주의자들이 반종교 운동을 하는 것에 대해 반대했으면서도 그들하고 관계가 아주 좋았어요. 민족주의자 진영에서는 비타협적인 민족주의자들이 소수였고 헤게모니를 장악하고 있던 게 동아일보의 서클, 흥업구락부••라 하는 것이었는데, 동아일보 서클은 당분간 일제와 협조하는 것도 가능하다고 생각하던 사람들이었습니다. 주된 이론가 중에는 맨 오른쪽(우익)에 이광수가 있었는데 이미 1930년대 초반에 김명식• 이라는 공산주의자가 이광수를 파시스트라고 비판한 적이 있었습니다. 이광수의 정체를 밝힌 최초의 경우가 아닌가 싶습니다.

사회자 전공 분야가 나오니까 너무 좋아하시는데 (청중 웃음) 학생의 질문을 오늘 강연의 요지와 연결시켜 생각을 해보겠습니다. 가령 민족해방

•안재홍(安在鴻, 1891~1965) 정치가·사학자. 해방 후 조선건국준비위원회의 부위원장이 되었으나 곧 사퇴하고 그해 9월 국민당(國民黨)을 결성, 당수가 된다.

••흥업구락부(興業俱樂部) 1925년 3월 기독교청년회(YMCA) 계열의 민족주의자들이 조직한 독립운동단체.

투쟁 시기에 있었던 사회주의 계열과 같이 투쟁했던 저항민족주의자에 대해선 어떻게 생각하십니까?

박노자 식민지 상황이라면 또 다른 것이지요. 비타협적인 민족주의자들, 안재홍 선생이라든가 하는 분들을 우리가 민족주의자라고 부르지만 그들의 저서를 읽다 보면 실제로 사회민주주의적 요소도 상당 부분 발견할 수 있습니다. 가령 임시정부가 충칭(重慶)에 있을 때 강령을 보면 한국이 해방된 뒤에는 주요 기간산업이나 시설을 국유화해야 한다는 말도 나오지요. 그런 비타협적인 민족주의자들은 사회민주주의를 받아들일 만한 자세가 되어 있기도 했습니다. 그렇게 단순한 문제는 아니지요.

타협과 연대의 차이

청중 3 크게 두 가지를 여쭤보겠습니다. 아까 민주노동당에 대한 아쉬움을 표현하셨는데요. 한겨레신문이 1988년 창간되었을 당시에는 증권과 스포츠면이 없었지만 나중에는 만들었습니다. 그걸 현실과의 타협이라고 할 수도 있겠지요. 민주노동당도 이번에 내부 토의를 거쳐 수많은 논쟁 끝에 독도 문제에 대응했다고 보는 게 적당할 텐데, 그런 것을 모두 타협이라고 봐야 할까요. 그리고 선생님의 저작을

●**김명식(金明植, 1891~1943)** 일본 유학생 출신의 저명한 사회주의적 논객, 1921년 상해파 공산당 입당, 1922년 잡지 〈신생활〉 창간, 1920~30년대 내내 약 60편의 논쟁적인 글들을 국내 여러 신문과 잡지에 게재했다.

보면 오태양씨와 같이 자기 신념을 지켜가는 개인에 대한 애정과, 신념을 방해하는 아편 제조자들에 대한 비판이 실려 있습니다. 제 주변에도 신념을 지켜가는 두 친구가 있습니다. 한 명은 소위 운동권으로 활동하다 수배 당한 친구이고 또 한 명은 정반대로 이건희 회장이 있는 회사에 들어가는 게 신념이고, 열심히 공부하고 학점 잘 따고 어른들이 좋아하는, 저와는 상반되는 삶을 살아가는 친구입니다. 둘 다 저한테서 멀어지고 있어요. (청중 웃음) 이 친구들과 어떻게 해야 할까요.

박노자 민중을 지향하는 신문이라 하더라도 일단은 기업체일 수밖에 없는데 단순히 타협이라고 부르기는 어려운 면도 있을 수 있습니다. 가령 스포츠면을 예를 들어 어용적인 애국주의로 흘러가지 않게 만든다는 전제하에서 스포츠면을 만든다면 그것이 치명적인 타협인지 아닌지 생각해봐야 하겠지요. 하지만 민주노동당으로서는 일본 망발에 대한 대응을 할 때 우익에 대해서 강경 대응을 하되 일본 근로대중과 분리해서 대응한다 해서 그 당의 존립 근거가 흔들리지는 않을 겁니다. 이미 당원들도 그렇고 민주노동당의 지지자들도 그렇고 그 정도의 양식을 다 갖고 있다고 생각합니다. 저는 비록 구체적인 내부 상황을 모르지만 민주노동당이 얼마든지 좀더 섬세하고 구체적인 대응을 공개적으로 할 수도 있었을 테고, 그렇게 한다고 해서 허용될 수 없는 희생을 치르지도 않았을 텐데 왜 못했을까 하는 것이 안타까운 것이지요.

사회자 또 하나 질문이 남았는데 철저한 이상주의자와 철저한 현실주의자 친

구 둘 사이에 끼인 자기 신세의 고달픔을 호소했는데요…. (청중 웃음)

박노자 제 동창 한 명이 모스크바에 있는 삼성 지사(支社)에 취직한 적이 있습니다. 저와 같이 1991년에 고려대학교에서 유학도 한 친구인데, 이건희 회장을 위해서 봉사하고 있었을 때는 저를 만나줄 시간이 거의 없었습니다. 그 회사에서 얼마 안 있다가 보스하고 트러블이 있어서 퇴사를 할 수밖에 없었다고 그래요. 제한적이나마 제 개인적 경험으로는 그런 곳에 계신 분은 아마 만나고 싶어도 만날 시간이 없을 텐데 차라리 수배당한 친구가 더 만나기 편하지 않겠습니까? (청중 웃음)

청중 4 내셔널리즘을 계속 비판하고 계신데 그 비판의 밑바탕에는 자본의 정치경제학이 있다고 생각합니다. 자본의 정치경제학이 자발적인 만족감을 주기도 하고 우리가 그전에 생각하지 못했던 적절한 통제 수단을 사용함으로써 이 세계를 지배해가고 있는데요. 신자유주의가 전 세계로 퍼져 나가고 있는데 여기서 과연 인터내셔널한 연대를 맺을 수 있는 희망의 지점이 있을까요. 저는 거의 없을 거라는 절망적이라는 생각이 듭니다. 지금 한겨레에서 동아시아의 공동 역사 교과서를 만드는 것에 대해 보도하고 있지만 그건 아주 예외적인 상황에 불과하고, 선생님이 희망의 단초라고 말했던 동아시아 내의 계급적 연대는 절대로 불가능하다고 생각합니다. 어떻게 하면 전 세계적인 자본의 통제를 벗어나 연대를 만들 지점을 찾을 수 있을까요.

박노자 민족이라는 개념 자체가 자본이 생성한 것이고 그것을 자본이 계속 확대 재생산하기 때문에 자본을 떼어놓고 민족을 말할 수가 없습니다. 자본의 통제가 어차피 계속 강화되어갈 테고 자본이 혹세무민하는 도수가 높아지고 있고 어차피 프롤레타리아 연대는 불가능할 것이다, 그래도 좀더 현실적인 가능한 대답을 해달라는 말씀인 것 같은데요. 자본 통제의 실체를 한번 살펴봅시다. 자본 통제라고 하면 그리 무서운 느낌이 들지는 않지요? 제가 소련에서 태어나서 그런지 몰라도 비밀경찰 하면 몸이 떨리기 시작하는데 자본의 통제라 하면 뭔가 중립적으로 봐도 될 듯한 느낌이지 않습니까? 그런데 지난번 수능 부정 사건을 기억하시는지 모르겠습니다만, 그때 휴대폰 통화 추적을 했지요. 조지 오웰의 『1984년』이란 작품을 읽으신 분은 아시겠지만 그 등장인물이 티브이 스크린의 통제를 받는 장면이 나오지요. 휴대폰이라는 문명의 이기를 통해 국가든 자본이든 우리 위치를 언제든 추적할 수 있고 우리가 뭘 떠들고 있는지 알 수 있고 휴대폰으로 인해 투시될 수 있는 겁니다. 그게 자본 통제의 한 측면입니다.

실제로 우리의 자유가 얼마나 완벽하게 박탈되고 있는지 생각해보면 끔찍하다는 생각이 들기도 합니다. 유럽에서는 제 주위에서 마이크로소프트 제품을 죽어도 안 쓰는 사람들이 있어요. 품질의 문제도 있지만 독점 기업이 내 생활의 상당 부분을 지배한다는 생각에 많은 사람들이 전율을 느끼는 겁니다. 그런 걸 보면 사람에게는 확실히 폭력에 대한 혐오가 내재되어 있고 통제와 조절, 세뇌를 벗어나고 싶어 하는 본능이 있는 것이겠지요. 내가 휴대폰을 통해 투시당할 수 있고 한 기업체에 의해 나의 생활이 규정된다는 생각 때문에 수많은 사람들이 그 국적을 불문하고 연대할 수 있을 겁니다. 리눅스를 쓰는 사람들의 연대는 국제적이거든요.

사회자 차원이 다른 문제가 아닐까요?

박노자 통제가 완벽해지면 완벽해질수록 통제를 벗어나려는 욕망도 강해질 것이라는 말씀입니다. 예컨대 3월 20일이 국제적인 이라크 전쟁 반대 행동의 날이었는데, 일본과 한국 사이에 독도 문제가 걸려 있어도 도쿄와 서울 모두 비슷한 규모의 반전시위가 열렸습니다. 이는 통제를 벗어나려는 사람들이 결국에는 민족을 벗어나 서로 손잡을 수 있다는 것이 아닐까요? 사실 이라크 전쟁은 미국의 특정 자본들을 이롭게 하려는 전쟁이란 측면도 강한데 자본이 일으킨 전쟁에 대해서 똑같은 날에 여러 도시에서 행동이 개시되고 런던에서는 90만 명이 모이고 하는 걸 보면 아무래도 국제 연대를 쉽게 무시할 수 없는 부분이 있습니다.

민족과 국가에서 인간의 얼굴로

청중 5 민족주의가 마약이라고 한다면 그 마약에 대응할 수 있는 어떤 선한 것이 무엇이라고 생각하십니까? 그리고 저는 박노자 선생님을 존경하는데 박노자 선생님이 존경하는 분은 누군지 궁금합니다.

박노자 예를 들어 서울역을 지나갈 때마다 노숙자들을 보면 마음이 아프잖아요. 그것은 자신에 대한 불쌍함일 수도 있고 자신에 대한 공포일 수도 있는데, 그래도 왠지 그 사람에게 다가가 도와주고 나눠주고 싶은 마음이 저절로 생기지요. 맹자가 말한 측은지심은 보편적인 진리라고 생각합니다. 우리가 동경이나 나고야에 가서 노숙자를 봐도 그가 일본인이든 조선인이든 간에 나누고 싶고 도와주고 싶은 마음은 똑같지 않겠습니까? 결국에는 그런 마음을 바탕으로 해서 우리가 자본이 만들어놓은 벽을 들 수도 있지 않을까요.

사회자 연민 같은 겁니까?

박노자 측은지심과 같은 것을 바탕으로 해서 인류가 더 나은 문명을 만들 수 있지 않을까 생각합니다.

사회자 박노자 선생이 존경하는 인물은 누굽니까? 레닌입니까? (청중 웃음)

박노자 개인적으로는 만해 한용운 선생을 대단히 존경합니다.

사회자 갑자기 만해 한용운 선생이 민족주의자였는지 사회주의자였는지 왔다 갔다 하네요. 불교사회주의자였나요?

박노자 정확하게 '주의자'를 붙이자면 그게 제일 맞겠고, 제가 보기엔 그냥 인간이었습니다. (청중 박수)

청중 6 안녕하십니까. 만나서 반갑습니다. (러시아어로 인사함) 박노자 선생님은 민족주의를 극복하는 대안으로서 전 인류적 휴머니즘을 말씀하시는 듯한데요. 한국 사회에서는 국가를 절대선으로 보는 경향이 많은 것 같습니다. 인터넷 토론방에서도 양심적 병역거부자에 대해서 특히 군대를 갔다 온 남자분들이 비판을 하는 것을 보고 무척 답답했습니다. '국가는 절대선'이라는 틀을 깨기 위해 어떤 것이 필요할까요? 그리고 박노자 선생님은 북한을 어떻게 바라보는지 궁금합니다. 보수 언론이나 미국에 의한 것이기도 하지만, 북한이라고 하면 악마, 반인권 국가, 김정일 기쁨조, 기아, 이런 이미지가 떠오르는데요. 북한에 반인권적 행위가 전혀 없다고 해도 거짓말이겠지만 지나치게 왜곡하는 것도 문제라고 생각하는데 어떤 입장을 취하는 게 바람직한지 궁금합니다.

박노자 참 재미있는 것이 한국에 대해 비판하는 것은 별문제가 되지도 않고 다반사로 여겨지지만 북한에 대한 이야기가 나오면 좀 민망하다는 느낌이 들지 않습니까? 왠지 북한 이야기 나오면 어려운 주제라는 느낌부터 듭니다.

일단 첫 번째 질문에 대해서 말을 하자면, 국가라는 것은 생각해보면 사실 실체가 없는 게 아닙니까? 노르웨이라는 나라는 제가 보기엔 커다란 복지 사무소와 같은 측면이 있는데, 세탁기나 청소기를 선악으로 보지 않는 것과 마찬가지로 그것은 선으로도 악으로도 보기는 어렵지요. 제가 국가에다 돈을 주고 국가가 알아서 그 돈을 합리적인 원칙에 의해서 무상교육이나 무상의료에 투입한다든지 하는 일은 기계도 진화하면 할 수 있는 가치중립적인 일로 보이기도 합니다. 결국 국가를 누가 어떻게 운영하느냐가 문제가 되겠지요. 우리가 배워온 역사에서 보듯이 한국이란 국가를 누가 어떻게 누구를 위해 운영해왔는지 알 수 있잖습니까?

북한 이야기를 하자면 개인적인 이야기부터 해야 할 것 같은데요. 제가 옛날에 레닌그라드 국립대학을 다녔을 때는 북한 사람들과 친했습니다. 그때는 북한 유학생들이 아직 있던 시절이었어요.

북한 하면 상당수의 일본인이나 미국인한테는 김정일부터 떠오르겠지만 지금도 저는 친했던 그 사람들 얼굴부터 떠오릅니다. 그런데 생각해보면 사실 소련 지식인들하고 그리 다르다고 보기 어려운 측면들이 꽤 많았습니다. 소련에 있다가 소환된 많은 유학생들이 숙청을 당했다는 얘기를 듣기도 했지만, 이분들도 체제모순을 느꼈고, 고민도 많았습니다. 러시아 여자와 연애하다 소환이 되어서 연애를 위해 망명해야 하는지 국가를 위해 참고 가야 하는지 고민하는 모습도 보았습니다. 저에게 북한이란 것은 김정일이 아니라 수많은 다양한 얼굴들입니다. 우리가 북한하고 뭔가를 제대로 하자면 먼저 북한을 인간화했으면 좋겠습니다. 김정일 체제만을 떠올리는 것이 아니라 좀더 다양하고 흑백논리가 아닌 다색적인 논리로 볼 수 있으면 좋겠습니다.

북한의 인권 문제를 이야기하자면, 아쉽게도 북한이 인권이라는 개념 자체가 잡혀 있지 않은 건 사실입니다. 북한은 사실 공산국가라고 부를 수도 없는 것이, 북한의 주체 이데올로기는 공산주의하고 별로 비슷한 점이 많지 않고 그 기원을 따져보자면 차라리 구한말 민족주의라든가 일제 시대 어용적인 이데올로기하고도 흡사한 부분이 꽤 있습니다. 북한의 인권관이 무엇을 계승했나 살펴보면 한국의 계몽운동가들의 인권관과 비슷합니다. 계몽운동 잡지 〈서우(西友)〉라든가 〈대한자강회월보〉를 보면 단체가 있고서야 개인이 있다, 인민 자유의 한계, 이런 글들이 많이 나오는데 인민의 자유는 국가의 자유를 위해서 존재한다, 인민 자유의 근거는 국가의 자유와 독립이라는 이야기가 수없이 나옵니다. 그것은 사실 구한말의 인권의식에 기초한 것입니다. 김일성이 민족주의자 가정에서 태어나 그런 분위기에서 교육받은 사람이고 마르크스주의를 제대로 습득하지 못한 사람이거든요. 그래서 제가 보기에는 북한에 인권의식이 없다는 건 한국 근대사의 비극 중 하나입니다. 그런데 그것을 공산주의 사상의 탓으로 돌리는 것은 정당하지 않은 것 같습니다.

결국 북한이 인권의식을 갖게 하기 위해서는 계속 교류하고, 북한의 지식층 분자들이 남한이나 유럽에 더 자주 가게 하고, 밖에서 더 많이 교육받게 하고, 좀더 성숙한 인권 개념이 생길 때까지 기다리는 수밖에는 없을 것 같습니다. 북한은 전면 압박을 할 수 없는 사회입니다. 그러면 고슴도치와 같은 반응을 보이기 때문에…. 어느 정도 신뢰 관계가 생기면 비공식적인 압박이 가능하지 않겠습니까? 인권은 외국에서 수입할 수 있는 것이 아니고 내부에서 요구가 나와야 하는데 그런 단계에 북한이 오도록 도와주는 방법밖에 없는 것 같습니다.

청중 7 남북정상회담 이후로 북한과 많이 가까워지고 그 이후로 효순, 미선 양의 장갑차 사망사고 등 여러 가지 사건과 함께 반미주의가 확산되었습니다. 북한은 우리와 같은 피가 흐르는 동포니까 우리는 단합을 해야 한다는 분위기로 가면서 극단적인 반공주의가 사라지고 한미 연합이 흔들린다는 말도 나옵니다. 그렇지만 북한이 핵선언도 했고, 2002년에는 서해교전도 있었고 아직도 수도권을 겨냥한 수많은 장거리 무기들이 있는데 이런 상황에서 우리가 계속 미국을 멀리하고 북한을 감싸야 하는 걸까요? 민족주의에도 균형이 필요하다고 생각하는데 박노자 선생님은 그 균형을 어디에서 찾을 수 있다고 보십니까?

박노자 저는 폭력을 최대한으로 피하고 폭력의 모든 가능성을 최대한 봉쇄하는 게 우선순위가 아닌가 생각합니다. 북한에 대해 비판할 것은 비판해야 하고, 북한의 인권관이나 인권의식에 대한 분석도 해야 하겠죠. 당연히 북한에 대해 환상을 가질 필요는 없지만, 문제는 북한과의 관계라는 것이 화해가 아니면 폭력의 지속 외에 다른 선택이 없다는 것입니다. 북한이 지금 거의 기근 지경에 와 있는 여러 요인 중 하나는 감당할 수 없을 만큼 과중한 군비이기도 합니다. 북한 주민들이 더 나은 생활을 영위하기 위한 최선의 방법 중 하나는 남한과 북한이 공동으로 감군하는 것, 군비 감소일 것입니다.

북한과 같은 사회로서는 120만 명 정도의 상비군을 유지한다는 건 거의 불가능한 과제인데 국력을 거기에 다 쏟아 붓는 겁니다. 우리가 북한 주민을 도와주려면 동시에 같이 군비를 축소하는 것이 좋은 방법일 것입니다. 북한과 화해하는 정책이 아니라면 남은 선택은 지금과 같은 군사화의 지속 내지 강화뿐입니다. 북한도 거의 상상 이상으로 군사화된 사회지만 한국도 자기 양심 때문에 병역을 거부하는 사람이 배신자로 인식될 만큼 군사화의 정도가 대단히 높지 않습니까? 그 수준을 북한도 남한도 낮춰야 하는데 그 첩경은 화해밖에 없는 것 같습니다. 우리가 북한 정권에 대해 어떻게 생각하든 간에 일단 화해 쪽으로 가야 하고, 그것이 폭력 방지를 위한 최상의 방법일 것입니다.

예전에 북한의 특수부대가 박정희를 암살하러 왔을 때 사실 박정희는 북한을 치려고 했는데 그때 미국이 그걸 말렸다고 할 수 있습니다. 당시만 해도 냉전의 구도 안에서는 미국이 한반도에서 새로운 전쟁을 바라진 않았거든요. 오늘과 같은 전쟁 상시화 전략, 계속 전쟁을 하고 그 전쟁을 통해 군수복합체를 먹여살림으로써 경제를 유지하겠다는 미국의 전략에 있어서는 북한도 하나의 타깃이 될 수 있겠지요. 그런 상황에서는 미국에의 예속이 위험해지는 부분도 있지 않을까 싶습니다. 미국이라는 것도 결국에는 실체가 무엇이냐, 미국의 정치 기조가 무엇이냐가 문제인데요. 이 정책이 전쟁의 위험성을 안고 있다면 폭력 방지라는 가장 중요한 우선순위로 봐서 멀리할 부분은 멀리해야 하지 않을까 합니다.

사회자 질문하신 분의 말씀이, 막연하고 감상적으로 우리는 하나라고 하는 민족주의가 나쁘다고 한다면 북한을 그런 식으로 옹호하고 후원하는 것도 문제가 아니냐는 요지로 들렸습니다. 박노자 선생의 충분한 답변이 있었고요. 유명한 우파 논객이 유화 정책이 가장 비용이 싸게 먹힌다, 가장 경제적이다 주장하는 것을 본 기억도 납니다.

오늘 이루어지는 논의는 우리가 계속해서 마음속에 품고 논쟁을 해 나가야 하고 우리 내부에 깊이 뿌리내려진 인식의 도그마와 대결해야 할 과제라고 생각합니다. 박노자 선생의 강의가 우리 모두의 가슴에 뭔가를 던져주는 역할이 되었다면 아주 성공적이지 않았을까 생각합니다. 오늘 열강해주신 박노자 선생께 감사의 박수를 부탁드립니다.

박노자 감사합니다.

과거를 푸는 상상력

금기를 깨고 꿈을 꾸어라

우리가 감히 상상하지 못했었던 그런 일들을
여러분 대에서는 꿈꾸시기 바랍니다.
우리들은 독수리 오형제 시대의 그 몹쓸 병이 남아 있어서
새로운 꿈을 꾸는 건 사실 힘들지 모르지만
지금 20대 30대들은 다릅니다.
부디 새로운 꿈을 꾸시고,
그리고 그 꿈을 여러분 당대에 같이 실현하시기 바랍니다.
함께 꾸는 꿈은 곧 현실이 됩니다.

한홍구

서울대 국사학과와 동 대학원을 졸업했다. 미국 워싱턴대에서 박사학위를 받았으며
현재 성공회대 교양학부 교수로 있다. 시사주간지 〈한겨레21〉에 '역사이야기'를 연재하면서
'역사는 지루하고 재미없는 것'이라는 선입견을 뛰어넘는, 신선하고 도발적인 글쓰기로 독자들의
폭넓은 호응을 얻었다. 베트남 진실위원회 집행위원, 양심에 따른 병역거부권 실현과
대체복무제도 개선을 위한 연대회의 공동집행위원장, 성공회대 사이버 NGO 자료관장 등을
맡고 있다. 논문으로 「상처받은 민족주의」 외 다수가 있으며 저서로 『대한민국史』 1, 2, 3권이 있다.

과거를 푸는 상상력

금기를 깨고 꿈을 꾸어라

2005년 3월 28일(월) PM 07:00

사회자 우리 사회에는 온통 금기와 억압만이 존재했던 것 같은 암담했던 시절이 있었습니다. 이 시절을 극복해낼 수 있었던 데에는 길들여지지 않는 상상력이 있었습니다. 한홍구 교수 모시고, 그 이야기를 곡진하게 들어보겠습니다. 반갑습니다. 청중 여러분께 인사 말씀 한마디 해주시지요.

한홍구 반갑습니다. 여러분, 강연이 지금 다섯 번째 시간이지요. 여러분들이 자발적으로 참여를 하셨지만 끝나가니까 좋지요? (청중 웃음)

사회자 그런데 대개 사전에 연사 선생님을 만나서 토의를 하고 얘기를 나누게 되는데, 한홍구 선생님은 뵈올 수가 없었어요. 지난주 토요일에도 못 뵈었고 오늘도 결국은 강연 임박해서야 뵐 수밖에 없었는데, 아니 왜 이렇게 바쁘세요?

한홍구 뭐 우선 미리 만나서 할 얘기도 없더라고요. 굉장히 저돌적인 질문들을 준비하신 줄 알았는데….

사회자 아 우리가 그런 얘기 하기로 하지 않았잖아요. (청중 웃음) 지금 과거사진상규명위원회 활동으로 무척 바쁘신 걸로 아는데요. 오늘도 회의를 네 차례나 하셨다고요.

한홍구 네, 그 정식 명칭이 대단히 깁니다. 국가정보원 과거사건 진실규명을 통한 발전위원회. (청중 웃음)

사회자 그 위원이시고요.

한홍구 네.

사회자 국정원에서 활동하시는 분이군요.

한홍구 꿈이나 꿔봤겠습니까. 제가 국정원에서, 그것도 지하실 말고 (청중 웃음) 주요 간부들과 같은 책상에 앉아서 함께 회의를 하게 될 줄은….

사회자 글쎄요, 국정원이면 전신이 안기부 아닙니까?

한홍구 그 전에는 중앙정보부였지요.

사회자 거기서 회의하고 오신 분을 마주하고 있으니까 감회가 이상하군요. (청중 웃음)

한홍구 저도 감회가 아직도 새롭습니다.

사회자 주로 어떤 활동을 하시나요?

한홍구 아직까지는 회의를 많이 합니다. 정말 어디서부터 손을 대야 할지 모를 정도로, 지금 과거 청산과 관련된 여러 일들이 아주 다양하게 제기되고 있습니다. 쉽게 생각하시면 그중에서 가장 앞서가면서 과거 청산을 하고 있다, 그렇게 보시면 됩니다. 어떤 차이가 있는가 하면, 국회에서 친일 문제라든가 과거사 관련법이라든가 하는 것은 안 하려는 사람을 상대로 억지로 하려는 거니까 법안 통과 자체부터 상당히 힘들고 삐걱대는데 국정원은 스스로 반성문을 쓰겠다고 나섰기 때문에 조금 더 진도가 빠를 수 있다고 생각합니다. 그래서 그 일 기초 단계에서 시작을 했고, 지난 2월부터 사건 7개를 골라서 조사에 들어갔습니다.

사회자 네. 또 활동하시는 사항이 하도 많아서 말이지요, 작년 인터뷰 특강 때 기억나는 게 평화박물관추진위원회 활동도 하신다고 하셨는데요. 필생의 사업이라고 생각하신다고 하셨는데….

한홍구 그때 저를 소개하시면서 부동산업에 손을 대고 있다고 하셨지요. (청중 웃음) 유감스럽게도 아직까지 부동산을 잡지 못했습니다.

사회자 현재 어떤 상황입니까?

한홍구 언제 지을 것이냐, 그때 호기롭게 말하기로는 10개년 계획이라고 말씀을 드렸는데, 벌써 1년이 지났습니다. 1년 지나가는 동안에 아직 부지는 잡지 못했고, 사무실 전셋집만 마련했습니다. 조계사 앞 조금 큰 데다 사무실을 얻어서 활동하고 있고, 여러 가지 평화운동 관련 활동을 준비 중에 있습니다.

사회자 현재 거기서 상임이사로 활동하신다고요.

한홍구 그렇습니다.

사회자 자 그러면 과거사 진실…, 뭐 이 긴 이름의 거기 위원이시고, 상임이사이시고. 대외 직책이 많으시지요?

한홍구 더 긴 이름의 단체에도 관여하고 있습니다.

사회자 또 뭡니까?

한홍구 정식 명칭을 얘기하려면 저도 좀 숨이 차는데, 양심에 따른 병역거부권 실현과 대체복무제도 개선을 위한 연대회의 공동집행위원장을 맡고 있습니다. (청중 웃음)

사회자 그걸 어떻게 외웁니까? 다시 한 번만 부탁드릴 수 있습니까?

한홍구 양심에 따른 병역거부권 실현과 대체복무제도 개선을 위한 연대회의 공동집행위원장.

사회자 박수 한번 드려야 되지 않겠습니까? (청중 박수) 사실은 활동하시는 직함을 쭉 들어보고 싶었는데, 하도 많을 것 같아서요. 궁금한 것 한 가지만 더 여쭤보겠습니다. 영화 제작에 관여하신다고요?

한홍구 인권 신장을 위해서, 우리의 역사를 바로잡기 위해서 별짓을 다 한다고 할 수도 있을 것 같습니다. 김산의 『아리랑』을 극화하는 작업을 하고 있습니다. 제가 관계한 지 벌써 3년쯤 됐는데 아직 시나리오가 나오지 못했습니다.

사회자 〈한겨레21〉 독자들에게 한홍구 교수라는 이름은 대단히 친숙합니다. 아주 오랫동안 칼럼을 격주로 연재해오셨는데요. 칼럼이 언제 처음 시작되었지요?

한홍구 2001년 1월에 시작했습니다. 그리고 중간에 1년 쉬었고요.

사회자 잠깐 쉬신 적은 있었지만 2001년부터 지금까지, 격주이긴 하지만 쓰시려면 참 힘들지요?

한홍구 글 분량이 한 40매쯤 됩니다. 예전에는 '할 애기가 많은데 벌써 40

매가 다 찼구나' 그랬는데 요새는 힘이 달려서 그런지 '40매를 언제 어떻게 채우지' 합니다. (청중 웃음)

사회자 40매가 만만한 분량이 아니지요. 그중에 화제에 많이 올랐던 것 중에 가령 '박정희 X파일'이 있었죠. 사실은 저도 그걸 너무나 재미있게 읽었고요. 또 하나, 다른 분들도 다 마찬가지였던 모양인데, "제발 이런 선배는 안 닮았으면 좋겠다"고 이재오, 김문수 두 의원에 대한 소회를 밝히신 게 있어요. 그걸 쓰고 나서 두 의원 측이나 그 가까운 사람들에게 어떤 반응을 받은 바가 있습니까?

한홍구 두 의원 측에서는 없었습니다. 사실 그 글은 제 마음에 드는 글은 아니었는데, 여태까지 한 80회쯤 연재를 한 것 같은데, 그중에서 제일 반응이 뜨겁고 인사도 많이 받아서 스스로도 놀랐습니다. 아, 나 말고도 그 두 양반을 사랑하는 사람이 이렇게 많구나…. (청중 웃음)

사회자 이제 오늘 말씀해주실 얘기, 강연을 통해서 하나하나 풀어 나가시면 되겠지만, 기본 얼개라고 할까요? 자리에 앉아서 마음의 준비를 하시는 분들을 위해서 어떤 얘길 하실 건지를 대강 말씀해주실 수 있을까요?

한홍구 어떤 얘길 해야 할까요? 우리가 지난 박정희 시대와 박정희를 이은 군사독재정권 시대를 살면서 꿈꿀 권리조차 빼앗기고, 그런 시대를 어떻게 극복했는가, 그리고 그들이 우리의 꿈꿀 권리를 어떤 식으로 빼앗아갔는가. 그런 이야기를 몇 가지 사례를 들어가면서 설명하도록 하겠습니다.

사회자 그럼 강연 부탁드립니다.

역사적 진실과 상상력

한홍구 오늘 아침에도 꿈꾸셨습니까?

청중 네.

한홍구 꿈을 꿀 수 있는 것도 권리인 것 같아요. 사실은 매일 다 꿈을 꾸지만 기억을 못합니다. 아침에 일어나서 눈은 떴지만 자리에서 뒤척뒤척 뒹굴뒹굴할 수 있으면 전날 밤의 꿈이 많이 기억에 남지만, 알람 소리에 놀라 일어나고 일어나자마자 일을 서둘러야 하는 식으로 바쁘게 살면 꿈이 하나도 기억에 안 남지요. 우리 시대가 지금은 너무 바빠서 지난 꿈들을 기억 못하고 아예 꿈을 꾸지도 못하지만 과거에는 나라에서, 조금 과장해서 말한다면 법으로 꿈을 꾸지 못하게 만들었던 그런 시대가 있었습니다. 그 시대 우리 사회에는 온갖 금기들이 너무나 많았습니다. 금기를 깨고 상상력에 날개를 달아야 하는데 그러지 못하고 무조건 아무것도 할 수 없었습니다.

여기 다 아이 시절을 거쳐오시거나 애들을 키우시거나 하겠지만, 아이들이 뭘 못하게 할 때 우리가 뭐라고 합니까? '에비!' 그러지요. 에비, 그 말이 한국 사회를 지배하는 매우 중요한 코드였던 것 같아요. '에비'가 지배하는 사회. 시인 김수영과 문학평론가 이어령이 논쟁을 할 때 그 말이 나왔습니다. 그 논쟁이 1960년대 초반에 있었던 걸로 기억하는데, 그 '에비'가 지배하는 사회가 적어도 90년대까지, 또 어떤 부분에선 지금도 상당 부분 완전히 없어지지 않고 있다고 봅니다. 많이 바뀌어가고 있기는 하지만….

저는 박정희 시대에 국민학교 중학교를 다 마쳤습니다. 그리고 대학생이 됐을 때 박정희가 죽었어요. 저는 그래도 태어나기는 이승만 치하에서 태어났습니다. 그런데 이승만 치하는 전혀 기억에 없습니다. 철들고 나서부터 대통령은 박정희였고, 대학생이 될 때까지 박정희였어요. 박정희 시대나 그 이전 이승만 시대를 지내온 저나 이른바 386이라고 하는 사람들, 대략 한 1970년대 초반에 태어난 사람들에게 대한민국은 섬나라였다고 생각합니다. 완전히 고립된 섬나라였지요. 지리상으로 보면 대륙에 붙어 있지만, 우리가 북과 왕래할 수가 없었잖아요. 중국과는 1990년대에 들어서 수교를 할 수 있었지만, 그 이전 1980년대까지는 중국도 완전히 공산국가였기에 우리가 가까이 갈 수 없는 나라였지요. 1960년대는 중국 오랑캐 때려잡자, 1950년대는 한국전쟁이 있었고요. 지금이야 외국에 나가기도 쉬워졌고, 초등학생들도 유학을 가고 방학이 되면 영어캠프다 뭐다 해서 외국에 나가서 영어를 배우고 이것저것 문화활동도 많이 하고 그러지요. 하지만 과거에는 외국에 나가는 것이 참 힘들었습니다.

중고등학교 때 옛날 사진들을 보다 깜짝 놀랐던 적이 있어요. 아버지와 할아버지의 사진첩 같은 걸 보다 보면 그분들은 금강산은 기본이고, 우리 분단되기 전이었으니까요, 금강산뿐만 아니라 만주로 수학여행을 갔어요. 지금은 돈과 시간만 있으면 갈 수 있겠지만, 제가 초등학생 중학생일 때, 만주에 간다는 건 상상도 못할 일이었지요. 중국하고 왕래가 없었으니까요. 중국하고 왕래가 생기기 시작한 건 1980년대 들어와서도 한참 지난 후부터였거든요. 그러니까 상상의 범위가 그야말로 38도선 이남이었습니다. 그만큼 우리는 상상의 폭이 공간적으로도 제약을 받았습니다.

혹시 김산의 『아리랑』을 읽어보신 분들 계십니까? 요즘은 『아리랑』 하면 대부분 조정래의 『아리랑』을 생각하는데 1980년대에는 김산의 『아리랑』이 우리 세대를 풍미했었습니다. 김산의 『아리랑』을 읽으면서 사람들은 충격을 받았습니다. 그 젊은 나이에 일본에서 만주에서 중국 대륙까지, 중국 대륙도 우리가 흔히 아는 북경 상해 정도가 아니라 광동구 연안구, 중국 대륙이 좁다고 온통 누비고 다닌 이런 사람이 정말 있었단 말인가?

김산은 우리 역사에서는 지워진 인물이었지요. 우리가 상상력은 고사하고 역사적 진실과 사실로부터도 얼마나 외면당하고 차단당했는가 하면, 김산 같은 사람이 존재한다는 사실을 몰랐습니다. 김산의 『아리랑』이 처음 나왔을 때 저는 서울대 국사학과 대학원 시절이었습니다. 김산의 존재를 모를 뿐만 아니라, 당시에 독립운동사 전공한다는 사람들까지도 김산이 진짜냐 가짜냐, 김산은 가공인물이다, 이런 얘기를 할 정도였습니다. 그런데 오늘 제가 여기 오다가 한겨레신문 기자에게서 좌익 사회주의 운동가들도 서훈이 추서된다고 하니 김산도 그렇게 될지 모른다는 이야기를 들었습니다. 그러나 불과 20년 전 독립운동사를 전공한 사람들조차, 『아리랑』의 책 내용이 우리가 여태까지 알고 있었던 사실과 너무 다르다, 우리가 알고 있었던 사실의 범위를 뛰어넘는다고 해서 김산이 진짜냐

가짜냐를 논쟁하고 있었던 겁니다.

진짜냐 가짜냐는 그래도 양반이었다고 생각을 해요. 여러분 박노해 시인 다 아시지요? 1984년에 박노해의 『노동의 새벽』이 나오고 난 다음에 박노해가 실존 인물이냐 아니냐 그게 또 논쟁거리였습니다. (청중 웃음) 가령 시집을 보면 아무리 훌륭한 시인이라 하더라도, 제가 좋아하는 김수영, 윤동주, 한용운 등등의 시집이라 하더라도 정말 기가 막히게 잘 쓰고 감동적인 시가 있는가 하면 시적 감흥과 긴장감이 조금은 떨어지는 시들이 다 섞여 있게 마련이잖습니까? 홍세화 선생님 글이 항상 좋은 거 아니고 박노자 선생님 글이 항상 좋은 거 아닌 것처럼. 저야 어쩌다 좋은 글을 쓰는 거고. (청중 웃음) 그런데 박노해의 시집을 읽고 정말 충격을 받았던 것은, 그 시집에 실린 40여 편의 수준이 하나같이 고른 거예요. 이렇게 뛰어난 작품들을 과연 한 개인이 쓸 수가 있는가? 이것은 틀림없이 문학 수업을 받은 사람들이 집단창작을 해서 서로 고치고 다듬어서 박노해라는 하나의 이름으로 내놓은 것이다 그랬어요. 여러분은 지금 그런 이야기가 상상이 안 가지요. 박노해를 처음 읽었을 때, 우리는 박노해 같은 시인이 나오리라는 것을 상상조차 못했습니다. 그만큼 우리는 여러 가지로 제약을 받고 위축된 시대를 살고 있었던 겁니다.

단속의 추억, 금기의 시대

한홍구 만들어진 과정을 얘기하자면 좀 복잡하지만 그 시대를 가장 상징적으로 나타내는 게 국민교육헌장이 아닌가 싶습니다. 여러분은 왜 태어났습니까? (국민교육헌장의 첫머리를 읊는 청중들) 김갑수 선생님은 왜 태어나셨습니까?

사회자 민족중흥의 역사적 사명을…. (청중 웃음)

한홍구 아직도 박정희교 신자가 많아요. 사실은 왜 태어났다는 질문은 성립이 안 되지요. 내가 태어나고 싶어서 태어났습니까? 나와 보니까 이 세상인 거지요. 국민교육헌장이라는 것이 제가 3학년 때 만들어졌습니다. 그때는 그걸 다 외워야 했습니다. "우리는 민족중흥의 역사적 사명을 띠고 이 땅에 태어났다." 조금 머리에 철든 사람은 뭐라고 했느냐면 "우리는 민족중흥의 역사적 사명을 띠고 이 땅에 태어났대." (청중 웃음) 출생의 비밀은 드라마에 밤낮 나오는 소재이지만 우리는 출생의 비밀이 없어요. 우리 모두는 다 똑같은 사람들이고 판박이로 꼭꼭 찍어가지고 오로지 민족중흥의 역사적 사명을 띠고… 이렇게 태어나야 했던 세대입니다. 그리고 그 군사독재에 맞서 싸우기도 했던 세대이지요. 1970년대, 80년대, 3선개헌, 교련반대, 유신반대, 긴급조치, 쭉 가지 않습니까? 그래서 386세대까지 그렇게 줄줄이 싸워왔습니다. 그런 세대들을 통칭해서 누구는 4·19세대, 6·3세대, 긴급조치세대, 386세대, 그렇게들 부릅니다만 그걸 통칭해서 저는 이렇게 부르고 싶어요. 독수리 오형제 세대. (청중 웃음)

독수리 오형제의 특징이 뭡니까? 지구를 지켜야지요. 지구를 지켜야 한다는 그 중요하고 중차대한 사안. 박정희가 생각한 민족중흥이란 유신도 하고 새마을운동도 하고 그렇게 국민들이 다 말 잘 듣게 만들어서 지도자가, 대통령이 정하는 하나의 목표를 향해서 온 국민이 일로매진해 가는 것이었지요. 3천만 전 국민이 10월 유신, 백억 불 수출, 천 불 소득이라는 하나의 목표에 일로매진하는 게 박정희의 민족중흥이었다면 또 우리는 반대로 박정희 같은 독재자 몰아내고 정말 민주주의를 실현하고 남북통일을 이루는 게 진짜 민족중흥이라고 생각했습니다. 그래서 우리 세대는 박정희에 반대하기는 했지만 어떤 의미에서는 민족중흥, 민족통일, 세계평화와 같은 거대한 목표에 함께 묶여 있지 않았나 싶습니다. 그래서 권력을 잡고 이 사회를 운영하는 놈이나, 아니면 거기에 맞서 싸웠던 사람들이나, 똑같이 어떤 큰 목표와 사명을 두고, 뚜렷한 목표를 갖고 있으니 공상 같은 건 잘 안 하지요. 그랬습니다. 우리는 꿈을 꿀 수가 없었어요. 이미 모든 것이 다 정해져 있었으니까요. 그런 세대였던 것 같습니다.

큰 목표만 정해져 있었던 건 아닙니다. 큰 목표를 달성하기 위한 세세한 생활상의 규제 하나하나가 마련되었습니다. 목표를 이루기 위해서는 어떠어떠한 행동을 해야 한다. 일로매진하기 위해서는 용모 복장부터 단정해야지요. "머리가 이렇게 길어가지고 무슨 공부가 되겠어." 그런 말은 지금도 학교에서 많이 들을 수 있습니다. 지금 고개 끄덕끄덕하시는 선생님들 중에도 그런 말씀하시는 분들 계실지도 몰라요. 사실 학교에 가면 늘 듣는 얘기가 학생다워야 한다는 건데, 학생답다는 게 뭔가에 대해서 우리는 생각할 필요도 없었습니다. 이미 박정희 시대부터 학생답다는 게 뭔지는 다 정해져 있었기 때문입니다. 우리 사회가 많이 민주화됐음에도 불구하고 아직도 '무엇답다' 고 규정된 것들은 잘 안 바뀌고 여전히 유지되고 있습니다.

그 당시에는 장발 단속이라는 게 있었어요. 학교에서 머리 검사를 많이 했지요. 아마 여기 계신 30, 40대 분들은 다들 그에 관한 추억을 갖고 계실 겁니다. 머리를 깎아도 꼭 하필이면 중간고사 보는 날에 하지요. 시험 보고 있는데 들어와요. 그러면 도망도 못 가지요. 수업 시간에 들락날락, 뒤에 앉은 친구들은 도중에 후닥닥 도망을 치는데 시험 보고 있을 땐 차마 그러지도 못해요. 그리고 지금 생각해보면 옛날 학생들 참 착했어요. 바리깡으로 머릴 깎아버리면 시험지 위로 까만 머리가 떨어지는데 정말 눈물이 앞을 가려서 시험을 볼 수가 없지요. 보통 이렇게 머리를 밀면서 경부고속도로를 냈는데, 어떤 선생님들은 경부고속도로만 내는 게 아니라 고개 갸우뚱하다가 영동고속도로로 또 한 줄 만들어놓고. (청중 웃음) 또 심지어는 이런 일도 있었지요. 중학생 때는 머리를 빡빡 깎고 고등학생 때는 스포츠형이라고 해서 머리를 3센티 길이로 깎는데, 신경질 난다고 빡빡 밀고 가지요. 그러면 또 불려가서 "너 반항하는 거야?" 이럽니다. (청중 웃음) 그런 시절을 겪었습니다. 여학생들은 다 귀밑머리 3센티. 저는 여학교를 안 다녔기 때문에 자세한 건 모릅니다만 거의 비슷한 분위기였고, 어떤 의미에선 남학교보다 더 폭력적이고 강압적인 분위기였다는 이야기도 많이 들었습니다.

그렇게 머리를 자른 다음에 대학교에 들어가면 기를 쓰고 머리를 기르는 거지요. 온갖 불편을 다 참고 머리를 기릅니다. 1970년대, 양희은 아줌마가 청순한 소녀였던 그 시절에는 이른바 대학생, 통기타문화, 청년문화의 시대였고 장발과 청바지는 당시의 상징이었지요. 그런데 그렇게 장발을 하고 길거리에 나가면 순경 아저씨가 잡아요. 그래서 길거리에서 머리를 싹둑 잘리는 거지요. 여러분 상상할 수 있습니까? 지금은 장발하고 다니래도 불편해서 안 하지요. 여기에는 당시 기준으로 머리를 잘릴 만한 분들이 저 뒤에 계신 한두 분 정도밖에 없는 것 같네요. 그런데 그 당시에는 다들 장발을 하고 다녔어요. 순경이 남자들 긴 머리 자르는 건 그래도 좀 낫지요. 여자들이 짧은 치마 입고 다니면 자를 가지고 무릎 위로 몇 센티 올라갔는지 잽니다. 때문에 여자들이 치마를 허리 위로 바싹 치켜 입었다가 저 앞에서 단속하고 있으면 내려 입습니다. 몇 센티 버니까…. 그런 시대였습니다. 당시의 표현대로 하면 단속 대상, 즉 걸릴 짓을 하는 겁니다. 머리 기르지 말라는데 기르고, 미니스커트 입지 말라는데 입고. 이런 사람들을 그냥 둘 순 없었던 거지요.

극장에선 영화가 시작하기 전에 '대한늬우스'라는 것을 보여줬습니다. 텔레비전 보급률이 매우 낮았던 시절의 유산이지요. 국가가 뉴스를 만들어서 자기가 보여주고 싶은 것들을 계속 보여주는 겁니다. '대한늬우스' 전후로 애국가가 나옵니다. 그러면 극장에 앉아 있던 사람들이 벌떡 일어나요. 애인하고 느긋하게 손 잡고, 그 때는 팝콘도 안 팔 때니까 오징어다리나 땅콩 같은 거 뜯어먹고 있

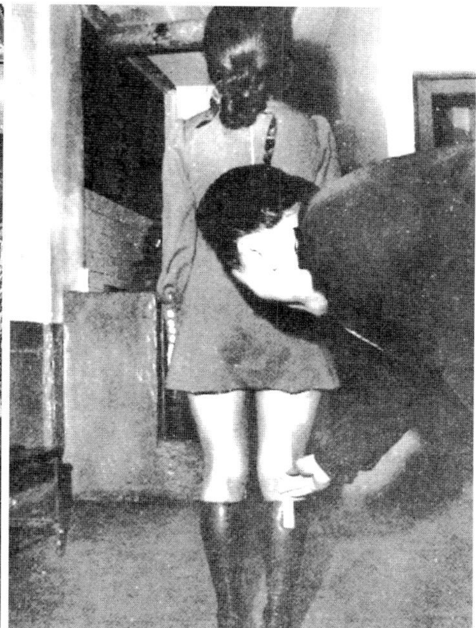

경찰의 장발 단속(1972)과 미니스커트 단속(1974) 장면.

다가 애국가 나오면 벌떡 일어납니다. 여러분, 조국과 민족을 사랑하는 마음에 벌떡 일어나고 그럴 것 같지요. (청중 웃음) 절대로 안 그렇습니다. 욕이 많이 나오겠지요. 그래도 그걸 강제로 시켰습니다. 시키는 사람들이 그걸 몰라서 시켰을까요? 아니지요. 길들이는 겁니다. 조건반사적으로.

머리를 규제한다는 건 무엇을 뜻합니까? 머리카락을 자르면 통곡을 할 최익현 선생의 후예들이 지금도 있지요. 내 목은 잘라도 머리는 못 자른다. 그런 후예들의 머리를 자른다는 건 뭘 의미하는 겁니까? 그만큼 '나는 너의 모든 것을 좌지우지할 수 있는 힘이 있다' 는 것을 상징하는 거지요. 그래서 '너는 거기에 절대적 복종을 해야 한다' 는 겁니다. 군대 가면 왜 머리를 깎게 합니까? 여러분들이 삼손이라서 머리를 깎아버리는 건 아닙니다. 결국 그런 문화적인 코드가 있는 거지요. 앞으로 나의 권력, 나의 모든 명령에 복종하라, 그런 의미라고 생각됩니다.

그 외에도 금기가 엄청나게 많았습니다. 예를 들어 지금은 국민가요인 〈아침이슬〉도 당시에는 금지곡이었습니다. 왜 금지되었을까요? 가사 중에 "태양은 묘지 위에 붉게 타오르고"라는 대목이 있습니다. 〈아침이슬〉이 나온 건 1970년이에요. 유신이 일어나기 전입니다. 유신과 금지곡이 된 것 사이에 무슨 상관이 있느냐. 태양은 뭡니까? 민족의 태양? 민족의 태양은 뭐예요. 김일성을 의미한다는 겁니다. 묘지? 감히, 대한민국을 묘지에다 비유해? "태양은 묘지 위에 붉게 타오르고" 이것은 바로 김일성에 의해서 대한민국이 적화되는 것을 의미하는 것이다. 이렇게 된 것이지요. 해석은 자유지만 그렇다고 "태양은 묘지 위에 푸르게 타오르고" 이렇게 노래할 수는 없는 것 아닙니까.

〈행복의 나라로〉의 한대수를 아시지요? 요즘 텔레비전에도 나오는 히피 아저씨. 그 당시에도 히피였습니다. 저는 한대수를 텔레비전에서 처음 본 게 2000년대 들어서였습니다. 제가 아주 어렸을 때 나왔다가 텔레비전에서 쫓겨나고 방송에는 전혀 얼굴을 내밀 수 없었고, 그리고 미국으로 가버렸거든요. 그러면 〈행복의 나라로〉는 무엇 때문에 금지곡이 되었을까요? "나는 행복의 나라로 갈 테야.” 그 당시 북쪽에서는 지상낙원이라고 했습니다. 그러니까 두 가지 의미예요. “너 북으로 가는 거야? 그런 거야?” (청중 웃음) 아니면 “야 이놈의 자식아. 너 여기서 불행해? 여기가 바로 행복의 나란데, 어디로 간다는 거야?” (청중 웃음) 이랬던 거지요.

그리고 또 〈금관의 예수〉라는 노래 아세요? “오 주여 이제는 여기에. 여기에 우리와 함께 하소서”라는 가사가 나오는 노래예요. 고통받는 사람들이 예수를 기다리며 노래하는 거지요. “오 주여 이제는 여기에. 여기에 우리와 함께하소서.” 그거, 그렇게 못 불렀습니다. “오 주여 이제는 그곳에. 그곳에 그들과 함께.” (청중 웃음) 왜냐하면 영명한 지도자, 단군 이래 최초로 보릿고개를 없애주신 훌륭한 지도자 밑에서 민족중흥의 역사적 사명을 띠고 일로매진하는 시대에 무슨 얼어죽을 예수냐. 주께서 여기에 오셔서 우리와 함께한다, 이거 말이 안 되는 거거든요.

김추자라는 전설적인 가수가 있었습니다. 참 기가 막히게 노래를 잘 불렀던 가수였어요. 김추자가 방송에서 사라지게 된 데는 여러 가지 우여곡절이 있었습니다만, 금지곡이 된 노래가 〈거짓말이야〉입니다. “사랑도 거짓말 웃음도 거짓말.” 이런 가사가 나오지요. 김추자는 가창력으로 치면 아마 역대 여자 가수들 중에서 최고가 아니었을까 싶을 정도로 정말 뛰어난 가수였어요. 믿거나 말거나지만 박정희 연설이 끝난 다음에 어떤 PD가 그 노랠 틀어줬다고 그러네요. “거짓말이야 거짓말이야.” (청중 웃음) 그런데 그 노래를 부를 때 김추자의 손동작이 묘했어요. 그게 바로 간첩에게 보내는 수신호였다는 이야기가 돌았습니다. (청중 웃음) 상상력이 그런 식으로 왜곡된 거예요.

제가 고등학교 진학할 무렵 송창식이라는 가수가 꽤 유명했습니다. 노래를 발표할 때마다 참 깜짝깜짝 놀랐는데요. 그에게도 금지곡이 있습니다. 〈왜 불러〉. 그게 금지곡이 된 이유는 다름이 아니라 장발 단속을 풍자했다는 겁니다. 장발 단속을 할 때 길 가는 사람을 불러 세울 거 아녜요. 이봐 이봐, 하고 부르면 "왜 불러, 왜 불러" 하고 도망을 친다 이거지요. 모든 것이 금지되었어요. 그래서 나온 노래가 뭐냐면 〈고래 사냥〉 같은 거예요. 고래 사냥, 꿈을 꾸는 거잖아요. "동해 바다에 예쁜 고래 한 마리." 그랬더니 그것도 금지시켰지요. 발칙하다고. 쓸데없는 꿈 꾸고 있다고. "고래가 예뻐? 네가 봤어?" 허위사실 유포지요. (청중 웃음) 이런 발칙한 노래를 부른 놈들은 뭔가 딴 짓을 할 거야. 그래서 단속한 게 뭡니까? 대마초지요. 지금 대마를 합법화하자는 논의도 있습니다만, 역사 공부하는 사람으로서 적어도 한 가지는 분명하게 말씀드릴 수 있습니다. 1973, 74년까지, 적어도 유신 이전까지는 대마가 처벌 대상이 아니었습니다.

간첩은 어디에서 오는가

꿈을 빼앗아가는 시대였습니다. 은밀한 곳에서 애인의 손을 잡고 영화를 보고 있는 사람조차 일으켜 세워야만 직성이 풀렸던 그 시대. 그야말로 온갖 규제가 횡행했습니다. 아침에는 교문 앞에 선생님이 서 있습니다. 귀밑 몇 센티, 여학생들 머리핀은 어때야 하고, 블라우스는 뭘 입어야 하고, 속옷 색깔은 어떻게 해야 하고…. 참 별의별 것을 다 정해줬습니다. 그렇게 길거리에서건, 교문 앞에서건 단속을 행하던 그 시대, 똑같이 규율화되는 그 시대에 무슨 꿈이 있겠습니까? 꿈을 빼앗기는 거지요. 그 꿈을 빼앗긴 빈자리에 들어선 것이 바로 '간첩' 입니다.

간첩 관련 표어 같은 걸 살펴보면 참 재밌는 게 많아요. "자수하여 광명 찾자." 이건 지금도 쓰지요? "간첩 신고 너나 없고 간첩 자수 밤낮 없다." "간첩은 표시 없다 너도 나도 살펴보자." "의심나면 다시 보고 수상하면 신고하자." 뭐 여기까진 괜찮아요. 그런데 "저기 가던 저 등산객 간첩일까 다시 보자." (청중 웃음) "사랑하는 애인도 알고 보니 간첩." (청중 웃음)

요즘 여러분들은 로또 한번 당첨 안 되나 그런 꿈을 꾸시겠지만, 그 시절 최대의 로또는 뭐냐, 눈먼 간첩 하나 잡아서 상금 왕창 타는 것이었습니다. 저희 또래나 저보다 좀 아래까지 아마 지금 30대 후반 정도까지는 그런 추억들이 있으실 거예요. 이상한 사람 나타났다 그러면 애들 한 서넛이 떼 지어서 혹시 간첩 아닌가 따라가 보고 그랬습니다. 우리 세대에서 그런 경험이 없는 사람은 진짜 간첩이었습니다. (청중 웃음) 참고로 김갑수 선생님 노래를 한 곡 들어보도록 하겠습니다.

사회자 연세 좀 있으신 분 좀 도와주세요. 〈새드 무비〉 노래 아시는 분. "오

～ 새드 무비" 이 노래 아실 거예요. 잠깐만 나오세요. (청중 박수)

한홍구 자 그럼 듀엣으로 듣겠습니다. (청중 웃음과 박수)

아침에 산에서 양복 입고 내려오는 자
광화문 앞에서 중앙청을 찾는 자
술집에서 취한 김에 동무 동무 하는 자
이런 사람 보면 지체 없이 113
오오오 간첩 신고는 지체 없이 113
오오오 간첩 신고는 국번 없이 113

사회자 이런 겁니다. (청중 웃음과 박수)

한홍구 이런 노래를 우리가 부르고 살았어요. 친한 선배 한 분이 〈한겨레21〉에 '간첩의 추억'이라는 글을 쓴 적이 있습니다. 후에 같은 제목으로 저도 글을 쓴 적이 있습니다만, 그분이 표현하기를 자신이 제일 먼저 배운 글자가 '반공방첩'이었다는 겁니다. 정말 온 동네마다 다 붙어 있었습니다. 그것도 새빨간 글씨로 이따만하게. 글자를 배울 때 제일 먼저 배우는 것도 반공과 방첩, 그런 시대였습니다. 어렸을 때는 어디 눈먼 간첩 없나 하면서 자라고, 한 십몇 년 지나서 대학에 들어가 학생운동을 하고, 하다 보니 어떤 아저씨들이 잡아다가 거꾸로 매달아놓고는 "너 간첩이지. 네가 바로 간첩이야" 했던 겁니다.

간첩은 그렇게 우리 사회를 지배해온 중요한 문화적 코드였습니다. 간첩은 두 가지 의미로 사용됩니다. 하나는 007 빰치는 간첩,

113 수사본부와 같은 데서 그려진 아주 잔혹하고 신출귀몰하는 그런 간첩이 있습니다. 그게 공식 버전이지요. KS마크 간첩. 그런데 일반인들이 실제 사용하는 간첩은 뭐예요? 가령 남들 다 아는 걸 모르면 "재 간첩 아냐?" 그럽니다. 여러분 간첩 리철진 무섭습니까? 안 무섭지요? 영화에서 상황 설정이 어떻습니까. 간첩이 오죽 못났으면 택시 강도를 당합니다. 제가 간첩, 이른바 비전향 장기수 선생님들 인터뷰를 많이 했습니다. 그중에 공작금을 사기당한 분이 있었어요. (청중 웃음) 이분이 정말로 땅을 치고 원통해하는 게 뭔고 하면 자기가 북에서 내려온 걸 알고 사기를 쳤다는 거예요. 공작금 사기당했다고 어디 가서 신고를 할 수도 없고. (청중 웃음) 그래서 징역 살고 난 다음에 잡으려고 찾아다녔는데 결국에 못 찾고 북으로 가셨습니다.

국정원에 가서 일하면서 한국 사회에는 전문가가 없다는 사실을 깨달았습니다. 비극이지요. 〈한겨레21〉에 간첩에 대한 글을 쓰려고 한 달쯤 공부를 하고 났더니 제가 간첩 전문가고 군대 전문가랍니다. 군대나 간첩 문제는 우리 일상과 얼마나 관련이 많습니까. 그런데 그 분야의 전문가가 한국 사회에 없었던 거예요.

간첩 전문가가 되어서 조사를 하다 보니까, 우리가 생각하는 그런 무시무시한 간첩은 진짜로 없어요. 비전향 장기수 선생님들과 인터뷰 할 때 처음에는 저도 그분들에게 어떤 환상을 품고 있었습니다. 자기 신념과 사상을 지키기 위해 어떻게 역경을 이겨내셨는가에 대해서는 정말 감동적인 이야기를 들었지요. 그러면서 한편으로는, 제임스 본드만큼은 아니더라도 남북간의 숨막히는 첩보전에 대해 생생한 얘기를 들을 수 있지 않을까 기대했는데 전혀 땡땡땡이었습니다. “선생님 정말로 그런 일로 내려오셨어요?” “아이구, 아무것도 지령이 없었다니까.” (청중 웃음) 정말 저도 믿어지지 않아서 반공 서적들, 사상 검사나 공안 기록을 들춰보면 거기에 실제로 그렇게 나와요. “요즘 간첩들은 아무런 특별한 임무를 부여받지 않았고 그래서 합법 신분을 취득하는 것 자체가 사명이다.” 막상 와서 한 게 뭐냐 그러면 한 게 아무것도 없다고 해요. 간첩에 대해 갖고 있던 생각과 현실은 굉장히 달랐습니다.

오히려 ‘간첩’은 사람들을 길들이는 기능을 했던 측면이 있었지요. 광주사태를 예로 들어보자면, 지금은 우리가 광주민주화운동, 광주항쟁이라고 부르지만 당시에는 광주사태라고 그랬잖아요? 그 당시 국민들에게 광주사태는 어떻게 알려졌습니까? 폭도들이 무기를 탈취해서 군인들을 살상한 사건이었어요. 그게 전두환 버전입니다. 그런데 그걸 누가 믿겠어요. 그런 일이 벌어진 이유를 납득하기 위해 어떤 논리가 동원되는가? 바로 간첩의 선동을 받았다는 거예요. 그게 또 어떤 간첩이냐? 독침 간첩입니다. 우리 사회에선 어디선가 무슨 일이 일어나면 반드시 나타나는 독침 간첩! 광주에서도 그랬고 중요한 사건이 있을 때마다, 가령 1971년 대통령 선거 때도 서승 서준식 재일동포 형제 간첩단 사건이 있었습니다. 그런 간첩 사건들은 매 시기 빠짐없이 일어났습니다. 그만큼 생활 속에 간첩이 깊이 들어와 있었어요.

처음에는 간첩 사건이 최고 권력자가 권력 내부를 길들이기 위한 수단이었어요. 간첩 사건에 관련된 사람들이 국회의원이거나 방송사 사장이었습니다. 혹은 군사 쿠데타를 일으켜서 자기들끼리 정권을 뺏네 뺏기네 할 때 상대방을 치기 위해서 측근에서 간첩 사건을 일으킨다든가 했습니다. 그러다가 이제는 반체제 인사들한테 내려오고, 더 내려가서는 정말 힘없고 빽없고 짓밟아도 아야 소리조차 못 지를 정도로 힘없는 사람들한테까지 갑니다. 그렇게 끊임없이 간첩을 만들어내면서 사회를 통제하고 길들인 것입니다.

또 하나의 통제 집단, 군대와 학교

우리를 길들인 것이 간첩 말고 또 뭐가 있습니까? 바로 군대입니다. 지금도 이런 말 많이 쓰지요. "군대 갔다 와야 사람이 된다." 동의하십니까? 우리 사회에서 이 말은 옛날 같지는 않지만 아직도 엄청난 힘을 갖고 있습니다. 이 말이 사실이라면 여자분들은 처음부터 사람 되긴 글러먹은 거지요. 군대를 갔다 와야 사람이 된다는 건 무슨 뜻입니까? 요즘은 많이 좋아졌습니다만, 비 오는 날 먼지 펄펄 나게 두들겨 맞아보고, 먼지 나게 때려도 보고…. 결국 그게 뭡니까? 조직의 쓴맛을 보는 거지요. 그러면서 남이 시키는 대로 할 줄도 알고 남에게 시킬 줄도 알고, 그렇게 자기 자신을 조직에 맞춰가는 겁니다. 그래야 부려먹기 쉽지요. 그것이 20세기 후반의 한국 사회가 요구했었던 인간형입니다.

군대에서 제일 많이 한 게 뭡니까? 삽질 많이 했지요. (청중 웃음) 1소대 이쪽 땅 파고 2소대 저쪽 땅 파고, 3소대 4소대 다시 메우고. (청중 웃음) 약간 과장해서 얘기했지만 군대에서는 정말 작업들을 많이 합니다. 매우 우수한 노동력인, 20대 초반의 젊은이들 몇십만을 모아놓고 왜 그 짓을 시킵니까? 우리나라 노동운동사에서 정말 수수께끼가 무엇인가 하면, 1970년대 이른바 민주노조운동을 다 여공들이 했다는 것입니다. 그럼 '공돌이' 들은 다 어디 가고 '공순이' 들이 나서서 했느냐. 여기에는 여러 가지 설명이 있었습니다. 저는 그 설명들이 나름대로 다 타당성이 있지만 정말 중요한 이유가 빠졌다고 생각합니다. 바로 군대예요. 남자들은 군대 갔다가 '사람' 이 돼서 돌아옵니다. 노동조합 같은 빨갱이짓 하지 않죠. 또 하나 군대 가서 '사람' 이 된 게 뭐냐 하면 '마음가짐' 입니다. 사람들이 군대에서, 사고 안 치고 어떻게 견딥니까? "국방부 시계는 거꾸로 매달아놔도 돌아간다"는 말이 잘 표현해줍니다. 분하고 억울해서 '정말 저걸 들이받고 내가 개값을 물어?' 그런 생각이 들지만, '군대에서 말뚝 박을 거 아니잖아, 내가 저런 놈한테 엉터리 같은 이유로 당하지만 3년 지나서 군복 벗고 나가면 할 일이 많은데…'. 그러면서 참습니다. 이와 비슷하게, 공장에 들어와 일하면서 불합리한 걸 보더라도, 내가 여기 이 공장에 말뚝 박을 거 아니라고 생각하는 겁니다. 대신 더 이상 갈 데가 없다는 걸 아는 여성 노동자들이 거기서 사회를 변화시키기 위해서 어려운 여건에도 부딪쳐 싸웠던 거죠. 남성 노동자들은 한편으론 군대 갔다 와서 '사람' 되고,

또 한편으로는 이 상황을 어떻게든 빠져나가야지 하는 마음가짐에 익숙해져 저항을 하지 않았던 게 아닌가 합니다. 군대가 사람을 그렇게 만들죠.

학교 교육은 또 어떻습니까. 이른바 '범생이' 만들기 교육이지요. 사람마다 장단점이 있습니다. 똑같은 부모가 낳았어도 형제마다 다 다르고 각자 잘하는 게 있고 못하는 게 있지요. 그런데 그걸 획일화시켜서 똑같은 사람들을 만들어놓는 게 한국 교육의 목표 아닙니까. 대학에서 학생들 면접을 볼 때마다 그 점을 느낍니다. 면접 분위기 참 싫어요. 물론 학생들이 더 싫겠지요. 어떤 점이 싫으냐 하면, 질문을 할 때 네 의견은 어떠냐 너는 어떻게 생각하냐 그걸 묻습니다. 그러면 학생들은 뭐가 정답일까, 저 사람이 생각하는 건 뭘까를 고민해요. 막 머리 굴리는 소리가 들려요. 우리 늘 배우잖아요. 출제자의 의도는 무엇인가. (청중 웃음) 밑줄 쫙. 거기에 목을 매는 거지요. 그렇게 꿈꿀 능력을 빼앗기고 살아온 것입니다.

우리가 빼앗긴 꿈에 대해서 생각할 때 반드시 짚고 넘어가야 할 것이 저는 통일 문제라고 생각해요. 저는 20대 초반의 청년들이 통일 문제에 관심을 안 가지는 게 정말 희한해요. 먹고살기 바빠서, 취직해야 되니까…. 하지만 20대 초반 젊은이들의 고민 1번 2번 3번이 뭡니까? 군대, 이성, 취직 아니겠습니까? 저는 그 핵심에 군대 문제가 있다고 생각해요. 20대 초반 남자들의 사랑이 깨지는 가장 가슴 아픈 이유가 뭡니까? 군대 갔을 때 고무신 거꾸로 신는 것. 그리고 취업과 관련해서는, 우리나라 20대 초반 남성들, 여자 동기들에 대해서 정말 불타는 적개심을 갖고 있지요. 그게 어디서 나타납니까? 군가산점 문제입니다. 이처럼 모든 문제가 군대와 연관되어 있고 군대가 유지되고 있는 가장 큰 이유가 바로 분단 아닙니까?

우리가 남북한 다 합치면 180만의 병력을 가지고 있어요. 그런데 우리가 통일되면 그렇게 많은 군대를 유지할 필요가 있습니까? 저는 절대로 없다고 봐요. 자, 그러면 남북 합쳐서 얼마가 될지는 모르겠지만 적어도 보병, 삽질할 필요 없고 휴전선에 몇 미터 간격으로 세워놓을 필요 없고. 그렇게 되면 남북 합쳐서 3, 40만, 넉넉잡아 50만이면 충분할 겁니다. 그렇게 되면 군대, 적어도 징병제를 유지한다면 복무 기간은 1년 이하, 8개월 내지 10개월이 될 것이고, 아마 그렇게 되면 모병제가 될 확률이 많겠지요. 통일되면 군대 문제가 풀리는 겁니다. 그런데 우리는 그렇게 생각 안 하지요. 왜? 통일에 대해서 생각하면 잡아 죽였잖아요. 여러분, 조봉암이 왜 죽었습니까? 평화통일 얘기하다가 죽었어요. 평화통일 지금은 상식이지요. 평화통일이 아니면 무슨 통일이 있습니까? 북진통일. 조×제 (청중 웃음) 그 아저씨가 좋아하는, 주석궁에 탱크를 몰고 들어가는 그런 통일이 아닌, 평화통일을 얘기했던 조봉암을 간첩으로 몰아 죽였습니다.

6·15 남북공동선언이 있고 정상회담 때 김대중 대통령이 평양에 갔습니다. 거기서 여러분들 보기에 제일 이질적이었던 게 뭡니까? 50, 60 먹은 아줌마들이 한복 곱게 입고 머리에 꽃 달고 김대중 대통령이 지나가니까 펄쩍펄쩍 뛰면서 환호했지요. 제가 통일운동

열심히 하는 사람들에게 특히 여성분들한테 물어봤어요. 김정일 위원장 온다고 할 때, 펄쩍펄쩍 뛰는 것까진 바라지 않지만 한복 곱게 차려입고 머리에 꽃 달고 나가겠느냐? 다들 저한테 왜 놀리느냐고 화를 내요. 일반 시민들뿐 아니라 통일운동가들도 그래요. 그 차이가 뭡니까. 통일운동가들조차도, 사실은 독수리 오형제의 마음가짐으로 통일운동을 하고 있다는 거지요.

그런데 평양의 아줌마들은 왜 펄쩍펄쩍 뛰었을까요? 통일이 되면 내 삶에 뭐가 좋아진다는 걸 느끼고 있기 때문이에요. 우리는 그런 꿈을 못 꾸었습니다. 그런 꿈은 꾸면 안 되는 것이었으니까요. 통일이 되면 오히려 귀찮아진다고 생각하지요. 통일 비용도 많이 든다고 합니다. 이 세상에 공짜는 없습니다. 통일 비용 듭니다. 그런데 통일 비용을 계산하는 법은 배웠지만 분단 비용으로 지금 우리 주머니에서 얼마가 새 나가고 있는지, 여태까지 얼마를 지출해 왔는지, 이걸 같이 계산하는 법을 못 배웠던 겁니다. 지난 몇십 년 동안에 우리는 그렇게 살아왔습니다. 세상이 많이 바뀐 것 같지만 아직까지 사고방식은 거기에 머물러 있는 것 같아요.

역사를 진보시키는 꿈, 불온한 상상력

우리가 새로운 세상을 만들어 나가는 힘은 모두 꿈에서 비롯됐다고 생각해요. 꿈도 여러 가지 의미로 쓰이지요. 탄핵해놓고 막 좋아하다가 한 이틀 지난 다음에 이게 다 꿈이었으면 좋겠어, (청중 웃음) 그런 뜻으로도 쓰이지만 우리가 보통 생각하는 것은 내일에 대한 꿈이지요. 여러분 우리가 누리고 있는 모든 것들, 지금 남녀가 이렇게 나란히 앉아 있는 것부터가 백여 년 전이라면 가당키나 한 일입니까? 남녀칠세부동석이잖아요. 남녀뿐만 아니죠. 자 여기, 자기 조상이 노비였던 사람. (청중 웃음) 천민이었던 사람. 백정이었던 사람. 저기 한 분만 손을 드시는데 여기서 90퍼센트는 넘을 거예요. 양반이 노비하고도 혼인을 해버렸으니, 순종 양반은 10퍼센트도 안 될 겁니다. 그런데 지금은 어떻습니까. 양반과 상놈이 같이 앉아서, 남녀가 같이 모여서 공부를 합니다. 불과 백여 년 전에는 상상 못할 일이지요. 그러나 우리는 여기 다 모여 있지 않습니까. 천민들이 글을 읽는다는 건 상상도 못해요. 불과 120년 전 일입니다. 그런데 우리는 지금 그렇게 하고 있지요.

우리가 누리고 있는 모든 것들이 불과 백 몇십 년 전에는 다 불법이었습니다. 하지만 그 시절에도 꿈꾼 사람들이 있어요. 여자가 여자라는 이유로 차별받아서는 안 된다는 꿈. 꿈은 같지만 이유는 다를 수 있습니다. 어떤 사람은 여성의 인권 때문이지만 한편에서는 부국강병을 달성하려면 여성들도 온몸을 바쳐서 일해야 하는데 여성들 차별하는 건 말이 안 된다, 여성 노동력을 끌어내기 위해서라도 남녀 평등이 이루어져야 하고 육아 혜택이 주어져야 한다…. 다양한 이유가 있습니다. 그렇지만 이유야 어쨌든지 간에 참 기특하고 불온한 꿈을 꾸었고 그게 세상을 변화시키는 힘이 되었단 말예요.

지금은 어떤 꿈이 있습니까. 우리가 이제 그걸 생각해볼 수 있겠지요. 이 불온한 꿈이 없었다면 역사에 있어서 진보는 없었다고 생각해요.

살다 보면 과거에는 꿈도 꾸지 못한 일들이 많이 벌어집니다. 아까도 말씀드렸지만 과거사 진상규명 일을 하면서 국정원 간부들하고 일주일에 두어 번 만나서 진지하게 토론하고 밥 먹고 술 먹고 농담도 하고, 이것도 정말 꿈도 못 꿨던 일이에요. 〈한겨레21〉에 간첩에 대한 글을 연재할 때만 해도 불과 반년 후에, 반년도 아니지요 석 달 후에, 간첩 문제로 국정원에 가서 국정원 수사국 사람들과 함께, 내가 거기서 다룬 사건을 직접 원자료를 보고 다룰 수 있으리라고는 꿈도 못 꿨어요. 김대중이 4수 끝에 드디어 대통령에 당선되었을 때 사람들에게 너도 노력하면 할 수 있어 (청중 웃음) 그런 얘기도 했지만, 노무현이 출마했을 때는 정말 웃겼지요. 김대중이 출마했을 때는 혹시나 하며 좀 무서워하는 그런 맛이 있었지만 노무현이 출마한다고 했을 때 우리 사회의 기득권 세력, 주류들은 대부분 비웃었어요. 제가 김대중이 당선돼야 한다고 얘기했을 때는 절대로 푸대접을 받지 않았어요. 오히려 존중받았어요. 그런데 2002년 초에 사람들 모인 데서 대통령 누가 되겠냐, 나는 노무현한테 걸겠다고 하면 조롱을 받았어요. 그게 우리 사회 주류에 속하는 사람들의 분위기였습니다. 지금 어떤 의미에서 우리 사회는 우리의 상상보다 빨리 변하고 있는 건지도 몰라요.

정주영 회장이 말년에 꾼 꿈이 무엇입니까. 저는 정말 그건 정주영 회장의 꿈이었다고 생각합니다. 고향에서 내려왔어요. 실향

민으로 평생을 살았어요. 옛날식 정서로 고향에 소떼를 몰고 가는 꿈을 꿨던 거예요. 나중에 현대 사람한테 들었습니다만, 이 영감님이 사람들을 모아놓고 내가 올해 안에 소떼를 몰고 휴전선을 넘어갈 거라고 했을 때 거기 모여 있었던 수십 명의 사람들이, 아 왕회장님 드디어 올 게 왔구나 (청중 웃음) 그런 분위기였답니다. 그렇게들 생각을 했대요. 그런데 어떻게 됐습니까. 그 꿈이 이루어졌지요. 보기 좋게 실현됐지요. 물론 그 꿈이 이루어졌다고 해서 남북 교류가 충분히 되고 남북 통일이 이뤄진 것은 아닙니다만. 정주영이 그 꿈을 공개적으로 얘기를 안 했지요. 왜 안 했었겠습니까. 미친놈 소리 들을까봐 안 했었겠지요. 측근들조차도 영감님이 드디어 노망이 왔구나 생각할 정도의 일이었던 겁니다.

그런 의미에서 여러분들이 같이 참여하고 꿈을 꾸는 게 중요합니다. 물론 더 중요한 건 그 꿈을 실현할 수 있는 힘을 같이 키워 나가는 것입니다. 세상은 우리가 꿈꾸는 만큼 변합니다. 세상은 많이 변했고 과거 민주화를 얘기하던 사람들 중에는 자신들의 공적을 인정해주지 않는다며 분노하는, 젊은이들 표현에 의하면 이른바 꼰대 같은, 그런 사람들이 많이 있지요. 그들은 민주화를 위해 피땀 흘리면서 싸웠는데 젊은이들은 그걸 모른다고 합니다. 하지만 사실은 그걸 몰라줘도 될 만큼 민주화된 사회를 위해 싸운 거 아닙니까?

"행복의 나라로 갈 테야"라는 노래조차도 불온시하게 만드는, "태양은 묘지 위에 붉게 타오르고"를 적화통일의 의미로 왜곡하는 그 세상을 벗어나기 위해서 몸부림쳤던 게 과거의 민주화였다면,

그런 제약이 없어진 상태에서 이제는 무엇을 할 것인가를 생각하시기 바랍니다. 새로운 일들을, 그러니까 우리가 감히 상상하지 못했었던 그런 일들을 여러분 대에서는 꿈꾸시기 바랍니다. 우리들은 독수리 오형제 시대의 그 몹쓸 병이 남아 있어서 새로운 꿈을 꾸는 건 사실 힘들지 모르지만 지금 20대 30대들은 다릅니다. 부디 새로운 꿈을 꾸시고, 그리고 그 꿈을 여러분 당대에 같이 실현하시기 바랍니다. 함께 꾸는 꿈은 곧 현실이 됩니다. 감사합니다. (청중 박수)

상징적 금기의 대표 주자 '간첩'

사회자 열강을 해주신 한홍구 선생님께 감사드립니다. 저도 실제로 초등학교 때 간첩 신고를 했었어요. (청중 웃음) 뭐 흔히 있는 일이었어요. 어릴 때 장충단 공원 옆에 살았는데, 반 애들이랑 늘 거기 놀러 갔어요. 거기 동산 같은 게 있었는데 어떤 아저씨가 누워서 책을 보는데, 우리가 지나가면 삭 페이지를 가리는 거예요. 이렇게 가면 삭 가리고, 또 저쪽에서 오면 삭 가리고. 이건 분명히 불온서적이다. 그래가지고 내려가서 바로 파출소에 신고를 했어요. 지금 생각하면 포르노 책 아니었을까 싶은데…. (청중 웃음) 간첩 신고는 늘 해야 되는 걸로 되어 있었지요. 어떻게 그런 시절을 살았나 생각을 하면서 한홍구 선생 이야기를 쭉 들었습니다. 그런데 제가 앉았던 자리 옆에 있는 대학생 같아 보이는 분인데, 선생님 말씀이 너무 신기한가 봐요. 실제로 학생들이 어떻게 반응합니까?

한홍구 한국 사냐고 그래요. (청중 웃음) 일전에 홍세화 선생님하고 그런 얘기를 한 적 있어요. 홍세화 선생님이나 저나 그래도 글 좀 쓴다는 소리를 듣는데, 어떤 논술 문제를 보면서 "선생님 이런 건 답을 어떻게 해야 돼요?" 하고 물었더니 선생님께서, "이게 대학생 시험에 나온단 말입니까?" 그러시는 거예요. 이걸 어떻게 써야 되는지, 글쟁이로 살고 있는 사람들이 봐도 문제가 너무나 어렵다는 거지요. 그런데 막상 신문에서는 논술 문제는 예년보다 평이하게 출제가 되었다고 하고. (청중 웃음) 그만큼 지적 사고를 키우는 훈련이 부족했다는 것이지요.

간첩이 뭡니까, 메이드 인 노스코리아지요. 마데 노스코리아. (청중 웃음) 그런데 문제는 뭐냐 하면 그렇게만 생각을 하다 보니까 간첩은 북에서만 만든 것, 이렇게 고정관념화된 겁니다. 그걸 헷갈리게 하는 것 중 하나가 북파 공작원이지요. 북파 간첩이란 표현을 안 쓰고 공작원이라고 표현을 씁니다.

그 다음에 생각해볼 수 있는 게 일본 간첩, 미국 간첩입니다. 미국 간첩 하면 눈이 둥그레지는 사람도 있어요. 미국이 동맹인데, 혈맹인데 간첩이라니, (청중 웃음) 내 사상이 너무 불온하다 이거지요. 그러나 저는 그 문제에 대해서 확신을 해요. 왜냐, 역시 미국 형님이 답을 주셨거든요. 로버트 김. 무슨 죄로 처벌받았습니까? 간첩죄지요. 즉 한미 간에 간첩죄가 성립한다는 것을 미국이 증명을 해준 거예요. 그러니까 간첩 문제에 대해서 우리가 세뇌 교육을 받았음에도 불구하고 미국 간첩이 존재할 수 있다는 사실, 일본 간첩이 존재할 수 있다는 사실을 알게 해준 겁니다. 일본 간첩이란 건 뭡니까. 지금 이렇게 한일 간에 독도 문제니 여러 가지 문제가 대립하고 있을 때 예를 들어 청와대나 외교부의 대일 정책에서 어떤 핵심적인 내용을 일본 쪽에다 흘리면 그게 간첩인 거지요.

국가보안법 갖고 피 터지게 싸웁니다. 지난 연말에는 천 명이 단식을 하고 저쪽에선 안 된다, 무슨 얘기냐, 국가보안법을 없애고 간첩을 어떻게 잡으라는 말이냐고 그럽니다. 우리나라 법 중에 간첩죄가 규정되어 있는 게 형법, 국가보안법, 군인법입니다. 세 가지 법에 간첩죄가 들어 있는데, 일본 간첩 처벌이 가능합니까? 미국 간첩 처벌이 가능합니까? 불가능해요. 그리고 요새 제가 국정원에 드나드니까 언제 한번 꼭 물어봐야겠는데, 미국 간첩 신고는 어디로 하면 됩니까? (청중 웃음) 왜냐하면 이라크 파병 문제를 보면서 미국 간첩 엄청나게 많이 봤거든요. 간첩이라는 표현이 무색할 정도로 미국화되어 있는 그런 사람들이었습니다.

간첩에 관한 한 우리 상상력이 그렇게 제약되어 있는 거지요. 물론 이제는 길바닥에 사람을 세워놓고 머리를 깎고 하는 짓은 없어졌습니다. 그거 없애는 것도 만만하진 않았지요. 수십 명 수백 명이 의문사 당하고, 수백 명의 민족민주 열사가 나오고 광주에서 수천 수백 명이 목숨을 잃고 하는 과정을 거쳐서 지금은 길거리에서 머리가 길건 염색을 하건 상관없이 다닐 수가 있게 됐지만 간첩 문제처럼 아직까지도 극복되지 않은 것들도 있다고 많다고 생각합니다.

사회자 좌석에 계신 분들에게 이제 질문의 기회를 넘겨야 될 텐데요. 그전에 한 가지만 더 이 질문을 드려보겠습니다. 아까 말씀 중에 군대 가야 사람 된다는 통념, 사실은 정말 어처구니없는 통념이라고 생각이 들어요. 그런데 현실을 보면 사정이 다릅니다. 너무나 많은 기성세대들이 아직도 박정희 시대를 흠모하고 동경하며 군대에서 사람 만들려면 그저 개 패듯이 패야 한다고 말하고 있습니다. 그 기본 정조를 어떻게 봐야 할까요?

한홍구 박정희 시대를 흠모하는 분들 하루씩만, 병영 체험하듯이, 박정희 시대의 엑기스 고문 체험을…. (청중 웃음) 지금 노무현 대통령에 대해서는 뭐 온갖 욕을 할 수 있잖아요. 저는 그렇게 할 수 있는 게 좋은 세상이라고 생각을 해요. 박정희 시대에는 대통령에 대한 불경죄를 어떻게 처리했습니까? 만약 제가 어디 가서 박정희 비판을 했다 그러면 나이 든 사람들은 "너 몇 살이야?" 그럽니다. 우리는 갑자기 나이 따질 때가 많지요. 요새는 제가 나이를 좀 먹었기 때문에 뭐라고 대답하느냐면, "박정희란 놈이 군사반란을 할 때보다 지금 내가 세 살 더 먹었습니다" 그럽니다. 박정희 시대를 동경하는 사람들은 박정희 시대에 대해서 계몽되지 못했거나, 또는 스스로 계몽을 거부하는 거지요. 세상의 변화를 감당하지 못하는 겁니다.

사회자 제 생각에 지금의 4, 50대들은 자신들의 피땀으로 여기까지 왔는데 과실은 10대 20대들이 다 가져간다고 생각하는 것 같습니다. 거기에 대한 불만, 소외감, 그리고 불안의 정서가 박정희에 대한 동경을 자아내는 것이죠. 또한 강력한 지도자가 모든 걸 끌고 가야 일이 될 텐데 그런 게 없다는 불안감 같은 것들이 작용하는 거 아닐까 싶어요. 독재 시대의 유산으로 남아 있는 우리 의식의 유산을 철저히 검증하고 토론해서 이렇게 양지로 꺼내놓지 않는다면 어둠 속에 계속 남아 있을 것 같습니다. 가령 인터넷상에서 10, 20대 학생들이 무지무지한 극우적 발상이나 표현을 드러낼 때 느끼는 어떤 섬뜩함 같은 것 말이지요.

한홍구 그게 아마 우리가 알게 모르게 상처를 많이 입은 건데, 그런 상처를 치유할 기회를 갖지 못했었던 게 아닌가 싶어요. 군대 갔다 온 사람들은 갔다 온 사람들대로 그렇고요. 적어도 박정희 시대에 우리가 놀라운 경제적 성장을 이루었던 건 분명한 사실이고, 박정희가 잘나서 그랬다고는 전혀 생각하지 않지만, 박정희 시대를 경험하고 그 시대에 고생했던 분들이 거기에 대해서 뭔가 인정을 받고 싶은데 젊은 세대들은 거기에 대해서 인정을 하지 않고, 오히려 독재다 뭐다 그렇게만 얘기하니까 거기에 대한 상실감이 크지 않나 하는 생각이 듭니다.

사회자 과거 세대가 금기에 굴하지 않고 꿈을 꾸어온 결과 지금에 이르렀습니다. 그렇다면 지금 젊은 세대의 금기는 무엇이고, 그걸 극복하기 위해 꾸는 꿈은 어떤 것인지, 이런 얘기도 나올 수 있을 거라고 생각합니다. 자유로운 의견 개진 또는 질문 부탁합니다.

과거의 금기, 미래의 금기

청중 1 지금까지 들은 이야기에 대해서는 공감하는 부분도 있고 설마 그렇게까지 했을까 싶은 부분도 있습니다. 지하철에서 가끔 간첩 신고 안내방송이 나오는데요. 그런 걸 들으면 역시 반공이라는 지배 이데올로기가 여전히 우리를 사로잡고 있는 것 같습니다. 하지만 우리가 이런 공개적인 자리에서 과거의 반공 이데올로기에 대해 웃으면서 이야기할 수 있다는 것 자체가 우리 사회가 변화하고 있는 증거라는 생각도 듭니다. 지배계층에 의해서 조작된 이데올로기가 오늘날 약화되고 있다는 것을 실감하고 있고요. 그렇다면 지금 우리가 살아가는 21세기의 지배 이데올로기란 무엇이고 2, 30년 후에 우리 후손들이 지금 우리가 그랬던 것처럼 설마 그랬을까 하고 웃으며 이야기할 수 있을 만한, 그런데 우리가 미처 인식하고 있지 못하는, 지배 이데올로기라고 할 수 있는 것이 무엇이라고 생각하시는지 교수님의 말씀을 듣고 싶습니다.

한홍구 너무 어렵네요. 왜냐면 오늘도 회의를 서너 개 연달아 하고 있는데 어디서 전화가 와서 한국 사회의 미래에 대해서 얘기해달라고 그래요. (청중 웃음) 과거사의 늪에 빠져서 허덕허덕하고 있는데. 전화한 사람이 개인적으로 친한 사람이거든요. 그래서 "누구 약올리냐? 나를 과거사의 늪에서부터 꺼내주면 얘기해주마" 그랬습니다.

2, 30년 후라고 말씀하셨는데요. 더 긴 세월이 지나야 될지 그건 모르겠습니다. "대학 수능시험 보고 나면 다음 날 신문에 자살하는 애들이 일주일 사이에 몇 명씩 되었다더라. 아니 그러고서 어떻게 학교를 다녔지?" 그렇게 이야기하게 되지 않을까요? 그리고 좀 더 시간이 걸릴지 모르지만, 우리가 지금은 신분 문제도 생각을 안

하잖아요. 한국 사회가 정말 놀랍게 발전하는 것 중 하나가 신분 문제인데, 이웃나라 일본만 가도 전통적인 신분의 벽이 그대로 남아 있습니다. 우리는 옛날 백정이다 노비다 하는 게 전혀 문제가 안 되잖아요. 그만큼 우리가 변화했어요. 그러니까 신분 문제를 우리가 지금 전혀 의식을 못할 정도가 된 것처럼, 200년이 흐를지 어떨지 모르지만 돈 문제, 젊은이들이 고민하는 취업 문제를 놓고 "아니 세상에 그 시절에는 취업 갖고 그렇게들 고민을 했대, 돈 없어서 사람들이 죽고 자살하고 그랬었대" 그런 얘기를 할 수 있는 세상이 오리라고 생각합니다.

사회자 예. 여러 가지 얘기할 수 있을 겁니다. 사회 성장의 정도에 따라 다른 거겠지요. 앞서의 질문과 관련해서 제가 생각하기에 분명한 게 딱 하나 있습니다. 10년 후에는 해결이 안 될 것 같고, 한참 지난 다음에 지금의 중고등학교 학생들의 생활을 보고 기막혀할 때가 오지 않을까요.

한홍구 어떤 의미에서는 저희 중고등학교 다닐 때보다 오히려 더 숨막히는 게 아닌가 싶어요.

사회자 지금이 훨씬 더 못하지요. 과거에는 대학 진학을 별로 안 했으니까요.

한홍구 그것도 그렇지만 그때는 학교 바깥도 숨막혔거든요. 대학도 숨막히고 사회도 숨막혔으니까. 그런데 여러분은 그렇지 않은 세상을 살잖아요. 요즘 군대가 많이 좋아졌지만 지금 젊은이들이 군대 가서 더 힘든 것이 집에서는 그런 대접을 안 받았기 때문이죠.

우리 세대를 보면 논산훈련소 인분 사건에 대한 반응이, "아니 세상에 고거 조금 찍어먹었다고 그 난리야?" (청중 웃음) 진짜로 그런 말들이 나왔습니다. 요즘 군대가 실제로 많이 좋아졌습니다. 그런데 군대 좋아졌다는 얘기는 우리가 군대 있을 때도 들었거든요. 그러니까 문제가 무엇이냐면 옛날엔 군대나 사회나 그게 그거였는데, 지금은 사회가 군대보다 훨씬 좋아졌단 말이지요. 그런 상대적인 격차가 더 힘든 겁니다. 중고등학교를 졸업한 지 얼마 안 되는 대학생들이 중고등학교의 현실에 관심을 많이 가져야 돼요. 제대한 예비역들이 사회에 대해서 분노하는 게 아니라 군대 문제에 대해서, 군대 문제를 가지고 분노해주는 것이 필요하듯이 말입니다. 여러분들이 방금 탈출한 문제들을 잊지 말아주시길 바랍니다.

청중 2 저도 지금 선생님 말씀하신 대로 제일 큰 고민거리가 군대 문제인데 양심적 병역거부를 하기에는 용기가 좀 부족하거든요. 이 문제를 어떻게 해야 할까 요즘 고민을 많이 하고 있는데, 저처럼 지금 군대를 가야 하는 청년들이 군대 문제를 어떻게 받아들여야 할지 조언을 듣고 싶습니다.

사회자 한두 분 정도 더 질문을 받겠습니다.

청중 3 교수님께서는 통일이 되면 모든 문제가 다 해결된다는 식으로 말씀을 하셨는데, 통일 뒤에 반드시 모병제가 된다는 보장이 있는 것인지요. (청중 웃음) 징병제라는 게 지배층이 피지배층을 억압하고 통제하는 수단으로 아주 적합하고 효과적인 수단이라고 생각하고 있거든요. 그래서 쉽게 없어질 것 같지 않은데 어떻게 생각하시는지 알고 싶습니다.

청중 4 한교수님께서는 다양한 활동을 하시면서 어떤 꿈을 꾸고 계시는지 궁금합니다.

한홍구 군대 애기는 한번 시작하면 끝이 안 나요. 군대 갔다 온 20대 남성들이 군대 문제를 가지고 뚜껑이 열리기 시작하면 그날 밤새는 것처럼…. (청중 웃음) 양심적 병역거부가 쉽게 애기할 수 있는 문제가 아니기에 나중에 그 애기를 하고 일단은 제가 〈한겨레21〉 칼럼에 몇 번 글을 썼기 때문에 그걸로 답을 대신하겠습니다.

다음 질문이 통일된 다음 과연 모병제가 될 것이냐, 징병제가 유지되지 않겠느냐는 것이었습니다. 질문하신 분은 징병제가 지배층이 대중을 억압하는 수단이라고 말씀을 하셨는데 그런 측면만 있는 건 아닙니다. 징병제의 역사는 민주주의의 역사이기도 합니다. 참정권의 역사였고요. 프랑스 나폴레옹 군대가 왜 강한 군대였는가 하면, 농노들을 잡아다가 군복 입히고 무기를 들려서 나간 군대가 아니었기 때문입니다. 징병의 대상이 된다는 것은 곧 시민이 된다는 것을 의미했습니다. 농노에게 병역의 문제는 자유민이 되고, 교육받을 권리, 재산을 가질 권리가 생기고 내 자식들도 그 권리를 갖게 되느냐 아니면 다시 노예로 돌아가느냐 하는 문제였기에 어느 나라 군대보다도 열심히 싸웠습니다. 물론 징병제가 지배층이 피지배층을 다스리는 수단으로 쓰였고 특히 한국의 경우가 대표적입니다만, 원래 징병제 자체가 꼭 그런 것은 아니라고 생각합니다.

모병제는 또 그 나름대로 문제점이 많은 제도입니다. 제가 〈한겨레21〉에 사병 월급 이야기를 쓸 때 편집자께서 '모병제를 준비하자' 는 제목을 달아주셨는데 제가 꼭 모병제를 지지하는 건 아니에요. 저는 오히려 잘만 하면 징병제가 더 낫다고 생각합니다. 군대를 없애지 못할 바에는 말이지요.

1960년대 후반 베트남 전쟁 당시에 미국에서는 반전 여론이 대단히 높았습니다. 징병제를 하면서 일반 시민들이 군대로 끌려갔기 때문입니다. 왜 덧없는 전쟁에 내 자식들이 가야 하는가 하는 목소리가 높았습니다. 하지만 최근의 이라크전만 보더라도, 9·11 테러를 당했기 때문이기도 하지만, 모병제이기 때문에 군대와 사회가 유리되고 군대가 국가의 수단으로 전락해버린 가운데 반전의식이 약해진 측면이 있습니다. 모병제와 징병제를 놓고 단순히 어느 한 쪽이 좋고 다른 쪽은 나쁘다고 볼 문제는 아니라고 생각합니다. 그리고 통일된 국가의 성격에 따라서 달라지겠지만, 형식적으로는 징병제를 실시하더라도 내용적으로는 모병제가 될 수밖에 없다고 생각합니다. 인구에 비해 군인이 너무 많다는 거죠. 비효율적입니다.

다음으로 저의 꿈에 대해서 말씀드리자면 좀 게을러지고 싶어요. 좀 빈둥빈둥할 수 있어야 꿈을 꾸지요. 그런데 지금 그러지 못하고 있는 게 현실이기도 합니다. 제가 지금 하고 있는 일들이 사실 만만치 않은 일들입니다. 아까 말씀드린 대로 제가 활동하고 있는 이름 긴 단체들이 여러 개 있는데 그중에 처음 했던 게 베트남전진실규명위원회입니다. 베트남전 진실규명운동이나 양심적 병역거부 관련 활동은 한국 사회에서 거의 맨땅에 헤딩하는 운동입니다. 아무런 기반이 없어요. 우리는 평화를 사랑하는 백의민족이라고 생각을 해왔는데 베트남 문제가 터졌지요. 2001년에 양심에 따른 병역거부 문제가 터졌을 때, 인권단체 활동가들조차도 양심에 따른 병역거부가 뭔지를 몰랐었어요.

한국에서 양심에 따른 병역거부자가 만 명이 나왔습니다. 그런데 99퍼센트가 여호와의 증인이에요. 양심에 따른 병역거부가 서구에서는 기독교 평화주의의 산물이고 대표적인 실천 방편입니다. 우리나라에 교회가 얼마나 많습니까? 여러분 버스 타고 집에 가실 때 빨간 십자가가 몇 개나 나오는지 세어보십시오. 그렇게 교회가 많은 나라에서 여호와의 증인 외에는 양심에 따른 병역거부자가 단 한 명도 없었어요. 군사독재정권을 타도하기 위해서 정말 목숨을 바쳐가며, 감옥 갈 각오를 하고 실제로 수천 명의 젊은이들이 실제로 감옥을 가면서 민주화운동을 하면서도 양심에 따른 병역거부자는 단 한 명도 없었어요.

베트남전과 양심적 병역거부와 같은 문제들을 종합적으로 해결하기 위해서 평화박물관 운동을 시작했습니다. 그런데 평화박물관 운동을 시작해놓고 보니 참 팔잔가 봐요. 평화 하면 참 우아할 것 같은데 역시 앞서의 활동과 마찬가지더라고요. 차이가 있다면 토양은 다르다고 할까. 베트남전 진실규명이나 양심적 병역거부는 맨땅, 특히 콘크리트 바닥에 헤딩을 하는 기분이에요. 꽝 하고 울려서 아프기는 엄청나게 아프지만 다행히 소리가 크고 사회적으로 이슈가 많이 됩니다. 그런데 평화박물관 운동은 앞의 두 가지보다 훨씬 더 열심히 더 많은 시간을 투자해서 하고 있는데도 마치 퍽 하고 아무런 울림이 없는 갯벌 같은 기분이에요.

우리 사회에서 죽여왔던 대표적인 꿈이 평화라고 생각합니다. 우리 사회는 전쟁을 준비해왔고, 또 참여했기 때문입니다. 전쟁을 어떻게 막을 것인가가 아니라 다음 전쟁에서 어떻게 이길 것인가를 준비하는 사회 분위기입니다. 왜 학교가 감옥 같고 군대 같습니까. 군사주의를 씻어버리지 못했기 때문이지요. 제가 꿈꾸고 바라는 세상은 평화적인 마음, 심성을 갖고 있는 사회입니다. 그런 사회가 되면 좀더 게으르고 여유로울 수 있지 않을까요. 서로 경쟁하고 잡아먹으려고 하지 않는 사회에서 우리는 더 마음 놓고 게을러질 수 있겠지요.

더 나은 미래를 위한 연대

청중 5 한홍구 교수님께서 꿈을 꾸라고 말씀하셨는데요. 제 생각에는 꿈을 꾸기 위해서는 자기 자신, 그리고 나아가 우리 역사를 잘 알아야 된다고 생각합니다. 그런데 우리나라는 초중고등학교 12년 동안 역사교육을 3, 4년 정도밖에 하지 않습니다. 그리고 3년 정도 국사를 가르치는데 그나마 진도에 쫓겨서 한국 근현대사 쪽은 자세하게 가르치지 않고 대충 넘어가는 경향이 있습니다. 그래서 저부터도 간첩노래가 있다는 사실에 놀랐던 거 같고요. 우리나라 역사 교육의 현실에 대해서 어떻게 생각하시는지 궁금합니다. 그리고 제 꿈이 역사 선생님이 되는 것인데, 어떤 역사의식과 마음가짐으로 학생들을 가르쳐야 할지 교수님께 의견을 듣고 싶습니다.

사회자 한 분 정도 더, 질문을 받도록 하지요.

청중 6 저는 서울지하철에서 20년째 일을 하고 있는 노동자입니다. 20년 중에 10년을 해고노동자로 생활하고 있는데 아직도 복직이 안 된 상태입니다. 강의를 들으면서 노동의 문제에 대해서 언급이 없었던 게 안타까웠습니다. 저는 노조 간부를 하면서 1994년, 99년 두 차례 구속됐던 경험이 있고, 두 차례 파업을 하면서 한 번은 50억, 60억 정도의 손해배상 청구를 받아본 적도 있습니다. 작년 초에는 손해배상 문제로 노조 간부가 목숨을 잃었던 적이 있고요. 얼마 전에도 현대중공업의 전 위원장이 바닷가에서 싸늘한 시체로 발견됐습니다. 이러한 현실 속에서 과연 노동의 미래와 가치가 존중받는 사회는 언제쯤 이루어질 수 있을까요.

한홍구 역사 교육에 대해 먼저 말씀을 드리지요. 요즘 동북공정 문제도 있고 독도 문제도 있고 하니까 역사 교육이 강화되기는 하겠지요. 그런데 저는 역사 시간을 늘리는 것도 좋지만 사실은 좀 겁이 납니다. 과연 우리나라가 여태까지 역사 교육을 안 해온 나라인가 하는 생각도 들고요. 오히려 저는 너무 많이 해왔다고 생각해요. 인권 교육 해야 한다, 평화 교육 해야 한다 하지만 인권 교육, 평화 교육이 과목으로 신설되어서 수능 시험에 몇십 점짜리 뭐 이런 식은 아니라고 생각합니다. 역사학자가 된다든지 교수가 된다든지 역사 관련 분야에 종사하는 사람이 되어 역사로 밥 벌어먹을 게 아닌 다음에야, 역사라는 것은 건전한 판단을 하기 위한 하나의 재료 정도로도

족할 텐데 말이죠. 역사적 사실을 달달 외는 식의 역사 교육이라면, 또는 요즘 같은 분위기에서 국가주의만을 내세우는 쪽으로 흘러버린다면 무슨 의미가 있겠습니까. 저도 역사를 전공한 사람이고 또 동업자들끼리 얘기할 때는 역사 교육을 강화해야 한다고 말하기도 합니다만, 역사교육을 '그냥' 강화한다는 것은 좀 위험할 수가 있습니다. 어떻게 강화할 것인가, 그리고 어떻게 대중들로 하여금 역사에 대한 건전하고 상식적인 관점을 갖게 할 것인가, 그 부분에 대한 고민이 있어야 할 것입니다.

그리고 10년째 해고노동자 생활을 해오신 분, 물론 정말 어려운 세상을 살아오셨을 것이라 생각합니다. 그리고 제 이야기에서 노동이 빠진 것도 맞습니다. 제가 공부를 안 한 분야가 노동과 여성 관련 분야입니다. 왜 그랬냐면 1980년대쯤 제가 공부를 할 때는 그 시절의 분위기 탓이겠지만 노동 쪽에 엄청나게 사람이 많았어요. 그래서 당시에 저는 어쩌면 좀 안심을 하고 공부를 안 한 것도 있고요. 그런데 그때 열심히 공부하던 사람들 중에 지금까지 그쪽을 지키고 계신 분들이 몇 안 됩니다. 저는 그냥 주워듣는 풍월이지만 여성 쪽은 그래도 지키고 있는 사람들이 좀 되는 것 같은데요. 우리는 지금 노동이 주인 되는 세상, 노동의 가치가 존중되는 세상을 향해 가고 있다고 생각합니다. 그러나 그게 만족스러운 정도는 아니지요. 세상은 늘 진보합니다. 다만 우리가 원하는 만큼 진보하지 않아서 그렇지요.

그동안 한국 사회에서 노동은 얼마나 불온시되었습니까. 작년 강의 때 하종강 선생님께서 정확하게 지적을 해주셨습니다만,● 저도 얼마 지나지 않아서 우리 사회에 의사노조가 생길 것이고 법관노조까지도 생길 거라고 생각해요. 지금 공무원노조도 만들어지고 있지 않습니까. 전교조 처음 만들어질 때 어땠습니까. 세상에 교사가 어떻게 노동자냐고 그랬죠. 그게 15년 전 일입니다. 그런데 지금은 교사가 노동자라는 걸 당연하게 생각하지 않습니까? 저는 이런 변화만으로는 불충분하다고 생각해요. 우리 교육이 솔직해져야 합니다. 학교 졸업하면 모두 노동자로 살아가야 한다는 사실을 말하지 않지요. 대부분이 비정규직 노동자로 살아가야 한다는 그 이야기를 학교에서 해야 하는 겁니다. 그런데 이런 것들을 위한 사회적인 싸움, 투쟁, 이런 부분이 사실은 안 되고 있어요. 노동의 가치를 존중받는 사회를 만들기 위해 어떻게 해 나갈 것인가, 그리고 그것을 위해서 우리 노동자들이 어떤 모습을 보여줄 것인가. 우리가 함께 고민해야 할 문제라고 생각합니다.

사회자 논점이 차곡차곡 집약이 되는 테마가 있는 반면에, 오늘은 어떻게 보면 추상적인 테마입니다. 꿈을 가져라. 그리고 그 사항은 각자의 상황 또는 부문에 따라 계속 확대되어 나가리라고 생각합니다. 오늘은 화두가 던져진 것이고 각각 자기 삶의 조건 속에서 그에 대한 토론을 계속해야 될 문제겠지요. 끝나지 않을 것 같은 이야기를 오늘은 이쯤에서 마무리해야 되겠습니다. 한홍구 교수님께 간단한 마무리 말씀 부탁드립니다.

● 『21세기를 바꾸는 교양』(한겨레신문사, 2004) '너희가 노동문제를 아느냐' 편 참조.

한홍구 여러분들의 꿈이 반드시 이루어지기를 빕니다. 그리고 여러분들도 제 꿈이 이루어지는 데 좀 도움을 주셔서 평화박물관 많이 후원해 주셨으면 합니다. 사실 오늘 독도 관련 질문이 나오지 않을까 예상했는데 질문이 나오지는 않았습니다만, 독도 문제를 풀어 나가는 데서도 다양한 방식이 가능할 겁니다. 가령 이북 동포들과 함께 독도 문제를 풀어 나간다거나, 독도 문제만 집중하는 것이 아니라 한일협정 재교섭 문제와 같이 다른 각도에서 풀어갈 수도 있겠고요. 과거 청산 문제, 주변 국가와의 문제, 그리고 우리 내부에서의 군사독재 청산, 친일 문제…. 우리가 이제까지 제대로 단 한 번도 청산을 안 했었기 때문에, 이러한 문제들이 복잡하게 얽혀 있는 상황입니다. 결과는 여러분들이 얼마만큼 참여하느냐에 달려 있습니다. 꿈을 실현하기 위해 우리의 힘을 모두 모아야지요. 개개인의 힘은 약합니다. 힘이 세면 혼자 싸우지 뭐 하러 연대하겠습니까. 우리 힘없는 사람들, 그러나 꿈은 크게 꾸는 사람들이 서로 손을 잡고 꿈을 이루었으면 합니다. 감사합니다.

사회자 이상으로 한홍구 교수의 강연을 마치겠습니다. 감사합니다. (청중 박수)

문명에서 배우는 상상력

과거에서 가져온 발명특허 톱10

과거의 문명들이 걸어왔던 길을 살펴봄으로써
선의를 가지고 있는 사람들,
제대로 살고자 하는 사람들이
지혜롭고 영리하게 살아갈 수 있기를 바랍니다.
남을 짓밟거나 지배하고자 하는 것이 아니라
흐름을 선도함으로써 더 많은 사람들에게
그 이익을 나눠줄 수 있는 기틀을
스스로 마련해야 된다고 생각합니다.

오귀환

미디어전문가. 경영전략컨설턴트. 지금까지 기자·저술가·경영자·컨설턴트 등
줄곧 멀티플레이어로 살고 있다. 시사주간지 〈한겨레21〉의 창간을 주도했으며,
뉴미디어 전략팀장으로 인터넷한겨레(현재 한겨레플러스)의 펀딩과 회사 창립을 주도해
초대 대표이사를 역임했다. 2002～2003년에는 사단법인 한국온라인신문협회 회장으로
활동하기도 했으며, 한겨레신문사 이사 등도 역임했다. 저서로 『지금 모스크바에서는
아무도 내일을 말하지 않는다』(공저) 『사마천, 애덤스미스의 뺨을 치다』 등이 있다.

문명에서 배우는 상상력

과거에서 가져온 발명특허 톱10

2005년 3월 30일(수) PM 07:00

사회자 인터뷰 특강 '21세기를 바꾸는 상상력' 오늘 마지막 시간입니다. 여섯 차례에 걸친 강의를 함께하는 동안 직접 질문에 참여하신 분들이건, 조용히 강연을 들으신 분들이건 여러분들 마음 속에 여러 가지 생각들이 교차했으리라고 생각합니다. 언제나 우리는 이 사회에 대해 이야기할 때 많이 개탄하게 됩니다. 우리 사회는 뭔가 꽉 막힌 것 같고 서로가 서로에게 좀처럼 문을 열지 않는다는 느낌을 늘 받으면서 살게 됩니다. 인터뷰 특강 과정 동안 우리는 더 나은 세상, 더 나은 삶에 대한 열망 같은 것을 함께 펼쳐 보이고 함께 느끼는 기회를 가질 수 있었습니다. 물론 미진한 구석도 분명히 있었을 것입니다. 그런 것에 대해서는 의견 개진을 해주시기 바랍니다. 어쨌든 이번 특강이 우리 사회에 무언가 메시지를 던질 수 있는 기회가 되어서, 발언하시는 분 못지않게 이 자리에 참석했다는 것만으로 무언가 남을 수 있는 자리가 되었으면 좋겠다는 마음을 새삼 가져보게 됩니다. 오늘 자리를 함께해주시는 여러분께 정말 감사를 드리고요, 오늘의 강사이신 오귀환 선생님 모시겠습니다. 안녕하세요.

오귀환 안녕하십니까.

사회자 이 자리에 모이신 분들은 한겨레신문, 〈한겨레21〉을 통해 그 이름을 많이 봤을 텐데, 오귀환 선생님 직함에 〈한겨레21〉 전 편집장, 이렇게 되어 있거든요. 현재는 무슨 일을 하십니까?

오귀환 제가 하는 일에 대해 '콘텐츠 큐레이터' 라는 말을 써보고 있습니다. 개인적으로 20여 년 동안 기자 생활을 했습니다. 그런데 인터넷이 1990년대 후반 무렵에 본격화되면서 기자에 대한 이전의 생각이 바뀌기 시작했어요. 과거에는 기자라는 사람들이 마치 세상의 정보나 지식, 뉴스를 생산하는 것처럼 인식됐지요. 하지만 인터넷이 세상에 나오면서 달라졌어요. 더 이상 기자만이 정보를 독점하거나 생산하는 사람이 아니라는 것이지요. 미디어나 소프트웨어가 광범위한 차원에서 발전하게 돼 정보는 콘텐츠라는 개념으로 진화했습니다. 그렇습니다. '진화' 라는 말이 정확한 표현이라고 할 수 있습니다. 그렇다면 이를 다루는 사람들 역시 스스로 진화하는 큐레이터의 성격을 갖지 않으면 안 되는 게 아닐까요? 그래서 감히 콘텐츠 큐레이터라는 이름을 쓰고 있습니다. 미디어의 변화나 인터넷이나 방송·통신 융합과 같은 것에 관심이 많고요. 20여 년에 걸친 신문기자 생활과 인터넷한겨레를 경영했던 경험이 그런 발상과 생각에 크게 영향을 미치고 있는 것 같습니다.

사회자 예. 그렇군요. 그러면 간단한 소개는 여기에서 마치도록 하고 오늘의 주제인 '문명에서 배우는 상상력' 강연을 시작하도록 하겠습니다.

역사에서 배우는 상상력

오귀환 먼저 일본 이야기로 시작해볼까요? 들어보신 분들은 알겠지만, 일본의 신흥 인터넷 벤처기업인 라이브도어가 일본에서 가장 큰 민영 방송인 후지TV를 인수·합병(M&A)하려고 한 사건이 화제가 된 적이 있습니다. 이 적대적 인수합병의 공격을 주도하는 라이브도어의 CEO가 서른두 살 된, 호리에 다카후미(堀江貴文)라는 사람인데요. 이 친구 이야기부터 해보겠습니다.

1997년도에 일본 후지TV를 방문한 적이 있어요. 도쿄 만에 레인보 브리지라고 하는 다리가 있는데 실연의 아픔을 견디지 못하는 젊은이들이 자주 자살하는 다리로도 유명합니다. 이 다리를 건너면 바로 저편에 두 개의 기둥 건물과 가운데 커다란 구형으로 이루어진 멋진 건물이 나옵니다. 엄청나게 크고 한눈에 들어오는 독보적인 건물입니다. 햇살 아래 그야말로 현대판 신전처럼 빛나는 이 건물이 바로 후지TV입니다. 그쪽 관계자의 설명에 따르면 건물값만 2조 엔, 우리나라 돈으로 따지면 20조 원이라고 합니다. 그날 안내를 맡은 후지TV 보도국 정치부장이 재미있는 이야기를 하더군요.

"건물 중앙부에 저렇게 멋있게 떠 있는 구형 공간을 이전 회장이 혼자서 회장실로 다 쓰려고 했어요. 결국 나중에 쫓겨났지만…."

이 구형 공간은 이제 후지TV를 견학하거나 관광하러 오는 학생과 시민들의 명소가 돼 있습니다. 이 후지TV에 찾아오는 하루 방문자만 수만 명 규모입니다. 그런 후지TV를 겨냥해 공격을 벌이고 있는 사람이 바로 호리에 다카후미라는 청년입니다. 일본에서 가장 큰 민영방송을 도쿄 대학을 중퇴한 서른두 살의 젊은이가 지금 단독으로 공습을 한 거예요.

그 과정을 볼까요? 이 친구는 미국의 거대자본인 리만 브러더스(Lehman Brothers)의 자금 800억 엔을 끌어당긴 뒤 그걸로 인터넷회사 라이브 도어를 확실히 인수합니다. 동시에 그 자금 가운데 700억 엔을 공격 자금으로 준비시켜놓습니다. 그리고 후지TV에 대한 전격 공습에 나섭니다. 먼저 그 공격의 전략적 거점을 찾아내야겠지요? 그것은 바로 후지TV의 1대 주주인 니혼방송이었습니다. 니혼방송은 후지TV 전체 주식의 22%를 소유하고 있었습니다. 당연히 누가 니혼방송의 주식을 소유하고 있느냐를 알아야 하겠죠. 문제는 일본이 미국과 달리 주식 소유구조가 투명하게 잘 드러나지 않는다는 데 있었어요. 관행적으로, 일본에서는 지배엘리트들이 자기들 편한 대로 숨겨놓은 거예요. 그게 안전하다고 본 거죠. 호리에는 그것이 어디에 있는지 알았고, 미국의 거대 금융자본을 끌어들였습니다. 그래서 단 하루 동안 세 군데를 공격해서 니혼방송의 주식 35%를 순식간에 점령했습니다.

하지만 니혼방송의 경영권을 차지하진 못했습니다. 왜냐하면 나중에 후지TV의 백기사로 여러분들이 잘 아시는 일본 소프트뱅크의 손정의(孫正義) 회장이 개입했거든요. 지금 후지TV를 경영하는 이사진(理事陣)들이 5년 동안 손정의 회장에게 주식을 빌려주는 방식으로 1대 주주를 만들어버린 것입니다. 이러한 방식이 적법한 것인지의 여부는 법원의 판결이 있어야 한다고 하지만, 그와 상관없이 저는 호리에가 승자라고 생각합니다. 왜냐하면 5년 후엔 그 주식은 돌아올 거니까. 그럼 다시 라이브도어가 1대 주주의 자리를 차지하는 거거든요. 이것이 일본이라는 거대 자본주의 국가의 최고 민영방송을 인수하기 위해 서른두 살 먹은 젊은이가 감행한 하룻밤 공습 사건의 전말입니다.

그런데 이 모든 것이 가능했던 이유는 바로 '상상력' 입니다.

일본 언론은 이 사건에서 호리에를 오다 노부나가•에 비유했습니다. 여러분들 〈가게무샤〉••라는 영화를 보셨습니까? 〈가게무샤〉의 배경이 되는 게 바로 창조적 파괴자라 불리는, 이른바 천재형 인물인 오다 노부나가와 그의 충실한 수하인 도요토미 히데요시•••, 그리고 야심을 숨기고 기다릴 줄 아는 인물이었던 도쿠가와 이에야

•오다 노부나가(織田信長, 1534~1582) 무사 출신으로 아시카가 막부(足利幕府)를 무너뜨렸다. 일본 국토의 반을 자신의 지배 아래 둠으로써 오랜 봉건전쟁을 종식시키는 한편 사실상의 전제군주로서 중앙정부를 안정시키고 전국 통일의 기틀을 마련했다고 평가받는 인물이다.

••가게무샤(影武者) 구로사와 아키라(黑澤明) 감독이 1980년 발표한 영화. 일본의 전국시대를 배경으로 하고 있다.

•••도요토미 히데요시(豊臣秀吉, 1536~1598) 일본의 무장(武將)으로 16세기 오다 노부나가가 시작한 일본 통일을 완수한 인물로 평가받는다. 조선을 침략해 임진왜란을 일으켰으며 죽을 때까지 최고위직인 다이코(太閤)를 지냈다.

스•, 이 세 인물들이 벌이는 전쟁이거든요. 이 전쟁은 오다 노부나가가 일본의 전국시대를 마감하고 중앙집권적인 통일국가의 기틀을 다지는 성격을 띠고 있었습니다.

오다 노부나가는 『삼국지』로 치면 조조와 비슷한 인물이었습니다. 그러나 처음에 그렇게 강자는 아니었어요. 자기보다도 몇 배 강력한 영주가 주변에 수두룩했거든요. 그러나 결과적으로 주변의 영주들을 차례로 물리치게 됩니다. 일본의 언론들은 바로 호리에를 이런 오다 노부나가에 빗대고 있는 것이지요.

"오다 노부나가가 400년 만에 부활했다."

"일본 사회를 구조 개혁하기 위해서 천재가 나타났다."

그렇게 칭송하면서 후지TV의 히라다 현 회장을 다케다 신겐••에 비유합니다. 〈가게무샤〉에서 오다 노부나가의 라이벌로 그려지고 있는 다케다 신겐은 매우 뛰어난 무장이에요. 그러나 제가 보기에 그 비유는 적절하지 않습니다. 호리에의 공격은 그 다케다와의 전쟁보다는 오히려 그 전에 오다 노부나가를 스타로 만든 이마가와(今川義元)와의 전쟁을 훨씬 더 닮았거든요. 오다 노부나가가 주변의 강력한 영주 가운데 하나였던 이마가와를 공격할 때 사용했던 전략을 볼까요? 자신보다 10배에 이를 정도로 막강한 병력을 갖고 있는 이마가와의 공격으로 오다 노부나가는 절체절명의 위기에 처

●**도쿠가와 이에야스(徳川家康, 1543~1616)** 일본의 마지막 막부인 도쿠가와 막부(1603~1867)의 창시자.

●● **다케다 신겐(武田信玄, 1521~1573)** 전국시대 일본 중부의 패권을 다투던 무장.

합니다. 그러나 그 이마가와가 일종의 자만감에 빠져 있을 때, 오다는 기마군을 이끌고 전격적으로 적의 심장부를 공격합니다. 심장부만을 노리고 진격해 들어가서 바로 영주를 죽임으로써 전쟁을 끝내는 거죠. 어떻습니까? 호리에의 후지TV 공습과 비슷하지 않습니까? 호리에는 오다 노부나가가 어떻게 일 대 십의 불리함을 극복하고 승리할 수 있었는지 400년 전 역사에서 배운 거예요. 역사를 통해 상상력을 발휘하면 현실을 바꿀 수 있는 엄청난 힘이 생긴다는 사실을 말씀드리며 강의에 들어갈까 합니다.

콜럼버스는 어떻게 아메리카를 발견했나 – 지도와 문명

제 기억으로는 1985년도쯤 됐을 거예요. 여러분들 잘 아시다시피 호주는 우리나라하고 계절이 정반대죠. 나라는 큰데 인구는 우리 남한보다도 훨씬 적어요. 그때 호주가 국가 이미지를 향상시키기 위한 공모전을 엽니다. 그때 당선된 게 뭐냐면, 바로 지도입니다. 보통 지도가 아니라 남과 북을 거꾸로 해놓은 지도였지요. 영어로 이것을 'Down Under Map of the World' 라고 그러는데, 남북을 바꿔버리는 아이디어로 그랑프리를 먹었어요. 이 지도를 보면 호주 대륙을 유라시아와 아메리카의 신구대륙이 왕관처럼 떠받들고 있어요. 이것보다 더 호주를 멋지게 표현한 아이디어가 없겠지요? 당연히 1등을 차지합니다. 그런데 이것도 역사에서 그 상상력을 빌려온 것입니다.

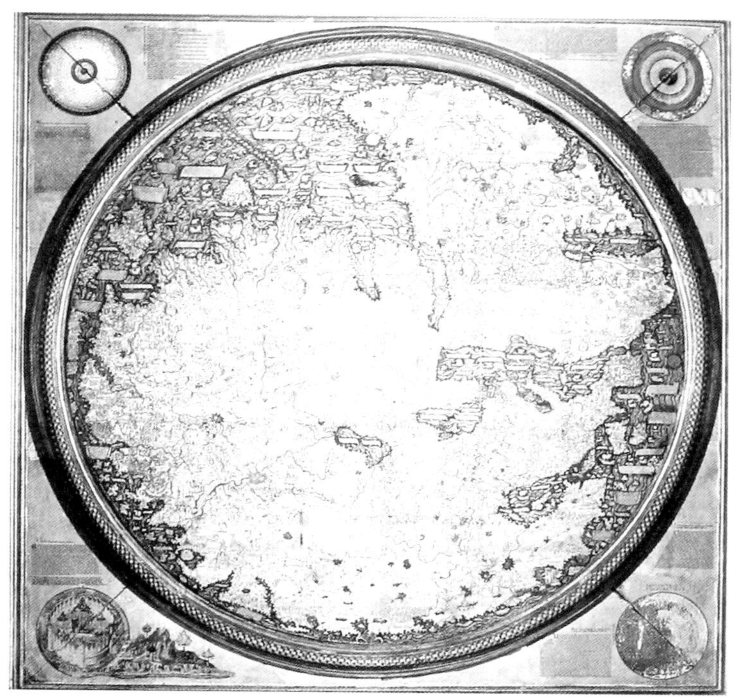

1459년 프라 마우로가 제작한 세계 지도. 아시아, 아프리카, 유럽으로 구분되어 있다.

15세기 이탈리아의 수도사였던 프라 마우로(Fra Mauro)가 제작한 지도를 봅시다. 사진의 이 지도를 보면 남북이 바뀌어 있습니다. 아까 말했던 그 지도, 호주에서 1등을 차지한 지도와 이 지도의 맥락이 같죠. 서양에서 지도의 위쪽을 북으로 표현하는 것은 나침반이 발견된 15세기 이후부터 본격화됩니다. 현재 우리가 쓰는 지도는 메르카토르 도법으로 고정되었다고 할 수 있죠. 그 이전에는 프라 마우로 지도처럼 남북이 바뀌어 있는 경우도 있고, 종교의 영향 때문에 기독교의 중심지인 예루살렘을 지도의 중앙에 놓는 경우도 있고, 다양한 것들이 많이 있었어요.

제가 일전에 〈한겨레21〉에 연재한 정화(鄭和)의 함대와 관련해서 지도 얘기를 더 해보겠습니다. 1513년에 오스만 터키의 해군 제독 피리 레이스(Piri Reis)가 만든 지도가 있습니다. 이 지도 자체에는 남아메리카가 없습니다. 그 대신 지도 위에 글이 써 있는데 대단히 흥미로운 내용을 담고 있습니다. 그 글을 읽어보면 지금은 멸종되고 없어진 동물에 대한 묘사가 있습니다. 높이가 3미터에 몸무게가 200킬로쯤 되는 밀로돈•이라는, 일종의 두 발 달린 티라노사우루스 같은 초식동물에 대한 것입니다. 놀랍게도 후대에 과학자들이 밝혀낸 바에 의하면 밀로돈은 남아메리카에만 사는 동물이었습니다.

이보다 약 90년 앞서 1428년에 만들어진 세계지도가 있었다고 합니다. 지금은 사라지고 없는 그 지도를 포르투갈의 항해왕자 엔리케가 갖고 있었습니다. 이 지도를 엔리케는 국가 일급비밀로 삼았다고 합니다. 놀라운 사실은 이 지도에 신대륙, 남아메리카가 그려져 있었다는 것입니다. 콜럼버스가 이른바 신대륙을 발견한 게 1492년이니까 그보다 무려 육십몇 년 전에 이미 남아메리카의 존재를 밝혀주는 지도가 있었다는 것이죠. 이 사실에 근거해 보면 콜럼버스가 미지의 바다를 건너간 것이 아니라, 이미 1428년에 제작된 지도를 가지고 떠났다는 가설이 가능합니다. 그렇다면 당시 남아메리카의 존재를 알고 있었던 나라는 도대체 어딜까? 그걸 캐들어가

•밀로돈(Mylodon) 멸종된 육상동물. 남아메리카 홍적세(약 1만~250만 년 전) 퇴적층에서 화석으로만 발견된다.

1513년 오스만 터키 제독 피리 레이스가 발표한 항해용 지도. 당시의 지도는 거의 대부분 이전 시대의 것을 베낀 것들이었다.

명나라 정화 함대가 아프리카에서 기린을 싣고 돌아오는 것을 그린 상상도. 여자가 승선하고 있는 식으로 묘사했다.

보니까 바로 명나라 정화의 함대를 만난 것입니다.

당시 정화 함대에서 가장 큰 서양취보선(西洋取寶船), '서양에 가서 보물을 취해 온다'는 뜻을 가진 이 배의 최대 길이는 150미터, 폭은 60미터였다고 합니다. 배수량 기준으로 3천 톤, 가장 큰 것은 8천 톤까지 갔을 거라고 보고 있거든요. 3천 톤이면 지금 러시아의 항공모함 수준이고, 8천 톤급이면 미군 주력 항공모함 크기예요.

보선의 존재가 중국 특유의 과장법에 의해 사실보다 과장되었다는 것이 한 20년 전까지의 학설이었어요. 그런데 서양취보선을 만들었다는 난징 조선창 근처에서 길이가 11미터나 되는 대형 닻이 발견됐거든요. 그 닻의 크기로부터 역산해보니까 그런 키를 갖춘 배는 길이 150미터 폭 60미터인 것으로 나타났습니다. 이 정도 규모면 승선 인원이 최대 천 명쯤으로 추정됩니다. 전체 함대원은 2만 명을 웃도는 수준이 되고요. 그중에는 놀랍게도 여성 승무원이 포함돼 있었습니다. 이 배들이 아메리카뿐만 아니라 결국은 세계일주까지 했다는 것이 『1421: 중국, 세계를 발견하다』라는 책을 쓴 영국 잠수함 함장 캐빈 맨지스의 가설입니다.

그의 주장에 의하면 정화 함대에 승선했던 선원과 여성 가운데 조난을 당하거나 혹은 낙오된 사람들의 후손들이 현재 남아메리카와 멕시코 일대 인디언 부족과 섞여서 살고 있다는 것입니다. 그는 증거로 인디언 부족 가운데 일부의 DNA 추적 결과 아시아계 혈통으로 보이는 사람들과 한자를 이해하는 사람들이 나타난다고 합니다. 또한 15세기 당시 중국의 특산품이었던 옻칠기라든가 아시아계 닭, 이런 것들이 멕시코로부터 남아메리카 일대에서 발견된다는 것 등을 듭니다.

이것이 과연 사실이냐 아니냐를 증명하기 위해서 중국은 당시 정화 함대와 똑같은 배, 당시 선원들이 생활했던 것과 똑같은 조건으로 세계일주를 해서 2008년 베이징 올림픽 직전에 중국으로 귀환하는 것을 준비하고 있습니다. 1980년대에는 오만의 수하르 항구에서 인도양을 건너 말라카 해협을 거쳐 중국의 광저우에 가는 항해를 재현하는 프로젝트가 시행됐습니다. 이전 아랍 문헌에 나와 있는 것과 똑같은 식으로 배를 만들어서 석 달 만에 도착하는 프로젝트입니다. 과거 바다의 실크로드를 재현한 것이었는데 놀랍게도 당시의 항해 일지와 거의 똑같은 사실들을 확인할 수 있었습니다. 이 프로젝트의 성공으로 과거의 항해가 사실이었음이 입증된 것이지요. 마찬가지로 중국도 베이징 올림픽을 계기로 정화 함대가 아메리카 대륙을 발견하고 세계일주까지 했다는 가설을 확인하는 프로젝트를 추진하려고 하는 것입니다.

이처럼 정화 함대에 대한 역사적 가설이 책으로 나오고, 다큐멘터리로 제작되고 결국 한국에서도 방송하는 그런 상황이 됐습니다. 역사적 가설이 책, 방송 프로그램이라는 콘텐츠가 되자 이것을 영화와 게임으로 만들려는 프로젝트도 추진되고 있어요. 게임은 지금 개발이 진행되고 있고, 영화도 사만다 올센이라는 여성에 의해 제작이 추진되고 있습니다. 버클리를 졸업한 스물다섯 살 된 젊디젊은 여성입니다. 여러분, 기운을 내십시오. 여러분도 충분히 그런 것들을 할 수 있는 나이입니다!

지도 한 장이 이처럼 많은 상상력을 자극하고 그런 자극들이 실제로 역사를 바꾸고 있습니다. 아까 말씀드렸던 피리 레이스 지도는 1513년도에 제작되었기 때문에 사실은 역사적 소임을 다한 지도라고 할 수 있습니다. 대항해 시대, 그러니까 이른바 유럽의 해양 국가들인 스페인·포르투갈·영국 등등의 나라들이 세계 지리상의 주요한 대발견을 다 끝낸 다음이라 이제는 이미 퇴물이 된 지도나 다름이 없어요. 실효성이 없는 거죠. 그런데 그 지도의 가치가 얼마나 될 것 같습니까? 무려 1000만 달러에 팔렸어요. 오로지 교육적 가치, 역사적 고증의 가치밖에 없는데도 그 가치 하나 때문에 1000만 달러에 팔린 겁니다. 그렇다면 포르투갈의 항해왕자 엔리케가 국가 일급비밀로 간주해서 보관하고 있었다는 1428년 세계지도는 현재 가치로 따지면 얼마나 되겠습니다? 한 100조 달러 되는 게 아닙니까? 나중에 포르투갈에서 잃어버리기는 했지만….

1428년 세계지도의 기초는, 지금 쭉 말씀드린 것처럼, 바로 한 번 항해할 때마다 아까 그 크기의 보선을 최대 60척, 거기에 따르는 보급선, 수송선 이런 것들을 합쳐서 120척을 동원했던 정화 함대입니다. 그 지도를 중국인이 만들고서 100조 달러가 넘는 고급 정보를 아무 생각 없이 서양인들에게 준 것입니다. 그 지도의 가치를 정확히 알았던 것은 포르투갈의 항해왕자 엔리케고, 그게 콜럼버스의 수중에 들어감으로써 결국 스페인이 100조 달러의 가치를 장악한 것입니다. 그러니까 지도를 둘러싸고 네 나라가 있었다고 할 수 있습니다. 정화 함대를 파견한 명나라, 또 하나는 엔리케라는 탁월한 전략가를 가지고 있었던 포르투갈, 또 하나는 콜럼버스에게 과감하게 투자했던 스페인. 그러나 '마지막 승리자' 였던 스페인의 무적함대가 결국 영국에 패하자 아메리카의 영국화가 진행된 거죠. 한 장의 지도는 이처럼 많은 상상력의 원천이기도 하지만 동시에 엄청난 경제적 가치, 잠재적 가치를 가지고 있습니다.

여러분 〈신밧드〉라는 만화영화 아시죠? 왜 갑자기 신밧드 이야기를 꺼내느냐 하면 아까 이야기했던 정화가 바로 신밧드이기 때문입니다. 정화는 환관, 거세된 남자였습니다. 정화는 원래 성이 마씨, 그러니까 본명이 마화입니다. 마는 마호메트의 마씨예요. 따라서 정화는 정통 중국 한족이 아니라 색목인(色目人)이라고 불렸던 중앙아시아 유목민이었다는 거죠. 일종의 터키계나 이란계라고 볼 수가 있죠. 마화 가문은 바로 원나라 세력이었습니다. 한족의 명나라가 집권하면서 당시의 남중국에 근거지를 두고 있던 친원파 색목인 가운데 한 명으로 붙잡혀 거세되고 환관이 된 겁니다. 당시 운남성 일대에서 약 8만 명이 한꺼번에 포로로 잡혀서 거세됐다고 역사는 전하고 있어요.

명나라에서 환관이 최고로 올라갈 수 있는 게 태감이라는 벼슬입니다. 그래서 정화의 호인 삼보(三寶), 석 삼자에 보물 보자를 붙여서 삼보태감이 됩니다. 삼보라는 말이 중국 발음으로 '신바오' 즉, 영문 'SINBAO' 로 표기됩니다. 그런데 이것이 아랍으로 전달되는 과정에서 'BAO' 의 'O' 자가 'D' 자로 오기돼 'SINBAD' 가 됐다는 겁니다.

셰익스피어를 인도와 바꿀 수 없는 까닭 – 언어와 문명

지도 이야기에서 이제 문자 이야기로 넘어가볼까요? 사진을 보면서 말씀드리죠. (사진을 가리키며) 셰익스피어죠. 오만한 영국인

영국의 시인이자 극작가 셰익스피어(William Shakespeare, 1564~1616)와 인도의 타지마할(Taj Mahal) 묘당

들이 이런 이야기를 했습니다. "인도하고도 셰익스피어를 바꾸지 않겠다." (사진을 가리키며) 이건 타지마할이죠? 인도의 상징, 국가 이미지와 가장 부합하는 건축물 가운데 하나로 볼 수 있는데요. 영국인이 왜 셰익스피어를 인도와도 바꾸지 않겠다고 했을까요?

우선 생각해볼 수 있는 게 영국 제국주의자들의 오만함입니다. 제가 1994년도에 방글라데시를 간 적이 있는데 그곳에서는 이런 말이 전해져 내려온다고 합니다.

"아미르 하드 나이 아미야콘 고노 가스파르테 푸리나."

그 뜻은 이렇습니다. "나는 손이 없네, 그래서 나는 일을 할 수 없네." 방글라데시는 당시 인도였습니다. 인도가 지금처럼 인디아,

방글라데시, 파키스탄, 스리랑카로 분리되기 전이었죠. 영국인들이 인도인들의 저항을 진압하면서 쓸 만한 남자들의 손을 다 잘라버렸어요. 두 가지 이유에서죠. 하나는 저항을 막기 위해서였고, 또 하나는 그 손으로 산업을 일으키지 못하게 만들기 위해서라고 해요. 또 하나 심리전의 성격도 있었겠지요.

영국의 제국주의자들은 인도라는 식민지가 그들에게 너무도 달콤한 번영을 가져다주었기 때문에 사실은 절대로 내놓지 않았을 겁니다. 그런데도 그런 인도와 셰익스피어의 영어와는 바꾸지 않겠다고 말하는 셈이죠. 하지만 셰익스피어와 바꾸지 않겠다는 말에는 일말의 진실이 섞여 있습니다. 지금 세계 공용어가 된 게 영어잖아요? 셰익스피어 이전까지만 해도 세계, 그러니까 유럽의 말은 불어였습니다. 셰익스피어가 영어의 문법과 어휘 체계를 다잡았기 때문에 그런 말이 나온 겁니다. '인도로부터 빨아들이는 물질적 번영보다도 언어가 더 중요하다.' 이렇게 후손들에게 가르친 거예요.

당시 영국은 16세기에 전 세계와 무역을 하면서 여러 군데에 무역 거점들을 만들었습니다. 인도와의 거래 중심은 동인도 회사, 러시아 쪽하고는 모스크바 회사, 터키 쪽하고 무역을 하면 터키 회사, 이런 식이었습니다. 세계의 지역 이름이 바로 그 회사 이름이었거든요. 그러면서 세계를 지배해 나갔던 겁니다. (사진을 가리키며) 사진을 볼까요? 이것은 언어로 본 세계지도입니다. 전 세계에서 가장 많이 쓰이는 언어를 대략 5가지로 꼽을 수 있습니다. 사람 숫자로 봐서 가장 많은 것은 당연히 중국어, 그 다음에 많이 쓰이는 것은 아랍어, 영어, 스페인어, 그 다음엔 불어 정도죠. 인도는 인구는 많은데 언어가 너무 갈라져 있어요. "인도에서 고등학생쯤 되면 페르시아어, 영어, 우르두어, 팔리어 이 네 가지 정도는 배워야 한다"는 게 간디 자서전에 나와요. 고대 불교 경전이 바로 이 팔리어로 기록돼 있죠. 말하자면 인도의 라틴어라고나 할까요? 어쨌든 인도의 고등학생들은 바쁘겠어요. 네 가지 말을 배워야 되니까.

바로 그렇게 언어와 인종, 종교가 갈라져 있기 때문에 인도는 세계의 메이저 국가가 되기 어려운 게 아닐까 생각합니다. 브릭스(BRICs)라는 말이 있죠? 브라질, 러시아, 인도, 중국 등 새로운 산업 강대국들을 일컫는 말인데 저는 여기서 인도의 가능성이 좀 과장되었다고 생각해요. 이유는 단 하나, 언어장벽의 중요성을 간과했다는 거죠.

최근 언론의 보도에 따르면, 유럽과 일본을 제외한 아시아계 민족 중에서 미국 사회에서 가장 성공적으로 정착하고 발전하고 있는 민족 집단으로 인도를 1위로 꼽고 있는데, 당연한 결과입니다. 고등학교 때부터 영어를 기본적으로 배워야 하니까요. 그런 점에서 인도인이 미국 가서는 1등을 할 수 있을지 모르지만, 인도 자체적으로는 언어 문제를 해결하지 못하면 경쟁력이 떨어진다고 봅니다.

가보신 분들은 아시겠지만 중국도 사실은 내부 언어장벽이 있습니다. 예컨대 베이징 사람은 상하이 말을 몰라요. 상하이 사람은 광둥 말을 몰라요. 그래서 약 20개의 각 성(省) 방송국에서 연속극이나 뉴스를 할 때 항상 자막을 깝니다. 그런 식으로 표준어를 교육시키고 있는 중이라고요. 그런 점에서 같은 다민족 국가인 미국과 비교해 보세요. 알래스카 사람이 하는 말이나, 푸에르토리코 사람이 쓰는 말이나 약간의 차이는 있지만 언어장벽 같은 건 전혀 없습니다. 우리 민족이 하나의 언어, 한글이라는 경쟁력이 있는 언어를 가지고 있다는 것은 굉장한 축복입니다. 어떤 연구 결과에 따르면 한글이 상대적으로 중국어나 일본어보다 컴퓨터 문명과 훨씬 잘 조응한다고 합니다. 영어보다도 뛰어나다는 거예요. 영국 케임브리지 언어학대학원에서 조사한 바에 따르면 과학성, 합리성, 창조성 부문을 종합한 결과 한글이 세계 1위를 기록했다고 합니다. 이런 한글의 가능성을 연구 좀 하세요, 여러분. 이거 돈입니다. 돈이 됩니다.

(청중 웃음)

다음 사진을 보시죠. 이것이 어떤 건지 알아맞힐 수 있는 분 계세요? 하카(haka)죠. 연초에 7개국 럭비 경기에서 뉴질랜드 팀이 아르헨티나를 꺾고 우승을 했습니다. 이기고 나니까 얘들이 웃통을 벗고 하카라는 마오리족의 전통춤을 추는 거지요. 그러면서 하는 말이 이렇게 돼 있었어요.

링가 파티야
우마 피라 토리
와티야 호페 와키아케 와헤
다카이야 키나 키나.

영어로 번역하면 이런 뜻입니다. "네 넓적다리를 두드려 봐.

ⓒ로이터뉴시스

마오리족의 전통춤을 추고 있는 뉴질랜드 선수.

가슴을 내밀어봐. 무릎을 많이 구부려야 돼. 그래야 엉덩이가 따라오지. 네 팔을 이렇게 해봐."

뉴질랜드는 상대적으로 원주민에게 가장 호혜적인 정책을 펴는 나라 가운데 하나입니다. 제국주의가 지구를 휩쓸고 난 와중에서도 그나마 원주민들을 대접하는 게 뉴질랜드예요. 그런 맥락에서 마오리족의 전통춤인 하카가 뉴질랜드의 국기(國技)라고 할 수 있는 럭비 경기에서 나올 수 있는 겁니다. 그런데 그런 뉴질랜드에서도 정작 '링가 파티야…' 하는 마오리족의 언어는 어디로 갔나요? 저렇게 하카 할 때 외에는 모르잖아요. 저게 마오리족의 전통춤 하카라는 건 알지만 춤을 추면서 뭐라고 하는지는 모르지요. 마오리족의 언어가 사라졌기 때문에. 저건 박제가 된 마오리족 문명이에요. 마오리족이 인도의 세포이처럼 싸웠더라면, 제국주의자들은 손을 잘랐겠죠. 무릎을 잘랐겠죠. 엉덩이를 잘랐겠죠. 제국주의자는 언어부터 공략하는 겁니다. 그 혼을 없앰으로써 지배할 수 있기 때문입니다.

세계 언어의 10%만 살아남는다

언어문자는 인구와 결합되는 것입니다. 어떻게 보면 한 민족이나 문화권의 정체성은 바로 언어문자를 공유하는 집단에 의해서 유지되고 계승되는 거지요. 그런 점에서 인구라는 성장 엔진이 바로 언어문자를 유지 발전시키는 핵심이 될 수밖에 없습니다. 중국의 문화를 일컬어 중화문명(中華文明)이라고 할 때, 그 '화(華)' 라는 것이 바로 한족(漢族)입니다. 물론 한족도 실제로는 피가 많이 섞여서 정확하게 한족이 맞는지 헷갈리는 경우가 많이 있습니다. 왜냐하면 할아버지는 몽고족, 할머니는 한족 이럴 수도 있고, 결혼은 또 다른 소수민족하고 할 수도 있죠. 하지만 그 사람의 신분증에는 한족으로 기재됩니다. 중국에는 소수민족 우대정책이 있기 때문에 자기 출신 민족을 기록하게 돼 있죠. 어쨌든 한족이라는 개념을 지탱하는 가장 큰 핵심은 바로 언어문자입니다. 그 언어문자를 유지함으로써 중국은 문화적으로 승리하고 있는 것입니다. 전 세계 인구의 1/4이 자기 언어문자를 쓰는 것, 이건 불패(不敗)가 되는 겁니다.

실지로 인구가 어느 정도 늘어나면 그 다음은 가속도가 붙어서 걷잡을 수 없게 됩니다. 중국이 지금 13억, 14억을 헤아리고 있는데, 과거에는 그 인구가 많지 않았습니다. 위나라 조조, 촉나라 유비, 오나라 손권이 분립했던 기원후 3세기 삼국지 시대, 세 나라의 인구를 보면 촉나라 60만 호, 오나라가 70만 호, 그리고 위나라가 200~250만 호였습니다. 촉나라와 오나라를 합쳐 위나라의 반 정도에 이르는 구조였어요. '호(戶)' 라는 건 호적상 가족으로 구성된 집을 말하는데 대략 한 호당 네 명 정도로 추산합니다. 그보다 사오백 년 후인 7세기 중엽 우리나라 인구는 백제가 약 69만 호, 고구려가 69만 호로 촉나라, 오나라와 비슷합니다. 신라는 조금 더 많지 않았을까 싶고요. 신라, 백제, 고구려의 인구가 그 400년 전 중국 삼국지 시대에 비해 많이 떨어지지 않았다는 이야기거든요. 만일 우리가 통일을 좀 일찍 이룩할 수 있었다면 중국하고도 한번 붙어볼 수 있지 않았나 하는 생각도 듭니다. 웃을 일이 아닙니다.

중국이 그로부터 천 년쯤 지나서 남송시대 소희황제 때 인구가 1억 명이 되고, 다시 그로부터 600년이 지난, 1700년 무렵 중국이 자랑하는 강희·건륭·옹정황제 때 3억 명을 돌파하게 됩니다. 이러면 중국은 불패죠. 우리가 못 이기는 거예요.

거꾸로 이번엔 유태인들 이야기를 한번 해보겠습니다. 종교적인 이유가 아니더라도 성경 같은 것은 교양서로 읽으신 분도 있으실 텐데요. 거기에 보면 요셉이 형제들의 박해를 받아서 이집트에 노예로 끌려가지요. 하지만 나중에는 이집트의 총리대신이 됩니다. 그 뒤 이스라엘이 7년 동안 흉년에 시달리자 요셉의 배다른 형제들이 식량을 구하러 이집트에 옵니다. 요셉이 결국 이들을 용서해주고 다 받아들여주지요. 그때 이스라엘 사람들이 몇 명이 넘어갔느냐? 구약성경의 기록에 따르면 70여 명이 넘어갔어요. 그로부터 400~500년쯤 지나서 모세가 유태인 일단을 데리고 나오는데, 그 인구가 무려 200만이 됩니다. 이집트의 이스라엘인 인구가 70여 명에서 200만 명이 된 겁니다. 유태교는 교리로 다산(多産)을 권장했어요. '너희들은 낳고 생육하라.' 그렇게 기원전 1700년, 지금으로부터 3700년 전에 이스라엘은 200만이 됐습니다. 하지만 그 뒤 이스라엘 민족의 인구 성장은 다른 민족에 비해 현저히 떨어졌습니다. 지금은 전 세계적으로 한 3천만쯤 되나요? 물론 히틀러의 유태인 대학살, 그리고 유럽에서의 여러 가지 박해, 그리고 아랍으로부터 받는 견제 등등 여러 이유가 있겠죠. 그러나 어떻게 보면 유태인들의 자업자득인 측면이 강합니다. 비록 다산을 권장하기는 하지만 이들이 주변 국가, 민족하고 화해하면서 같이 사는 게 아니잖아요. 종교 자체가 배타적이고 선민의식이 강하기 때문입니다. 이웃과 함께 사는 관용의 정신, 똘레랑스가 없는 민족은 결국 스스로 덫에 걸려서 좌절하게 된다는 것을 현재의 이스라엘 유태인들이 보여줍니다. 이에 비해 중국은 언어문자를 중심으로 이민족까지 포섭하면서 계속 발전시켜서 10억을 넘는 단일한 언어문화를 만들어놓은 겁니다.

다음 사진을 보겠습니다. 이 사진은 뭘까요? 예, 우크라이나의 이른바 오렌지혁명•을 나타내는 시위 사진입니다. 우크라이나가 어딥니까. 고골리의 명작 소설 『대장 불리바』••의 고향이죠. 개인적으로 1992년도에 우크라이나의 수도 키예프를 방문한 적이 있습니다. 무척 아름다웠던 그 인상이 지금도 눈에 선합니다. 우크라이

©AFP연합

우크라이나의 부정선거 규탄 시위대.

나는 얼마 전까지 오렌지혁명으로 세계를 떠들썩하게 했습니다. 그런데 이것이 언어문자와 무슨 상관이 있느냐? 상관이 있습니다. 우크라이나와 러시아와 벨로루시•••는 각각 다른 민족이지만 혈통적으로 거의 사촌에 가깝습니다. 또한 과거 소련이라는 사회주의 국가에 속해 있었기 때문에 우크라이나에서 러시아어는 필수였습니다. 러시아어가 제1국어, 우크렌, 즉 우크라이나어가 제2국어였던 거죠. 그러다가 소연방이 해체되면서 우크렌이 제1국어, 러시아어는 제1외국어로 바뀌었습니다. 그런데 오렌지혁명은 러시아어를 제1외국어의 자리에서 끌어내릴 겁니다. 영어가 제1외국어가 되는 출발점이 바로 오렌지혁명입니다.

오렌지혁명의 성격에 대해 말씀드려보겠습니다. 우크라이나는 러시아의 서쪽에 위치해 있습니다. 수도인 키예프를 중심으로

●**오렌지혁명(Orange Revolution)** 2004년 우크라이나에서 벌어진 대규모의 부정선거 규탄 시위를 말한다. 친러시아 성향의 야누코비치 후보가 부정선거를 통해 야당의 친서방 성향 유시첸코 후보를 이기고 대통령에 당선되자, 부정선거에 항의하는 대규모 집회가 이어지고 결국 재선거를 통해 유시첸코 후보가 대통령에 당선된다. 오렌지혁명이라는 말은 시위자들이 오렌지색 옷을 입었던 것에서 비롯됐다.

●●**대장 불리바** 우크라이나 출신의 러시아 소설가·극작가인 고골리(Nikolay Vasilyevich Gogol, 1809~1852)의 소설. 주인공 불리바가 폴란드 침략군과 맞서 싸우는 내용으로 후에 영화화되기도 했다.

●●●**벨로루시** 공식 명칭은 벨로루시 공화국(Republic of Belarus). 백러시아(White Russia)라고도 함.

동쪽은 러시아 민족들이 많이 들어와 살고 있어 친러시아적인 성격이 강하고, 반대로 서쪽은 친유럽적입니다. 그들은 친서방을 지향한다고 그래요. 이런 친유럽 인구가 많아져서 정권을 바꾼 게 바로 오렌지혁명입니다. 영어가 다시 한번 승리하고 있는 것이지요.

필리핀은 스페인어를 쓰던 나라였습니다. 과거 스페인의 식민지였기 때문이죠. 스페인의 지원을 받아 세계를 일주한 마젤란이 죽은 곳도 바로 필리핀입니다. 필리핀에는 타갈로그(Tagalog)어라는 원주민 말이 있습니다. 그걸 영어식으로 표기만 한 것이 타갈로그어 표기법이에요. 필리핀에는 스페인식 이름이 많습니다. 여러분들도 잘 기억하는 마르코스나, 그의 부인 이멜다 모두 스페인식 이름입니다. 야당 지도자 아키노, 국방장관이었던 피델 라모스 역시 스페인식 이름이죠. 그런데 지금은 이름을 영어식으로 짓습니다. 스페인어는 밀려나고 있어요. 베트남을 볼까요? 프랑스 식민지였던 베트남에서 지금 불어 쓰는 사람 별로 없습니다. 공식어인 베트남어 이외에도 중국어, 불어, 영어, 크메르어 등이 쓰이지만 영어를 쓰는 사람들이 점점 늘고 있죠. 이처럼 영어는 도처에서 고유 언어들을 파괴 말살하면서 언어를 '세계화' 하고 있는 것입니다.

지금 세계적으로 5개 언어가 주도권을 다투고 있는데, 단연 앞선 것은 바로 영어와 중국어입니다. 아까 말씀드린 것처럼 셰익스피어 시대 이전에 유럽 공용어는 불어였습니다. 러시아 문호들의 소설 작품을 보면 프랑스에서 초빙해온 가정교사들이 자주 등장합니다. 유럽 귀족들은 의무적으로 불어를 배웠어요. 그런데 지금은 시간이 갈수록 세계적으로 불어를 쓰는 사람이 점점 줄어들고 있습니다.

2002년 유네스코의 조사 결과에 의하면 100년 뒤 세계 언어 6,000개 중 90%가 사라질 것이라고 합니다. 놀라운 사실은 지구상에서 사라질 언어군에 불어처럼 유력한 언어군들도 들어간다는 것입니다. 독일어도 위험합니다. 그들 내부에서 진단하고 있는 거예요. 일본어? 위험해요. 100년 뒤 자기들 언어에 대한 자신감이 없어요. 그렇다면 우리 한글은 어떨까요?

스페인어, 불어의 운명과 관련된 아주 상징적인 에피소드가 있습니다. 캐나다에서는 보통 영어를 씁니다만, 유일하게 퀘벡 주에서만 불어를 씁니다. 퀘벡 주에는 우리가 잘 아는 몬트리올이라는 도시가 있습니다. 그래도 프랑스계 사람들은 불어식 발음대로 몽레알이라고 한단 말이죠. 그런데 영어로 포위된 캐나다의 퀘벡 주가 불어로 계속 살아남을 수 있을까요? 독일어와 일본어조차 위험한 지금, 과연 그것이 가능할지 의문입니다.

이와 달리 스페인어를 한번 보죠. 작년인가 재작년부터 부시 미국 대통령이 주례 라디오 연설을 스페인어로 하기 시작했어요. 왜 스페인어로 하느냐? 남미 사람들이 국경을 넘어서 미국으로 마구 들어오면서 그 인구가 늘어나고 있거든요. 스페인어를 쓰는 남미 히스패닉들은 종교적으로도 결합이 되어 있습니다. 가톨릭이지요. 가톨릭은 낙태하지 않습니다. '생육하고 번성하라'가 교리지요. 식구들이 같이 패밀리를 이루어가지고 같이 먹고사는 게 익숙

합니다. 형이 미국 가서 자리 잡으면 동생 데려오고, 그 다음 엄마 아버지 모시고 가고…. 그런데 미국 가도 영어를 쓰지 않아요. 자기들끼리 스페인어로 그냥 다 살아요. 그 인구가 막 늘어나는 거예요. 10퍼센트, 15퍼센트. 이쯤이면 부시라도 연설 안 할 수 없죠. 2~3퍼센트면 대통령 선거에서 당락이 왔다 갔다 하는데, 당연히 스페인어로 연설해야지요. 종교적으로도 스페인어에 강점이 있는 거예요. 이처럼 언어문자는 세계의 패권이나 민족의 생존, 문명의 생존과 아주 지극히 밀접한 관련을 맺고 있는 것입니다.

랍비 요하난 벤 자카이의 지혜

종교를 좀더 살펴보도록 하겠습니다. (사진을 가리키며) 이것은 유대교 경전으로, 토라(Torah)라고 합니다. 구약성경에 나오는 5개의 경전을 가리키죠. 창세기(創世記, Genesis)로부터 출애굽기(出記, Exodus), 레위기(―記, Leviticus), 민수기(民數記, Numbers), 신명기(申命記, Deuteronomy) 이렇게 5개의 경전을 모세 5경이라고 하고, 그것을 유태인들은 토라라는 이름으로 부릅니다.

구약성경은 유태인들이 자기들의 종교를 기록한 것인데 처음에는 양피지(羊皮紙)에다 썼습니다. 이집트인들은 그것을 파피루스• 위에다 썼고, 바빌론인들은 점토판에다가 글씨를 쓰고 구워버리는 방법을 활용했어요. 그리고 그것을 성벽에 붙이지요. 여러분이 잘

●**파피루스(papyrus)** 풀처럼 생긴 수생식물로 고대 이집트에서 종이의 원료로 사용했다.

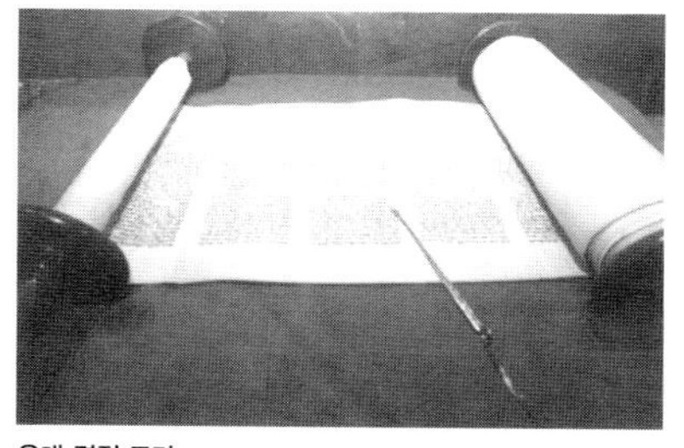
유대 경전 토라

아시는 〈알렉산더〉라는 영화를 보면 바빌론 성벽이 나옵니다. 실제 높이가 15미터에서 18미터에 이르렀다고 추정되는데, 이 성벽에 바로 이런 점토판을 붙여놓았습니다. 여러 가지 기하학적 무늬와 동물, 새의 형상 같은 것들도 그려져 있습니다. 바로 바빌론 사람들의 종이였던 거죠. 종교는 이처럼 고유한 문화와 협응하면서 문명을 만들어냅니다.

아까도 잠시 말씀드렸습니다만, 유태인들은 이웃과 공존하는데 실패하고 전 세계에 뿔뿔이 흩어지면서 많은 부침을 겪어왔습니다. 희생자도 엄청났지요. 하지만 현대에 이르러 유태인들의 영향력은 막강해졌습니다. 일례로 미국에서는 전체 인구의 약 2%쯤 되는 유태인들이 미국 부자들의 10% 정도를 점하고 있어요. 이를 근거로 추정해 보면 미국 부의 약 8% 정도를 유태인들이 가지고 있다는 계산이 가능합니다. 인구에 비해 경제적으로는 4배의 파워를 가지고 있는 것이죠. 더구나 유태인들은 미디어와 교육, 정치 등 주요 분야를 지배하고 있기 때문에 실제 유태인들이 미국 사회에 끼치는 영향력은 훨씬 크다고 할 수 있습니다. 인구 대비 영향력의 효율이라는 측면에서 보자면 다민족국가, 민족의 용광로라 불리는 미국에서 유태인이 가장 뛰어난 민족이라고 할 수 있죠.

저는 유태인들의 국제 정치, 예컨대 이웃 팔레스타인에 대한 정책이라든가 하는 면들에 대해선 굉장히 비판적입니다. 그러나 문명적으로는 연구할 만한 것이 많다고 봅니다. 과거 로마제국이 중동 지역을 점령해서 유태인 지역을 식민지로 삼잖아요. 그 와중에 예수께서 순교하시고, 이후에 유태인들이 독립을 위한 전쟁을 일으키는데 결국 패배하지요. 전쟁에서 패배의 짙은 그늘이 드리워져 있을 무렵 랍비(유태교의 교사)의 하나였던 요하난 벤 자카이(Johanan ben Zakkai)라는 사람이 결심을 합니다. '어차피 우리는 진다. 그렇다면 우리 민족은 지금 이 순간 어떻게 해야 옳은 것인가?' 고민 끝에 그는 포위된 예루살렘의 성을 탈출하여 로마군과 담판을 짓기로 결심합니다. 관에 누워서 죽은 것처럼 위장해서 성을 탈출하지요. 여러분 잘 아시는 프랑스 알렉상드르 뒤마의 『몽테크리스토 백작』에 나오는 탈옥 장면도 거기서 따온 게 아닐까요?

어쨌든 요하난 벤 자카이는 그길로 로마군 사령관의 막사로 찾아갑니다. 찾아가자마자 사령관에게 "오, 황제여, 당신은 틀림없이 다음번 로마의 황제가 될 것입니다"라고 예언합니다. 바로 그 직후 로마로부터 사자가 도착합니다. 그리고 자카이의 말처럼 그 사령관이 황제로 선출됐다고 전합니다. 놀라면서도 기쁜 나머지 사령관은 자카이에게 말합니다. "한 가지 소원을 들어주겠다." 그러자 자카이는 한 가지 부탁을 합니다. "10명의 랍비가 들어갈 수 있는 대학을 하나 만들어주고 어떤 일이 있어도 이 학교만은 파괴하지 말아달라"고요. 듣고 보니 별것 아니거든요. 사령관은 흔쾌히 수락합니다.

나중에 황제가 된 사령관은 약속대로 대학이 있는 야브네라는 도시만은 파괴하지 말라고 명령합니다. 야브네는 지중해변에 있는 도시로 당시 유대교 경전과 연구자들이 모여 있는 곳이었지요. 2000년 전 당시 일종의 유태문명센터 가운데 하나였다고 할 수가 있죠. 결국 로마에 점령당한 유태인 거주지역은 폐허가 되지만 야브네는 살아남아요. 일종의 타협이라고 볼 수도 있지만 제가 보기엔 영토보다 종교가 민족의 생존에 중요하다고 생각한 벤 자카이의 지혜가 아니었나 생각합니다.

벤 자카이의 선견지명처럼 종교는 지금도 문명의 중요한 축으로서 세계를 지배하고 있습니다. 수많은 편견 속에서도 아랍문명이 세계 패권의 한 축을 담당할 수 있는 것은, 형제애라는 수평적 연대의식과 함께 아랍문명권이 공유하고 있는 인구, 종교에서 오는 것입니다. 회교도들은 나라가 달라도 인사말은 같습니다. "아샬라 무아 라이굼." 발음은 서로 약간 다를 수 있지만, 어디서나 다 똑같아요. 하나의 경전을 하나의 언어로, 하나의 인사법으로, 하나의 문명으로 공유하고 있습니다. 그리고 자손들을 많이 낳기 때문에 이슬람 역시 무너지지 않는 거예요. 단일 언어문자로 그 문명을 지속시키고 있는 중국에 비해 종교의 역할이 크다고 할 수 있죠.

그렇다고 중국에 종교가 아주 없었던 것은 아닙니다. 과거 당나라 시절에는 국제적인 종교국가였습니다. 다양한 민족들이 살고 있었고 그중엔 색목인들도 많았습니다. 기록에 의하면 터키계 사람 10여만 명이 한 도시에 거주한 적도 있습니다. 당연히 종교도 함께 따라왔겠죠. 당시 기독교의 일파인 네스토리우스교•가 결국 에페

소스 공의회(431)에서 이단으로 추방당한 후 중앙아시아 일대를 거쳐 당나라까지 들어오거든요. 그것을 당나라에서는 경교(景敎)라고 불렀습니다. 경교는 당나라 때 상당히 번창했어요. 그리고 다시 변형된 기독교라고 할 수 있는 태평천국••이 19세기 중국에 다시 등장합니다. 이러한 사실들을 종합해 보면 중국도 한때 종교가 번창했던 나라예요.

이렇듯 종교는 계속 변화합니다. 힌두교에서 시작한 불교가 다시 소승불교·대승불교로 갈라지고 선종·교종 이렇게 나가는 것처럼, 기독교도 처음에 유대교로부터 시작된 것이 그리스도교로 발전하고 다시 가톨릭과 동방정교로 갈라집니다. 가톨릭과 동방정교는 지금도 사이가 좋지 않죠. 십자군전쟁 때 서로마의 가톨릭, 유럽세력들이 아랍권과 각축을 벌이다가 전과가 없이 돌아가는 길에 동방정교의 중심지인 비잔티움을 공격합니다. 형제나 다름없는 동방정교의 중심지를 약탈해버리는 만행을 저지른 거예요. 가톨릭 지역은 신교, 프로테스탄트가 나와서 또 갈라집니다. 이런 식으로 종교들은 계속 스스로 발전 진화해 나가고 있죠.

앞으로 종교는 인구와 교리라는 변수에 의해 서로 다르게 변화할 것 같습니다. 인구의 측면에서 보자면, 아까 스페인어와 불어의

●네스토리우스교(— 敎, Nestorian) 소아시아와 시리아에서 생겨난 기독교의 소종파. 예수가 인성과 신성을 다 가지고 있다고 하는 반신반인성을 주장한다.

●●태평천국(太平天國) 청나라 말기 홍수전(洪秀全)과 농민반란군이 세운 국가. 1851년부터 1864년까지 14년 동안 지속됐다. 태평천국은 1843년 홍수전이 창시한 배상제회(拜上帝會)에서 비롯되는데 이들은 모세·그리스도가 여호와로부터 세상을 구하라는 사명을 받았듯이 중국을 구제하라는 명령을 하늘의 주재자인 상제(上帝)로부터 받았다고 주장했다.

운명이 갈라지는 것처럼, 종교도 얼마나 많은 사람들을 영향력 아래 두느냐에 따라 달라집니다. 이 때문에 낙태를 반대하는 가톨릭이 기독교보다 더 발전할 가능성이 있다는 생각도 듭니다. 그리고 교리의 측면에서는 특히 현대 과학과 어떻게 관계를 맺느냐에 따라서 해당 종교의 미래가 달라질 것입니다.

1만 년의 도시, 바빌론의 비밀

다음으로 도시에 대해 잠깐 말씀을 드리고 싶습니다. 도시는 문명에 있어서 굉장히 특이한 요소라고 할 수 있어요.

우르(Ur)라는 도시가 있습니다. 구약성경에 보면 아브라함이 우르를 떠나서 터키를 지나 현재 오늘날의 가나안 지역으로 들어오거든요. 우르는 지금으로부터 8천 년 내지 1만 년 전부터 존재했던 도시입니다. 사진을 보면서 설명드리겠습니다. 놀랍게도 이게 발굴된 우르의 군대 깃발인데 전차나 군대 등등이 나와 있죠[사진-1]. 과연 이게 8천 년 전의 문명이라고 믿어지십니까? 대단히 정교하고 화려한 느낌을 주지요? 깃발 정도가 이랬는데 실제로는 어떠했겠습니까? 더욱 놀라운 것은 실제로 우르라는 도시가 번창했던 곳이 지금의 메소포타미아 지역, 바빌론 문명에 속하는데, 이 바빌론 문명이 약 1만 년 동안 지속됐다는 사실입니다.

어떻게 1만 년을 생존할 수 있었을까요? 폴 케네디의 『강대국의 흥망』이라는 책을 보면 길어야 500년을 넘긴 나라가 없어요. 그

[사진-1]

런데 어떻게 바빌론은 1만 년을 버틸 수 있었을까? 그것은 도시가 농업에 기반해 있었고, 여러 가지 자체 생존 능력을 가능하게 한 사회 시스템을 갖추고 있었기 때문입니다. 현대의 도시들이 갖추고 있는 요소들을 이미 그때 거의 다 갖추고 있었다는 거예요. 그들은 비옥하지만 물이 부족하다는 약점을 극복하기 위해 관개시설을 만들어 유프라테스, 티그리스 강물을 끌어들였습니다. 폭 10여 미터가 넘는 도랑을 만든 흔적이 발견되기도 했으니 그 규모를 짐작할 만합니다.

바빌론은 평야지대에 세워진 도시입니다. 거기에 매우 많은 인구들이 몰려 살면서 문명과 문화가 발전했지요. 그러나 평지니까 주변 국가나 이민족들이 쳐들어오기 쉽잖아요. 그래서 만든 게 아까 말했던 15미터 높이가 넘는 거대한 성벽이었습니다. 기원전 500년경 페르시아의 침략을 받아서 바빌론이 멸망했을 때까지 불패를 자랑하는 성벽이었죠. 당시 바빌론의 마지막 왕은 전략적인 실수를 범합니다. 성벽 뒤에서 싸우지 않고 적에게 더 큰 타격을 준다면서 성문 밖으로 나가서 싸운 거예요. 든든한 성벽 뒤에서 싸우던 병사들은 전의를 잃고 달아남으로써 성이 함락된 것이지요.

바빌론의 사회 내부를 들여다볼까요. 이들은 노예도 자기 재산을 가질 수 있었어요. 재산을 모으면 노예 신분에서 해방될 수도 있었습니다. 이들은 거의 8천 년 전부터 화폐와 어음을 활용했고, 금융을 발달시켰습니다. 재산에 대한 권리를 최초로 문서로 기록한 것도 이들입니다. 그들은 8천 년 전에 이미 점토판에 토지 · 재산문서를 기록해서 공공기관에 보관하는 시스템을 가지고 있었어요. 그런 것들이 바로 도시의 장기 생존을 가능하게 했다는 거죠.

현대에 들어 도시의 운명이라는 것도 조금씩 바뀌어가고 있습니다. 최근 원유값도 급등하고 있습니다만 대체 에너지를 개발한다거나 기존의 자원을 재활용해야 한다는 목소리가 어느 때보다도 힘을 얻고 있습니다. 예전에는 그럴 필요성을 못 느꼈거든요. 사회가, 도시가, 리사이클링을 제대로 해야만 장기 생존할 수 있다는 게 증명되고 있습니다. 『노동의 종말』을 쓴 제레미 리프킨은 석유 위주의 화석연료 시스템을 수소연료로 대체하는 수소혁명이 필요하다고 주장합니다. 물을 전기분해해서 이를 다시 전기로 전환시키는 과정에서 에너지 효율성이 떨어진다는 반론도 있습니다만, 제레미 리프킨의 주장은 좀 다릅니다. 수소는 물을 전기분해해서만 나오는 것이 아니거든요. 우주에 존재하는 물질의 95%가 수소고 우주에 존재하는 질량의 92%가 수소다, 따라서 이 수소는 무한대로 제공할 수 있다, 무한대로 제공받을 수 있기 때문에 한번 시스템을 구축하면 영구적으로 사용할 수 있다는 것이 제레미 리프킨의 관점이에

[사진-2]

[사진-3]

요. 어쨌든 현재와 같은 화석연료 시스템으로는 도시나 인류의 생존을 지속시킬 수 없다는 것은 자명합니다. 재활용과 에너지 확보의 문제가 미래를 위해 인류가 해결해야 할 가장 중요한 문제가 되는 것이죠.

사진을 보시죠. 이것은 이집트의 아부 심벨(Abu Simbel) 신전입니다[사진-2]. 여기에 람세스 2세와 그 부인인 네페르타리를 상징하는 석상들이 있지요. 이 파라오 부부는 바로 모세의 카운터 파트로 알려져 있기도 하지요. 아까 바빌론이 거의 1만 년 동안 문명을 유지했다고 했는데, 이집트도 최소 3천 년 동안 거의 동일한 시스템을 가지고 문명을 유지했습니다.

그 다음. 이건 김치인데요[사진-3]. 난데없이 웬 김치인가 하실 텐데, 도시의 운명과 관련해 식품 보관 기술의 중요성을 설명드리기 위해서입니다. 바빌론 문명이나 이집트 문명이나 식품을 보관하는 기술이 없으면 그 문명은 존속할 수 없거든요. 바빌론 문명의 강점은 비옥한 토지에서 생산하는 엄청난 잉여 농산물을 장기 보관

[사진-4]

하는 창고 시스템이 잘돼 있었다는 것입니다. 우리 김치 역시 영양소를 파괴하지 않은 채 겨울철을 넘겨 보관할 수 있다는 점에서 보관성이나 영양 면에서 최고라고 할 수 있습니다.

다음 사진은 십자가입니다[사진-4]. 십자가의 이미지는 세 가지를 이야기할 수 있겠습니다. 하나는 〈스파르타쿠스〉라는 영화에 나오는 것인데, 주인공 스파르타쿠스로 분장한 배우 커크 더글러스가 영화 마지막 부분에 잡혀서 십자가 처형을 받는 식으로 그려지고 있습니다. 실제로 역사상의 스파르타쿠스는 잡혀서 십자가에 처형되지는 않고, 전투에서 패배해 달아났다가 결국 추격군에게 죽습니다. 이 영화에서는 그렇게 십자가 처형으로 처리하고 있죠. 스파르타쿠스를 처형하고 있는 십자가는 잘 보시면 알겠지만 T자형입니다. 역사상으로 십자가는 여러 가지 형태가 있어요. T자형, 십자가형, 그리고 십자가에 가로가 두 개 있는 형태, X자 형태 등등으로요. 역사상으로 십자가형은 죄수들을 처형하는 데 쓰였습니다. 가장 먼저 쓴 것은 페르시아입니다. 페르시아의 다리우스 대왕●이 그리스를 침략할 때 포로들이나 자기네 반란자나

●**다리우스 대왕** 고대 페르시아 아케메네스 왕조의 다리우스 1세를 말한다(BC 522~486 재위). 뛰어난 행정조직과 대규모 건축사업으로 유명하며 몇 차례에 걸쳐 그리스 정복을 꾀했으나 BC 490년에는 마라톤에서 아테네에게 패했다.

명령을 잘못 이행한 자들을 처형하는 수법으로 십자가를 썼어요. 그것을 지중해의 해상세력이던 페니키아(Phoenicia)●● 인들이 받아들였고, 페니키아의 식민지였던 카르타고에서도 십자가 처형이 행해졌어요. 카르타고와 고대 지중해 세계의 패권을 겨뤘던 로마에서도 초기에 정치범이나 극악한 범죄자들을 처형하는 수단으로 십자가를 썼어요. 스파르타쿠스같이 노예반란을 주도한 사람을 저런 식으로 십자가로 처형했죠. 따라서 십자가의 첫 번째 이미지는 스파르타쿠스가 보여주는 것처럼 혁명의 길입니다. 두 번째는 예수 그리스도의 순교로 보여지는 순교의 길입니다. 세 번째는 독일의 프로이센 왕국 때부터 생겼던 철십자 훈장(Iron cross)이 상징하듯이, 정복의 길입니다. 그러니까 역사상 십자가에는 혁명, 순교, 정복의 세 가지 이미지가 있어요. 십자가의 이미지에서 상상력과 역사를 결합시킬 수 있는 게 참으로 풍부합니다.

그 다음 이건 종이 제조 공정을 보여주고 있습니다[사진-5]. 종이는 중국 한나라 때 환관인 채륜(蔡倫)이 만들었지요. 남자들 좀 반성해야 합니다. 환관으로서 뛰어난 사람이 얼마나 많습니까? 동양에서 역사의 아버지라 불리는 사마천도 환관이고 종이를 만든 채륜도, 대항해를 수행한 정화도 환관입니다. 그런 사람들도 저렇게 잘하는데, 좀 잘해봅시다. 이런 종이의 연장선상에서 다음 사진도 보시지요. 사진의 왼쪽은 팔만대장경이고 오른쪽은 구텐베르크의

●●페니키아(Phoenicia) 오늘날의 레바논을 중심으로 시리아, 이스라엘의 일부를 포함하는 고대 지역.

[사진-5]

[사진-6]

42행 성서입니다[사진-6]. 금속활자는 동양에서 가장 먼저 만들고, 그 가운데서도 우리 한국인이 가장 먼저 만들었다고 합니다. 그런데 그런 인쇄기술을 가진 고려의 팔만대장경에 무슨 내용이 담겨 있는지는 잘 모르죠. 그러나 오른쪽 유럽 구텐베르크의 금속활자로는 성경을 찍었어요. 구텐베르크의 성경은 이전까지 라틴어를 아는 성직자나 귀족들이 독점하던 성경의 권위를, 책의 권위를 일반 민중들에게 나눠준 성격을 띱니다. 진리와 복음과 로고스(logos)가 민중들을 향해 해방된 것이지요. 이렇게 두 금속활자가 담아낸 콘텐츠의 차이로 인해 하나는 박제화된 문명으로 연결되고, 하나는 폭발적인 실용문명으로 연결됐다고 할 수 있지요. 그 연장선상에서 출판과 인쇄와 문명 자체의 가는 길이 갈라졌다는 걸 보여줍니다.

그 다음 이건 바둑인데요[사진-7]. 금속활자의 운명과 달리 바둑은 동양이 돈 벌 수 있는 방법 가운데 하나가 아닐까 싶습니다. 저기 미국 사람들이 바둑을 두고 있습니다. 그리고 오른쪽은 바로 컴퓨터끼리 둔 바둑의 기보(棋譜)입니다. 컴퓨터끼리 대국하는 시

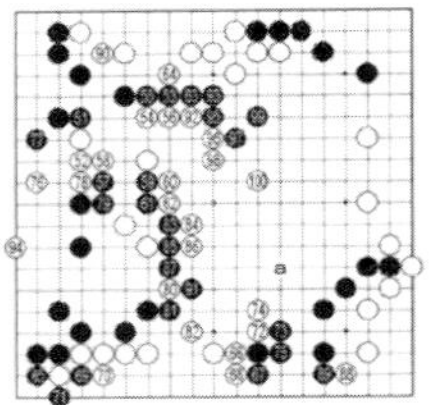

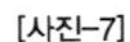

[사진-7]

[사진-8]

대인 것이지요. 바둑 두는 사람들은 이 기보를 보면 알겠지만, 컴퓨터이기 때문에 나올 만한 수들이 나타나 있습니다. 인류 역사상 가장 지적인 게임인 바둑은 바야흐로 세계를 향해 전진해 나가기 시작했습니다. 또한 바둑은 컴퓨터문명과 결합해 비약적인 발전 태세를 갖춰나가고 있습니다. 공간의 제약을 넘어 전 세계인이 하나의 사이버 공간 속에서 바둑 올림픽을 벌일 수 있게 돼가고 있습니다. 그런 기술을 바로 한국이 선도하고 있기도 합니다. 콘텐츠 측면에서도 바둑에 비해 단순하기 짝이 없는 체스를 압도할 날이 멀지 않습니다. 그 콘텐츠 모든 주역이 사실상 지금 동양에 몰려 있지 않은가요? 그리고 그 정점에 한국의 기사들이 도열해 있지요. 이창호, 이세돌, 조훈현, 최철한, 박영훈, 유창혁….

그 다음. 이건 이현세씨의 만화 『공포의 외인구단』 표지입니다 [사진-8]. 이걸 왜 골랐냐고요? 아까 몽테크리스토 백작이 요하난 벤 자카이의 시체 탈출극에서 모티브를 따왔다는 말을 했는데, 저는 공포의 외인구단에서 그런 걸 느끼거든요. 구약성경에 나오는

[사진-9]

[사진-10]

다윗은 사울 왕의 질투 때문에 고난을 받고 있을 때 아둘람 굴이라는 곳으로 도망을 갑니다. 거기에 찾아온 사람들이 바로 환란을 겪은 사람이라든가 빚을 진 사람이라든가 그런 원통한 사람들입니다. 그들이 바로 다윗의 군대가 되고 다윗을 왕으로 만들고 이스라엘의 통일을 이뤄내는 토대가 되지요. 공포의 외인구단에 나오는 인물들의 이미지와 매칭이 돼요. 혹시 이현세씨는 거기서 착상한 게 아닌지?

그 다음. 이건 이집트의 알렉산드리아 도서관입니다[사진-9]. 알렉산드리아 도서관은 과거 알렉산드로스 대왕 시절에 추진했던 도서관, 그래서 나중에 이집트의 프톨레마이오스 왕조 때 번성했던 이집트의 알렉산드리아 도서관을 현대화해서 구현하는 프로젝트를 추진 중입니다. 거기에 유네스코가 10억 달러의 거금을 지원합니다. 단 하나의 도서관이 웬만한 나라의 외자유치 금액보다 많은 자금을 끌어내는 것입니다. 좋은 조상 두니까 저런 혜택도 있는 게 아닐까요? 문명은 이렇게 엄청난 가능성을 가지고 있습니다.

그 다음 사진은 청나라 때 청화백자입니다[사진-10]. 가운데 십자가가 있고, 예수 그리스도가 그려져 있습니다. 청나라 때 청화백자에 예수 그리스도의 상을 집어넣은 유럽 수출용 제품인 것이죠. 실제로 임진왜란 당시 일본군이 두 차례 침략할 때 쳐들어온 군사의 규모가 15만 명 내지 16만 명입니다. 그들이 두 번의 침략으로 조선에서 끌고 간 도공, 약재공 등 기술자들이 총 5만 명 내지 10만 명이에요. 그 결과 조선에서는 도공의 씨가 말랐습니다. 바로 그들이 사쓰마라는 데에서 일본 도자기의 꽃을 피웠어요. 조선인 도공이 눈물과 피와 땀으로 빚은 그 놀라운 사쓰마 자기는 어디로 갔을까? 유럽으로 수출했어요. 엄청나게 돈을 벌었습니다. 우리의 기술자를 잡아다가 일본은 그렇게 자신을 살찌웠습니다.

다음 사진은 중국 전국시대 때 주판입니다[사진-11]. 신기하죠? 바로 저런 것으로 전국시대 사람들은 계산을 하고 거래를 하고… 그 고대인의 땀과 눈물과 피가 배어 있는 기구인 것이지요. 어떻습니까? 저걸 복제품을 만들면 관광객들이 많이 사지 않을까요? 저라면 살 마음이 드네요.

그 다음 사진은 라스베이거스에 있는 이집트의 룩소르(Luxor) 복제품입니다[사진-12]. 이집트 룩소르의 저 유명한 피라미드와 스핑크스를 그대로 본따서 미국 라스베이거스의 사막에 호텔을 만든 모양입니다. 과거 문명이 돈이 된다는 건 미국인들이 더 잘 아는 것 같지 않습니까?

그 다음 왼쪽이 아까 이야기했던 아둘람 굴에서 환란 겪은 자

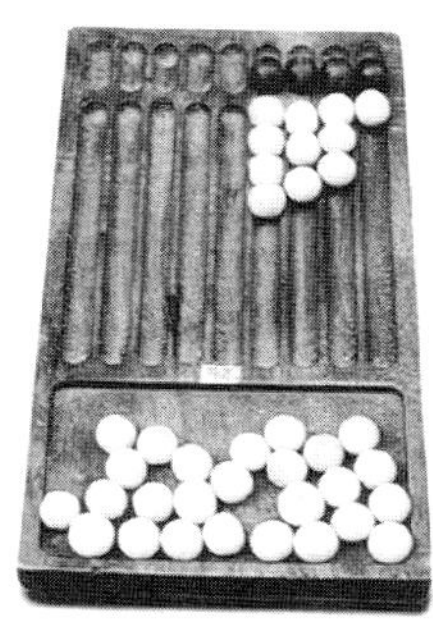

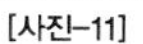

[사진-11]

[사진-12]

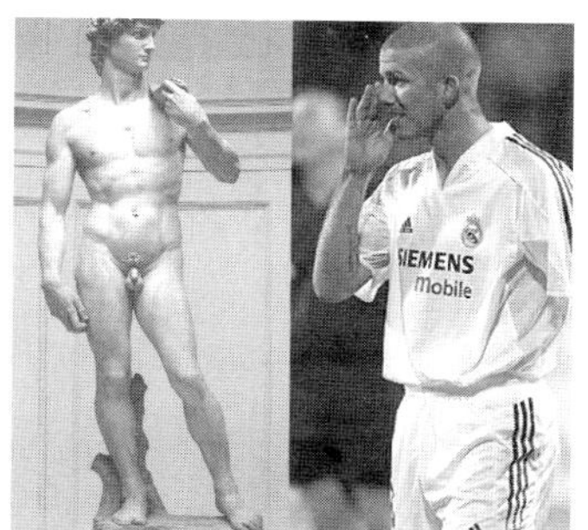

[사진-13]

들이라든가 고통받은 자, 빚진 자들을 긁어모았던 다윗입니다[사진-13]. 미술사에서는 보통 '다비드상'이라 부르는 조각상이지요. 오른쪽은 저 유명한 영국의 축구 스타 데이비드 베컴이죠. 데이비드 베컴은 다윗한테 저작권료를 내야 됩니다. 데이비드(David)가 바로 다윗이니까요. 다윗에서 이름을 따온 거지요. 데이비드라는 이름 지금 전 세계적으로 엄청 많지요. 그 뿐입니까? 조지프(Joseph), 존(John), 마크(Mark), 다 과거의 문명으로부터 따온 이름입니다. 동양은 어떻습니까? 고대 중국의 춘추전국시대에 존재했던 거의 모든 왕조의 이름이 오늘날 우리들의 성으로 진화해 살아남지 않았나요?

새로운 문명, 새로운 세기를 위한 발상의 전환

사회자 문자, 종교, 도시 등 문명사적으로 중요했던 것들, 의미를 갖는 것들을 강의를 통해서 들어보았습니다. 먼저 제가 질문 하나 드리겠습니다. 오귀환 선생님이 기자 출신이시고, 또 우리 삶을 규정하는 뭇 요소들 중에 뭐니 뭐니 해도 미디어 환경이 중요하다고 생각하니까요. 앞으로 우리 미디어 환경이 어떻게 변화해 나갈 것이고 거기에 우리가 어떻게 대처해야 할 것인가 묻고 싶습니다 .

오귀환 질문하신 것과 관련해서 중요한 변화가 있는데 바로 방송과 신문의 융합입니다. MBC 최문순 사장이 취임 기자회견에서 방송하고 신문이 융합되는 게 가능하지 않겠느냐, 그런 쪽으로 한번 해봐야 되는 게 아니냐는 말을 한 적이 있어요. 현재는 양쪽을 다 겸용할 수 없게 돼 있어요. 방송도 민영의 경우 대주주가 30% 이상 지분을 갖지 못하게 돼 있습니다. 아까 일본의 후지TV를 이야기했지만, 후지TV는 후지산케이 그룹에 속합니다. 후지TV라는 최강의 민영방송과, 극우보수 신문인 산케이신문이 함께 있는 거죠. 산케이신문은 신문으로는 5, 6위 될까 말까 한데 후지TV라는 막강한 힘의 덕을 보고 있습니다.

과거 한국에서도 신문과 방송을 겸업한 적이 있어요. MBC가 경향신문하고 겸업했고, 중앙일보가 오늘날의 채널 7번, KBS2에 해당하는 TBC방송을 겸업한 적이 있는데 전두환 정권 때 분리됐죠. 그런데 24년 만에 MBC의 신임 사장이 그 이야기를 하고 나선 거예요. 왜냐하면 지금 미디어와 관련된 세계의 흐름 자체가 전부 방송·통신의 융합, 거기에 거대자본이 결합돼 전 세계를 상대로 영향력을 넓혀가는 시대거든요. 그런데 한국만 분리되어 있단 말입니다. 아까 말씀드린 호리에 다카후미라는 젊은 친구의 주장도 다르지 않습니다. IT와 미디어와 자본을 결합시켜 일본 사회의 구조를 개혁하겠다는 겁니다. 후지산케이 그룹이 미디어 분야에서 주요한 기둥의 하나가 되는 것이고, 라이브도어라는 인터넷 회사는 IT 분야에서 또 하나의 주요한 축이 되는 거지요. 거기에 다시 미국 리만 브러더스의 자본력이 결합하는 것이죠.

지금의 한국의 미디어는 과거의 방식으로는 더 이상 생존할 수가 없고 앞으로 방송과 신문, IT가 결합되는 쪽으로 갈 거라는 게 제 예상이에요.

사회자 그럼, 다른 분들 질문을 부탁드립니다.

청중 1 선생님이 말씀하신 발상을 바꾸자, 이것이 돈이 되는 거다, 이런 이야기를 하시는 것하고 삼성에서 주장해오는 일등주의, 일등이 아니면 우리는 못 산다 하는 논리는 어떻게 성격이 다른 건지 궁금합니다.

오귀환 아까도 강연 중에 말씀드린 것처럼, 제대로 살고자 하는 사람들, 선의를 가진 사람들이 계속 지는 게임은 좀 그만 하자는 마음이 강합니다. 한겨레신문을 예로 들어 말씀드리지요. 지금과 같은 추세라면 근본적으로 세상이 바뀌는 것을 직시하고, 새롭게 바뀌는 것을 미리 내다보면서 준비하지 않으면 한겨레신문 부수는 더욱 떨어질 것이고, 신문 하나만 가지고서는 이 거대한 물살에 휘말려 안타깝지만 사라질 수도 있다고 생각해요. 소련도 망했어요. 그 거대한 소비에트 체제도 시대의 흐름을 제대로 읽고 제대로 된 길을 가지 않으면 지속될 수가 없다는 거죠. 저는 일등주의를 지향하자는 것이 아니라, 과거의 문명들이 걸어왔던 길을 살펴봄으로써 선의를 가지고 있는 사람들, 제대로 살고자 하는 사람들이 지혜롭고 영리하게 살아갈 수 있기를 바랍니다. 남을 짓밟거나 지배하고자 하는 것이 아니라 흐름을 선도함으로써 더 많은 사람들에게 그 이익을 나눠줄 수 있는 기틀을 스스로 마련해야 한다는 생각에서 말씀드린 겁니다. 남을 지배하기 위한 일등주의가 아니라 최소한 선한 사람들이 지지 않는 싸움을 해보자는 이야기로 이해해주셨으면 좋겠습니다.

사회자 스노우(C.P.Snow)라는 사람이 쓴 『두 문화』라는 유명한 책을 읽어보면 과학과 인문학의 인식이 다르다는 이야기가 나옵니다. 지금 우리도 두 문화라는 게 있는 것 같아요. 가령 우리 민족이 나아갈 길, 남북 문제, 국가보안법 철폐 문제, 이런 걸 이야기할 때는 우리가 갖고 있는 도덕적 잣대가 초시대적이 됩니다. 21세기 벽두라는 환경과 무관하게 올바름에 대한 지향이 그렇게 만드는 것입니다. 그와 다른 자리에서는 또 디지털 환경에 어떻게 적응할 것인가, 세계 경제 속에서 어떻게 할 것인가 하는 논의가 전개됩니다. 그럴 때는 윤리적 판단이나 태도 같은 건 또 배제되지요. 어떤 태도로 살아야 할 것인가 하는 삶의 자세와 어떤 방식으로 살아야 하는가 하는 삶의 원리가 잘 결합이 되지 않는다는 느낌을 많이 받게 됩니다. 질문을 좀더 받겠습니다.

청중 2 선생님께서는 종교적·언어적인 측면에서 한국 사회가 어떻게 변화될 거라고 생각하시는지 듣고 싶습니다.

오귀환 외형적으로만 보면 대한민국은 완전히 종교국가죠. 각 종교들이 공식 추산하고 있는 신도의 수만 합쳐도 전체 인구의 두세 배는 될 테니까요. 그러나 내용적인 측면에서는 전혀 그렇지 못하다는 게 솔직한 제 생각입니다. 한국은 불교적인 과거의 토양과 개신교라는 초현대적 토양이 섞여 있고, 또 일부 유교적인 가치관도 병존하고 있지만, 각 종교의 장점이 잘 보이지 않습니다. 저는 종류와 상관없이 우리나라 종교에 필요한 것이 첫째로 관용의 정신이라고 생각합니다. 특히 기독교 쪽에서 좀더 관용의 정신을 가져야 됩니다. 두 번째는 좀더 과학적이고 합리적인 접근 방법이 필요합니다. 그것이 올바르게 결합되어야 종교로서 발전할 수 있습니다. 관용의 정신 없이 합리성을 계속 무시하는 식으로 간다면 결국 종교간의 갈등만 심화시킬 뿐이죠. 종교가 한 사회에 줄 수 있는 여러 가지 긍정적인 효과가 있습니다. 예컨대 가난하고 소외받는 사람들의 공적 부조에 기여하는 것, 단순히 물질이 아닌 정신적인 가치를 결합시킴으로써 행복의 총량을 크게 하는 역할 같은 것들을 잘 살려 나갔으면 좋겠습니다.

언어적 측면을 보면, 아까 말씀드린 것처럼 한글이 우리 민족의 운명과 발전 가능성에서 굉장히 중요한 의미를 지니고 있습니다. 예컨대 중국 같은 경우에는 서양에서 들어오는 외국 문자 따위를 자기네 식으로 전환해서 공식화하는 제도가 잘돼 있습니다. 가령 영어 'center'를 '中心'으로 바꿔서 쓴다든가 하는데 우리는 제대로 하지 못해요. 한글이 가지고 있는 무한한 가능성을 국가와 사회가 뒷받침해줘야 한다고 생각합니다.

청중 3 최근의 북미간 대결이나 일본의 군국주의 강화 등 민족 문제에 대한 관심이 굉장히 높지 않습니까? 현재의 한반도 상황에 대해 어떻게 생각하시는지 듣고 싶습니다.

오귀환 여러분들도 자주 들어가시는 교보문고 사이트 있지요? 그리고 아마존닷컴이 있습니다. 두 사이트에 실려 있는 지식의 총량의 차이는 아마 일 대 백이 넘을 겁니다. 그 총량의 차이가 결국은 한 민족이 죽느냐 사느냐를 결정할 거예요. 남북한 인구 8, 9천만은 경제적인 의미에서뿐만 아니라 언어문자적인 의미에서도 대단히 중요합니다. 한민족의 고유 언어인 한글은 외국에 퍼져 있는 우리 민족을 제2의 화교로 전환시킬 수 있고, 한민족의 문화를 전 세계로 전파시킬 수 있습니다. 그런 가능성들이 민족의 장기적인 생존을 위한 바탕이 될 수 있다고 생각합니다. 그 언어가 살아남기 위해서, 그 민족의 정체성이 살아남기 위해서, 지혜를 모으고 네트워킹하고 확산시키고 계승 발전하는 게 필요하다는 이야기입니다. 그러기 위해선 무엇보다 우리 민족의 통일이 절대적으로 필요합니다.

사회자 네, 오귀환 선생님, 만약에 누가 선생님한테 무슨 주의자냐고 물어보면 스스로 뭐라고 하시겠습니까? 가령 왼쪽, 오른쪽, 중간, 리버럴 이렇게 나누면 어느 쪽이신 것 같습니까?

오귀환 중간에서 약간 왼쪽이죠. (청중 웃음)

사회자 네. 사실 주의자라는 규정을 하는 순간부터 바뀌어간다는 건데, 일생 동안에 자기를 규정하는 무슨 주의자를 몇 번쯤은 바꾸어보는 게 인생을 재미있게 사는 방법이 아닌가 하는 생각해봅니다. 한 가지 신념을 갖고 관철하는 모습이 근사해 보이기는 하지만 우리에게 장애가 되는 경우를 특히나 21세기 지금 환경에서 많이 느끼게 됩니다. 오늘 오귀환 선생님의 강의 내용이 우리들의 닫힌 사고를 여는 데 기여했으면 좋겠다는 생각을 하면서, 강의를 마치겠습니다. 감사합니다.